I0632976

DIANA COPLAND

La renaissance de Michael

DIANA COPLAND

La renaissance de Michael

Publié par
DREAMSPINNER PRESS

5032 Capital Circle SW, Suite 2, PMB# 279, Tallahassee, FL 32305-7886 USA
www.dreamspinnerpress.com

Ceci est une œuvre de fiction. Les noms, les personnages, les lieux et les faits décrits ne sont que le produit de l'imagination de l'auteur, ou utilisés de façon fictive. Toute ressemblance avec des personnes ayant réellement existé, vivantes ou décédées, des établissements commerciaux ou des événements ou des lieux ne serait que le fruit d'une coïncidence.

La renaissance de Michael
Copyright de l'édition française © 2021 Dreamspinner Press.
Titre original : Michael Reinvented
© 2021 Diana Copland.
Première édition : août 2021
Traduit de l'anglais par Marie A. Ambre.

Illustration de la couverture :
© 2017 Anne Cain
annecain.art@gmail.com.
Conception graphique :
© 2021 L.C. Chase
http://www.lcchase.com.
Les éléments de la couverture ne sont utilisés qu'à des fins d'illustration et toute personne qui y est représentée est un modèle

Tout droit réservé. Aucune partie de cet e-book ne peut être reproduite ou transférée d'aucune façon que ce soit ni par aucun moyen, électronique ou physique sans la permission écrite de l'éditeur, sauf dans les endroits où la loi le permet. Cela inclut le photocopiage, les enregistrements et tout système de stockage et de retrait d'information. Pour demander une autorisation, et pour toute autre demande d'information, merci de contacter Dreamspinner Press, 5032 Capital Cir. SW, Ste 2 PMB# 279, Tallahassee, FL 32305-7886, USA www.dreamspinnerpress.com.

Édition e-book en français : 978-1-64405-996-8
Édition imprimée en français : 978-1-64405-997-5
Première édition française : août 2021
v 1.0

Édité aux États-Unis d'Amérique.

Pour Betsy, parce qu'il n'y a aucune chance que je puisse faire cela sans elle.

REMERCIEMENTS

À Sᴀʀɪᴛᴢᴀ Alicia Hernandez pour ta foi inébranlable, à Becky Condit pour avoir aimé tous mes hommes idiots, merveilleux et drôles, et au vrai docteur Gail Shumway pour votre générosité et votre expertise. Vous toutes, merveilleuses dames, avez tout mon amour, mon admiration et mes remerciements.

I

MICHAEL CRANE releva le col de son manteau alors qu'il marchait à toute allure sur le trottoir, ses bottes noires claquant sur le béton, *Can't Stop the Feeling* de Justin Timberlake coulant dans ses oreilles. Il aimait cette chanson avec son rythme régulier de basse qui l'aidait à garder son rythme pendant qu'il marchait dans la rue bondée du centre-ville. L'immeuble abritant son employeur, A. F. Intérieurs se trouvait à six pâtés de maisons de son appartement, et il y arrivait habituellement sans encombre. Mais pas aujourd'hui. Le froid coupait à travers son manteau, le vent soulevait l'avant de ses cheveux bruns et se glissait sous les pans de l'épaisse écharpe bleue autour de son cou. Même ses joues étaient douloureuses. Des talus de neige glacée bordaient la rue fréquentée, noircie par la saleté et les gaz d'échappement, et de lourds nuages suspendus au-dessus de la ville promettaient encore de la neige. Février pouvait être le début du printemps à certains endroits, mais dans le Pacifique-Nord-Ouest, les températures étaient encore de six degrés en dessous de zéro. Le souffle de Michael se condensait à chacune de ses respirations et il se blottit plus profondément dans son petit caban gris, reprenant son rythme. Le Starbucks n'était plus qu'à un demi-pâté de maisons.

De l'air parfumé au café se précipita vers lui lorsqu'il ouvrit la porte du magasin, la chaleur frottant ses joues froides. Il soupira de gratitude, prit sa place dans la file courte au guichet. Il ôta ensuite les gants noirs de ses longues mains pâles et les glissa dans les poches de son manteau. Des cœurs en carton rouge suspendus au plafond par des fils transparents tournoyaient lentement dans le mouvement de l'air chauffé. Il les regarda avec dégoût et avança lorsque la femme devant lui s'approcha de la caisse. Il restait quatre personnes devant lui et il vérifia l'heure sur sa montre. Il était huit heures quarante. Il avait encore le temps.

Il leva les yeux et vit le jeune homme qui s'occupait du lait chaud lui adresser un sourire dragueur. Il était très mignon, avec des boucles foncées et de grands yeux bruns. Il fit un signe de tête à Michael, l'exhortant ainsi à se rapprocher.

— Michael, n'est-ce pas ? demanda-t-il lorsque ce dernier arriva au comptoir. Ristretto Bianco ?

Il ne fut pas surpris que l'homme connaisse sa commande ; il prenait la même boisson tous les matins. Il n'était pas particulièrement étonné que le barista l'ait appelé au comptoir. L'homme l'avait examiné de la tête aux pieds le premier jour où il avait travaillé ici, près de six mois auparavant, et il n'avait pas cessé de le croiser depuis.

— Oui, répondit-il avec un geste de la main en direction des personnes irritées qui faisaient la queue devant lui. Mais ne devrais-je pas…

— À quoi servent les amis ? demanda-t-il, son sourire de retour.

Michael décida d'ignorer les regards courroucés qui lui brûlaient le dos. Il prenait les avantages où ils se trouvaient.

Le barista lui tendit le gobelet en carton blanc, cinq minutes plus tard. Michael l'avait vu gribouiller furieusement sur le côté avec un marqueur noir pendant plusieurs secondes. Il avait écrit : je suis Carlos et un numéro de téléphone. En dessous, il avait dessiné un cœur avec « Sois mon Valentin » à l'intérieur. Il réussit à peine à ne pas lever les yeux au ciel.

— Merci, dit-il avec un petit sourire avant de mettre un dollar dans le pot à pourboires et de quitter le magasin.

On était seulement le 7 février et il en avait déjà par-dessus la tête de la Saint-Valentin. Il détestait ces stupides fêtes. Un ami l'appelait « la journée de sensibilisation aux célibataires » et Michael avait ri, même s'il adhérait à cela. Il était célibataire par choix, mais le fait de se prendre des tonnes de cœurs et de fleurs le 14 février chaque année l'énervait plus que tout.

Il but son café alors qu'il sortait et s'engageait de nouveau dans le flux de piétons, sachant déjà que la tasse avec sa note finirait dans la poubelle de son bureau dès qu'il y arriverait.

Son portable bipa dans sa poche. Il le sortit et activa l'écran « messages ».

Bonjour, bébé, disait le message qu'il lut. *Comment vas-tu par ce beau matin ?*

Il souffla en s'arrêtant près d'un immeuble, et posa son café sur le rebord d'une fenêtre.

Je ne suis pas ton bébé, répondit-il. *Que veux-tu ?*

Je ne peux pas juste envoyer un texto pour dire bonjour à mon trésor ?

Les commissures de lèvres de Michael se retroussèrent. Il n'y pouvait rien. L'homme était à la fois exaspérant et attachant. Il était heureux que Gil ne puisse pas voir son sourire.

Que. Veux. Tu. Gilbert.

Il pouvait presque l'imaginer assis dans son camion, ce sourire sarcastique en place pendant qu'il essayait de composer une réponse spirituelle.

D'accord, tu ne me laisses pas flirter avec toi.

Nous avons discuté de toute cette histoire de « flirt », tapa Michael en reniflant.

Tu en as discuté, riposta Gil. *Je n'étais pas d'accord.*

Je vais arrêter de te parler.

Il y eut une pause.

Très bien. Dis à David que j'ai besoin de ces échantillons de couleur pour les Wasterson aujourd'hui si je dois commencer à peindre l'extérieur la semaine prochaine.

Pourquoi ne pas le dire à David ? répliqua Michael. *Tu as son numéro.*

Je pense que son téléphone doit être éteint, parce qu'il ne répond pas. Je suppose que Jackson et lui baisent comme des lapins. En plus, tu es son assistant, n'est-ce pas ? N'es-tu pas censé prendre ses messages ?

Il fronça les sourcils au petit écran. C'était pour cela que Gil le rendait fou.

Laisse-lui un message, tapa-t-il sur l'appareil. Ses doigts commençaient à souffrir du froid ; ses gants étaient encore dans sa poche. *J'ai les mains froides et nous avons déjà eu cette conversation.*

La réponse de Gil apparut presque immédiatement.

Mais si je lui laisse un message sur son répondeur, je ne t'embête pas, n'est-ce pas ?

Va te faire voir, Chandler, répondit-il en poussant un soupir irrité. *J'ai mieux à faire et tu vas me mettre en retard.*

Je suis en train de t'avoir à l'usure, Michael Crane. Admets-le. Tu seras de la pâte à modeler entre mes mains dans très peu de temps.

Il ne réagit pas et arracha son pouce de son téléphone, exaspéré. Puis il le mit dans sa poche et en sortit ses gants. Il les enfila et récupéra son café avant de reprendre sa route sur le trottoir. Son tempérament mijotait. L'homme le rendait furieux, l'énervant presque quotidiennement. Et honnêtement, Michael ne savait pas quoi faire à ce sujet.

Il avait rencontré Gilbert Chandler, le jour où son meilleur ami, David, lui avait acheté une maison remplie de beaux meubles. On avait diagnostiqué la maladie d'Alzheimer au père de Gil et il avait été transféré dans un centre adapté à sa maladie, laissant son fils régler les détails de sa

3

vie. Les meubles étaient l'un de ces détails, et David avait emmené Michael comme « muscles » le jour du déménagement. C'était une blague ; les amis de Gil étaient tous construits comme des accros au Cross Fit [1] et Michael, avec son mètre soixante-dix-sept et ses cinquante kilos tout mouillé, n'était certainement pas comparable. Mais pour une raison quelconque, Gil, un homme d'un mètre quatre-vingt-treize et musclé, avec sa tête de Monsieur Propre brillant au soleil, de grands yeux d'un bleu étincelant et des fossettes autour de la bouche, avait décidé qu'il voulait Michael.

Il ne voulait juste pas de la liaison informelle, à laquelle le jeune homme aurait peut-être été prêt. Qui ne voudrait pas s'accrocher à tous ces muscles, sentir ces bras épais se resserrer autour de lui ? Il admettait qu'il n'était pas immunisé contre cette idée. Mais Gil ne voulait pas d'un coup d'un soir ; il cherchait à être heureux pour toujours et Michael n'y croyait plus. Plus maintenant. Il franchit la lourde porte de l'immeuble et adressa un sourire enjoué à la réceptionniste, la saluant avec sa tasse de café.

— Michael, appela-t-elle en lui faisant signe de venir.

Il changea de direction à travers la foule, laissant passer plusieurs personnes avant d'arriver au comptoir en marbre. Il appuya son coude dessus.

— Quoi de neuf, Kylie.

La blonde coquette avec laquelle il s'était lié d'amitié dès son premier jour, six mois auparavant, fit tourner sa chaise pivotante afin de ramasser une longue boîte blanche mince sur le comptoir derrière avant de faire demi-tour.

— Nous sommes lundi, annonça-t-elle avec un sourire ironique.

— Oui, répondit-il en soupirant intérieurement. Oui, c'est vrai.

Il prit la boîte qui était encore froide et la remercia avant de se retourner.

La boîte était étonnamment lourde et il sentait le doux parfum du gingembre hawaïen, même si le couvercle était bien fermé.

Il entra dans l'ascenseur en secouant la tête et demanda tranquillement à une femme devant lui d'appuyer sur le bouton du deuxième étage.

---

1 Le CrossFit combine principalement la force athlétique, l'haltérophilie, la gymnastique et les sports d'endurance. Le mot CrossFit vient de Cross Fitness (en français, entraînement croisé), appelé ainsi parce qu'il mélange différentes activités physiques et sportives préexistantes.

David avait un grand vase noir cylindrique posé sur le classeur de son bureau. Il y mettait traditionnellement des branches de saule, dont les spirales torsadées s'élevaient vers le haut plafond. Il avait mentionné une fois par hasard à son petit ami Jackson qu'il aimait le gingembre rouge et qu'il pensait qu'il serait beau dans ce vase, mais que c'était un peu onéreux à garder frais. Après cette conversation, trois fleurs de gingembre rouge, avec de longues tiges vigoureuses et de lourdes feuilles cireuses en forme de lance, arrivaient chaque lundi matin. Il n'y avait pas de carte, mais ce n'était pas nécessaire. Michael quitta l'ascenseur, la tasse de café vide suspendue à ses doigts et la longue boîte de fleuriste sous son bras. A.F Intérieurs occupait tout le deuxième étage et il hocha poliment la tête vers la femme à l'accueil, Candy, en passant. Il s'abstint de lui parler ; elle était une vraie commère, et tout ce qu'il lui disait semblait se répandre dans le reste du personnel comme une traînée de poudre.

Le bureau de Michael et le sien se trouvaient à l'arrière de l'étage. Il contourna des exemples de mobilier de bureau dans plusieurs tons de bois, passa des lits et des fauteuils d'hôtels. A. F. Intérieurs était spécialisé dans la décoration d'hôtels et la conception d'espace de bureaux. Il s'avança entre les murs d'échantillons de tapis et les étagères suspendues avec différents types de literie. Il détestait presque tout ce qu'ils utilisaient, mais son travail n'était pas de l'aimer. Son travail était d'aider David à rendre tout cela aussi beau que possible. Parfois, c'était un défi et, parfois, avec le bon client, David laissait Michael les diriger vers le design moderne du milieu du siècle qu'il préférait. Ces travaux étaient rares, à moins d'avoir reçu une demande pour une installation Mad Men, [2] mais lorsque cela arrivait, Michael était au paradis.

Il croisa d'autres employés à l'étage, certains sur des tables de dessin, d'autres au téléphone. La plupart hochaient la tête ou le saluaient d'un geste de la main, mais deux d'entre eux l'ignoraient studieusement. Debra, des achats textiles, le détestait et le traitait de « reine des garces » dans son dos. Neil, du service des ventes, lui tournait le dos avec emphase à son passage et Michael se battait pour ne pas sourire. L'homme l'avait invité à sortir et Michael l'avait informé qu'il ne sortait pas sur son lieu de travail (il avait dit à David que c'était plutôt qu'il ne déféquait pas là où il mangeait, surtout lorsque le plat principal était si peu appétissant. Son ami avait hurlé de

---

2 En référence à l'esthétisme de la série Mad Men qui se déroule au début des années 60

rire pendant une minute entière). Son refus n'avait pas été particulièrement bien accueilli. Il devrait probablement faire plus d'efforts, mais il ne se préoccupait pas vraiment de savoir si les gens d'A.F.I. l'aimaient ou non. Il était là pour faire un travail et c'était d'aider David. Point final.

Il pensait ce qu'il avait dit sur le fait de ne pas sortir avec quelqu'un là où il travaillait aussi. Quelques semaines auparavant, après Noël, David et Jackson avaient suivi une idée de Michael et avaient lancé Delta Restauration, Rénovation et Design. L'entreprise naissante n'avait fait que quelques travaux dans des maisons du début du siècle jusqu'à présent, mais Gilbert Chandler et son équipe avaient participé à tous les travaux. Michael, en tant qu'assistant de David, s'occupait des entrepreneurs qui travaillaient pour eux. Il savait que c'était une mauvaise excuse pour rejeter Gil à plusieurs reprises, mais c'était la meilleure qu'il avait. Ils ne pouvaient pas sortir ensemble parce qu'ils travaillaient ensemble, c'était sa ligne de conduite. La vérité était qu'il avait rejeté Gil parce qu'il était mortellement effrayé. L'idée de laisser l'homme passer les barrières protectrices qu'il avait érigées lui-même n'était pas une option.

Il sortit ses clés et ouvrit le bureau de David. Ils n'étaient pas aussi prudents avant que Trevor, l'ex de David, ne s'impose en faisant irruption dans le bureau avant de fouiller partout. Mais maintenant, Michael était beaucoup plus vigilant. Il vérifiait au moins deux fois que tout était fermé chaque soir avant de quitter le bâtiment. Personne ne s'introduirait de nouveau dans ce bureau s'il avait quelque chose à voir avec cela.

Il alluma en passant et posa la boîte de fleurs sur le bureau. Il fit une pause, leva la tasse de café au-dessus de sa tête et aligna son tir. Il jeta le gobelet avec beaucoup de soin dans la poubelle vide.

— Il tire… il marque, jubila-t-il en levant le poing en l'air. Ou il ne le fait pas, ça dépend de qui l'offre.

Les fleurs de gingembre rouge de la semaine dernière, l'air très triste, s'affaissaient et leurs pétales noircissaient. Il descendit le lourd vase et s'occupa des fleurs défraîchies et de l'eau dans la petite pièce du concierge. Il mettait les nouvelles fleurs dans le vase, lorsque son meilleur ami passa la porte, vêtu d'un long manteau noir, une écharpe à carreaux tout en nuances enroulée autour de sa gorge. Ses cheveux blonds étaient mouillés, ses yeux verts brillants, et ses joues claires et le bout de son nez étaient roses de froid.

— Bonjour ! s'exclama-t-il en souriant vivement alors qu'il déposait sa sacoche sur un fauteuil près de son bureau avant de dérouler son écharpe. Tu n'es pas obligé de faire ça, tu sais.

Il fixa les fleurs rouges à longues tiges, son sourire s'adoucissant.

— Je ne m'attends pas à ce que tu arranges mes fleurs, reprit-il.

— Ça ne me dérange pas, répondit Michael en glissant la dernière fleur rouge sombre dans le vase. Ça me donne quelque chose à faire lorsque tu es en retard.

Il jeta un coup d'œil acéré à son ami.

— Oh, allez, répliqua David en ôtant son manteau.

Il le suspendit au portemanteau près de la porte. Il portait un pantalon sombre et un chandail bleu sarcelle et Michael approuva la coupe élancée et les touches de couleur.

— Je ne suis pas si en retard.

Michael replaça le vase sur le classeur, puis il jeta les bouts de tiges dans la boîte vide au milieu du papier de soie.

— Suffisamment en retard pour que je reçoive des SMS de notre référent néandertalien parce qu'il n'arrivait pas à te joindre au téléphone. Merci beaucoup pour ça, au fait.

— Michael, gronda David. Tu devrais être plus gentil avec Gil. Il t'aime vraiment bien.

— Je me moque qu'il m'aime bien, répliqua-t-il en fronçant son nez.

— Tu sais que je t'aime, mais tu peux être une vraie garce, soupira David.

— Merci, répondit-il en souriant. Bref, il a dit qu'il avait besoin des échantillons de couleur pour les Wasterson.

— C'est vrai, dit David en contournant son bureau pendant que Michael déplaçait la boîte, la posant debout à côté de la porte du bureau. Jackson les lui dépose en allant voir Paul O'Donnell.

— Bien, appelle ton peintre et dis-lui ça, s'il te plaît.

— Tu ne veux pas le faire pour moi ?

David plaisantait, mais Michael lui jeta un regard meurtrier. Son ami rit en levant les mains, les coins de ses yeux plissés.

— Très bien, je vais le faire. Mais tu es mon assistant.

— Je ne le suis pas pour Delta, répliqua-t-il. Je serai ravi de monter à bord une fois que tu me paieras, mais en attendant, passe tes propres appels.

Il déplaça la sacoche de David et prit sa place. Il s'assit dans le fauteuil, drapant sa longue jambe sur l'accoudoir. Son ami sortit son téléphone portable dans la poche de son pantalon et il tapa le numéro.

Cinq mois auparavant, il avait rencontré son petit ami, Jackson, lorsqu'il avait acheté une maison centenaire qui avait désespérément besoin de réparations. Jackson était un homme à tout faire et David l'avait engagé. Ils étaient tombés amoureux pendant qu'il travaillait sur la maison de ce dernier. Ils étaient écœurants, à présent. Le bon côté, c'était que son ami était heureux. L'inconvénient, c'était qu'il voulait la même chose pour tout le monde, y compris Michael, peu importe le nombre de fois où celui-ci avait insisté sur le fait qu'il n'était pas intéressé. Il avait de bonnes raisons de rester obstinément célibataire, des raisons que son meilleur ami connaissait bien.

— Salut, Gil, dit David en se penchant en arrière dans son fauteuil pivotant. Bien. Comment vas-tu ? Excellent. Jackson te déposera les échantillons de couleur afin que tu puisses commander la peinture et nous avons obtenu l'accord de l'association des propriétaires. Personne ne t'embêtera une fois que tu te mettras au travail. Mets toute la peinture sur le compte de l'entreprise, d'accord ?

Il se tut, les yeux fixés sur son assistant.

— Il est juste là, tu veux lui parler ?

— Je vais empoisonner ton café, l'avertit Michael en le fusillant du regard.

— Non, c'est bon, répondit David, les yeux brillants. Il ne me fait pas peur.

— Tu devrais, répliqua Michael en croisant les bras. Je connais tous tes secrets.

David continua de sourire. C'était beaucoup plus difficile de l'énerver maintenant qu'il était domestiqué. L'ancien David lui manquait parfois, celui qui lui disait d'aller se faire voir lorsqu'il s'énervait. Maintenant, tout était rayons de soleil et lapinous. C'était dégoûtant.

— D'accord, Gil. Dis-moi de combien d'échafaudages tu auras besoin. On se rappelle.

Il raccrocha, puis commença à parcourir les messages soigneusement empilés sur le coin de son bureau. Michael le fixa, mais David l'ignora assez bien, ne riant que lorsqu'il tendit sa longue jambe et lui donna un coup de pied au coude.

— Aïe, dit-il en frottant l'endroit, incapable de froncer les sourcils.

— Ne m'oblige pas à te faire du mal.

David souffla, mais resta souriant.

— Il a dit que tu devais travailler tes compétences en relations humaines, révéla-t-il en riant lorsque le jeune homme le fixa.

— Moi ? Il pourrait commencer par ne pas me harceler sexuellement chaque fois qu'il me parle. Il m'appelle « beau gosse » et « mignon ».

— Bon sang, quel démon, répondit David d'un ton pince-sans-rire. Tu n'aimes pas qu'un homme attirant te dise que tu es mignon ?

Michael croisa les bras sur sa poitrine, le menton levé.

— Je lui ai dit ne pas continuer, David. Cet homme n'a pas compris l'allusion.

— Il se peut que tu envoies des signaux contradictoires, répliqua celui-ci en se relâchant dans son fauteuil, le regardant.

— Non, protesta le jeune homme, bouche bée.

— Michael, lorsque Jackson et moi avons invité tout le monde à dîner la semaine dernière, tu étais assis à côté de lui et tu as ri à toutes ses blagues.

— Elles étaient drôles, rétorqua-t-il en agitant la main. Et j'avais bu.

— Que dirais-tu de la nuit où nous sommes tous allés en club ? Tu t'es retrouvé assis sur ses genoux, ce soir-là.

— J'avais bu, encore une fois. Tu ne peux pas me reprocher ce que je fais après quelques cocktails, dit-il.

Il mourrait avant d'avouer à quiconque qu'être assis sur cette cuisse épaisse l'avait rendu dur chaque fois qu'il y pensait depuis une semaine. Et si ce qu'il avait senti contre ses hanches était une indication, il n'était pas le seul.

— Je ne te blâme pas du tout. Mais est-il possible que ce que tu fais lorsque tu es détendu après quelques verres soit ce que tu veux vraiment ?

— Pas avec Gilbert, répondit Michael en faisant la moue. Tu sais qu'il n'est pas du tout mon type.

— Je sais aussi que tu as été fasciné par tous ces muscles depuis que tu l'as vu.

— Les muscles, peut-être, accepta-t-il avec une grimace. Mais pas cette tête obtuse, dit-il en fixant un de ses ongles parfaitement manucurés afin que son ami ne voie aucun regret dans ses yeux.

Il appréciait plus Gil qu'il ne le voulait. Mais il détestait que David tente de le manipuler.

— Gil n'est pas stupide et tu le sais.

— Pourquoi insistes-tu autant ? demanda Michael, qui pouvait sentir le regard réprobateur de l'autre homme sans lever les yeux vers lui.

— Je n'insiste sur rien, Michael.

Il se tut et le jeune homme leva finalement les yeux pour voir son expression hésitante, mais gentille. Il redouta instantanément ce qu'elle signifiait.

— Et Gil n'est pas Evan.

Michael se raidit de colère. Il peinait à croire que Davi avait osé aller jusque-là.

— Et maintenant, tu es énervé contre moi et je suppose que je le mérite. Je ne voudrais certainement pas qu'on me balance Trevor ainsi.

Trevor était la saleté d'ex de David, celui qui l'avait traqué et s'était introduit chez lui. Ce n'était que grâce au bon cœur de ce dernier qu'il n'était pas en prison. C'était aussi grâce à ce grand cœur que Michael ne lui répondit pas de se mêler de ses affaires.

— Je t'aime, continua son ami. Et je déteste te voir rater quelque chose qui pourrait être merveilleux à cause de ce qui s'est passé lorsque tu étais à l'université.

— Si tu penses que Gilbert Chandler est quelque chose de merveilleux, tu te trompes, affirma-t-il en se redressant dans son fauteuil. Et je ne veux plus en parler.

Il se leva avant d'annoncer :

— Je vais au service courrier voir si les échantillons pour la réunion avec la chaîne de restaurants sont arrivés.

Il se retourna et se dirigea vers la porte.

— Michael.

Il s'arrêta au ton de son meilleur ami et le regarda par-dessus son épaule.

— Ne sois pas en colère.

C'était tellement David. Il détestait la confrontation, surtout avec les personnes dont il se souciait. Michael sentit son irritation s'estomper.

— Je ne suis pas fâché, affirma-t-il presque honnêtement. Je ne veux juste pas m'attarder là-dessus. D'accord ?

— Ce que nous avons commandé à Dallas devrait être là aussi, répondit son patron, semblant visiblement faire un effort pour le laisser partir.

— Je vérifierai, répondit-il en attrapant la boîte du fleuriste, puis en se dirigeant vers la porte.

Tout le personnel était arrivé à présent et l'étage débordait de conversations. Michael fut arrêté plusieurs fois alors qu'il se dirigeait vers l'ascenseur.

— Michael, quel est le nombre de fils pour les draps de cet hôtel haut de gamme ?

— Michael, quelle est la couleur prévue pour le revêtement du canapé dans le hall ?

— Michael, quel genre de confiseries devrions-nous mettre dans les bonbonnières en forme de dinde des années 30 pour les tables de restaurant ?

— Je ne sais pas, répondit-il à cette personne.

La chaîne appartenait à un crétin de présentateur télé et les dix-huit sites rouvraient la semaine prochaine.

— Utilisez des M&M'S rouges, blancs et bleus. Les nappes en damier sont en vichy rouge et blanc, donc cela devrait s'harmoniser.

Il avait presque supplié David de ne pas le faire travailler avec les clients, mais son ami semblait s'amuser de son agonie lors de chaque conférence téléphonique avec le propriétaire. Il avait tendance à dire des trucs comme « tout tourne autour de la mère, du base-ball et de la tarte aux pommes ». Des valeurs démodées. Un endroit où une famille peut manger ensemble sans craindre que ses enfants n'offensent un hipster coincé avec son iPhone.

David avait couvert son rire avec sa main pendant que Michael fusillait du regard le haut-parleur.

Il entra dans le monte-charge, ferma la porte et appuya sur le bouton du sous-sol. Le vieil ascenseur cliqueta, puis commença à descendre. Michael jeta la boîte du fleuriste dans un coin et s'appuya contre le mur.

Il était encore sous le choc de David mentionnant Evan. Il y avait eu une sorte de règle tacite entre eux depuis le début, à savoir qu'il ne parlait pas à David de l'intensité de la connerie de son ex, ce qu'il gérait avec un succès limité, et son ami n'évoquait pas la plus grosse erreur de la vie de Michael. Il faisait encore des cauchemars où il s'avançait dans un appartement vide où les traces laissées par les meubles manquants étaient la seule preuve qu'il n'avait pas halluciné pendant deux ans de sa vie. Tout avait disparu sauf ses vêtements et quelques photos encadrées, jetées dans un coin comme des ordures.

Michael cligna des yeux, se redressant lorsqu'il sentit une vibration dans la poche de sa veste. Il sortit son téléphone et baissa les yeux sur l'écran, les sourcils levés.

— Allô ? dit-il timidement.

— Bonjour, Michael.

Rien d'étonnant à ce que David soit tombé amoureux de Jackson Henry. Il avait une voix grave et douce comme du chocolat noir et était pratiquement du sexe sur pattes. Il appelait rarement, sinon jamais l'assistant de son petit ami.

— Salut, Jackson. Hum… pourquoi m'appelles-tu ?

L'homme rit, et le son descendit jusqu'à son sexe, même en sachant qu'il était casé. Avec son meilleur ami, rien de moins.

— Tu ne baises pas, n'est-ce pas ?

— Non que cela te regarde, mais pas avec le petit ami de mon meilleur ami, non.

Le rire de Jackson s'étouffa dans un éclat de rire.

— Non, je ne suis pas demandeur, répliqua-t-il. Je voulais dire que tu allais droit au but.

— Je trouve que cela fait gagner du temps.

L'ascenseur s'arrêta brusquement au sous-sol et il ouvrit les portes grillagées.

— Que puis-je faire pour toi ?

— Je me demandais si nous pouvions nous rencontrer pour le déjeuner.

— Pourquoi ? demanda Michael en s'arrêtant alors qu'il se penchait pour ramasser la boîte du fleuriste et se redressant sans elle.

— J'aurais vraiment besoin de ton aide pour un truc. Et j'ai besoin que tu ne dises rien à David.

— Je ne sais pas si je suis à l'aise avec ça, Jackson, répondit le jeune homme en fronçant les sourcils, immédiatement suspicieux.

— Même si je te promets que c'est pour une très bonne raison ?

— Où ? demanda-t-il en pinçant ses lèvres pensivement.

Un soupir soulagé traversa la ligne.

— Merci, Michael. Que dirais-tu d'Aspens, dans le centre commercial ?

— Seulement si tu paies, répondit Michael en soufflant.

Aspens s'auto-qualifiait de « bar à martinis », et il était juste assez prétentieux pour être bien en dehors de sa fourchette de prix.

— C'est moi qui offre. Quelle heure te convient?

— Je déjeune à treize heures, mais d'habitude j'y vais avec David. Je vais devoir inventer une excuse et je n'aime pas mentir.

— Tu es un bon ami, Michael.

— Si j'étais un si bon ami, je te dirais non. Mais je suis curieux maintenant.

Jackson rit de nouveau, semblant nerveux, ce qui intéressa Michael. Le petit ami de David était un homme très gentil, mais pas un qu'il aurait décrit comme animé. Grand, sombre, beau et sérieux, tel était Jackson.

— On se voit à treize heures, alors ? J'apprécie vraiment.

— Oh, arrête avant de me faire regretter, répliqua Michael en se penchant et en attrapant la boîte sur le sol. Je serai là.

Il raccrocha avant de pouvoir remettre en cause sa décision.

LE SOLEIL, aussi anémique soit-il, traversa brièvement la couverture nuageuse. C'était assez inhabituel en février pour rendre Michael heureux de sortir au lieu de rester dans le bureau de David avec un bagel et un Coca light des distributeurs automatiques. Il n'avait pas apprécié de dire à son meilleur ami qu'il avait un rendez-vous avec l'opticien, mais il se plaignait assez de ses lunettes ces derniers temps pour rendre cela crédible. Il entra par les portes principales du centre commercial et fut surpris de voir que Jackson l'attendait dans l'immense hall.

— Merci d'être venu, dit Jackson en tendant la main.

— Qu'est-ce qui se passe ? Est-ce que ça va ?

— Oui, oui, je vais bien, assura Jackson en frottant ses mains sur le jean qui couvrait ses hanches.

Il portait des vêtements plus beaux que ceux dans lesquels Michael avait l'habitude de le voir, et l'inquiétude de ce dernier augmenta d'un cran.

— Jackson, que se passe-t-il ?

— Pouvons-nous attendre d'être au restaurant ?

Michael fixa les yeux bleu ciel, notant la rougeur sur les pommettes hautes, la nervosité avec laquelle il n'arrêtait pas de mordre et de relâcher sa lèvre inférieure.

— J'imagine que oui, concéda-t-il à contrecœur en le suivant sur l'escalator.

Aspens était au troisième étage de l'imposante entrée du centre commercial. Des branches dénudées et du cuir foncé soulignaient la décoration, lui donnant l'allure d'un club privé masculin. Il donnait également sur la ville, qui avait perdu une partie de son aspect pittoresque au milieu de l'hiver, vue de si haut. Une hôtesse vêtue de noir les installa dans un box avec vue sur la ville et leur tendit des menus avant de s'éloigner.

— La pizza est plutôt bonne ici, dit Jackson en jouant avec la serviette en tissu.

— Je suis sûr qu'elle est délicieuse, répliqua Michael en se penchant en avant, les coudes sur la table. Qu'est-ce qui se passe, bon sang, Jackson ?

L'homme leva les yeux vers lui, surpris un instant, puis il souffla, plus nerveusement que s'il soupirait. Il observa l'expression intraitable de son vis-à-vis, puis tâtonna afin de trouver quelque chose dans la poche de sa courte veste en cuir.

— Quoi ? demanda Michael en le fixant lorsqu'il plaça la petite boîte recouverte de velours au centre de la table.

— Ouvre-la, demanda Jackson.

Il recommença à mâcher sa lèvre inférieure, et Michael souffla. Il attrapa la boîte, l'ouvrit, puis il se figea, les yeux fixés sur l'intérieur.

Deux anneaux, un mélange d'or jaune et rose torsadé dans un motif artistique de vigne, étaient nichés dans un intérieur moelleux en satin noir.

— Oh, Jackson, dit-il d'une voix douce.

— Crois-tu qu'il les aimera ?

Le jeune homme fixa de nouveau les anneaux assortis, son cœur si plein qu'il craignit un instant de se mettre à pleurer, ce qui n'arriverait jamais. Il referma le couvercle et poussa la boîte vers Jackson.

— Tu plaisantes ? Il va nous rendre fous avec l'histoire de ta demande en mariage pendant des mois.

L'autre homme tendit une main un peu hésitante vers la boîte, et Michael regretta instantanément son ton désinvolte. Il pouvait, parfois, vraiment être si odieux. Il attrapa la main de Jackson avant qu'il puisse récupérer l'écrin, sentit à quel point elle était froide et réalisa combien l'homme taciturne était nerveux. Jackson leva les yeux vers lui.

— Ils sont magnifiques, Jackson. Vraiment. Il sera ravi.

Jackson souffla, puis il adressa un sourire timide à Michael.

— Oui ?

— Oui.

Jackson rangea la boîte alors que la serveuse s'approchait de leur table. Michael commanda un hamburger sans regarder le menu. Tous les restaurants proposaient des hamburgers.

— Alors, tu vas faire ta demande ce soir ? demanda-t-il en reportant son attention sur l'autre homme alors que leur serveuse s'éloignait.

Jackson prit une gorgée du verre d'eau que leur avait amené la serveuse, puis il secoua la tête.

— Je pourrais avoir besoin de ton aide pour cela.

14

Michael le fixa avec le sentiment que le petit ami de David allait suggérer un truc à l'eau de rose odieusement romanesque et qu'il serait forcé de le suivre parce qu'il aimait son ami.

Il ne se trompait pas.

II

IL FAISAIT ridiculement froid et Michael resserra son écharpe grise autour de sa gorge pendant qu'il verrouillait sa voiture devant la maison de David. Il aurait aimé être en mai. En fait, il souhaitait simplement être à un tout autre moment que celui-ci et être ailleurs sur la planète. N'importe quel autre jour de l'année.

Il se dirigea vers le porche, une mince couche de neige craquant sous ses bottes. Il se blottit dans sa veste et jeta un coup d'œil par-dessus son épaule. Il aimait David, il aimait aussi sa maison. À la lumière du jour. Après la tombée de la nuit, il avait toujours l'impression que quelqu'un se tenait là et l'espionnait. Il était dix-sept heures trente, le soleil s'était couché et la température avait baissé. Il grimpa rapidement les marches de l'escalier avant, s'arrêtant pour taper ses pieds et ôter la neige de ses bottes. Il voulait être chez lui avec un bol de soupe provenant du marché près de son appartement, passer la soirée en survêtement et regarder des films avec des choses qui explosaient. De préférence n'importe quoi en rapport avec la Saint-Valentin.

Bon sang, Jackson lui serait redevable.

La sonnette d'entrée résonna dans la maison, accompagnée du son d'un chien qui aboyait. David ouvrit la lourde porte d'entrée et lui adressa un faible sourire. Michael fut tenté de le gifler, mais il réussit à s'abstenir. À la place, il se pencha et sourit au petit corgi noir et feu qui dansait autour de ses pieds.

— Bonjour, princesse, la salua-t-il en enfonçant ses mains dans la fourrure épaisse et douce.

La chienne roula sur le dos, ses courtes pattes en l'air, et il frotta son ventre.

— Comment va ma fille ?

— Elle est nerveuse. Elle gémit à la porte depuis une heure. Elle boude aussi, répondit David en lui faisant un signe. À l'intérieur, Scooter.

Le corgi rentra dans la maison en regardant le nouvel arrivant par-dessus son épaule. David ouvrit plus largement la porte afin que son ami puisse entrer et celui-ci observa le visage de son hôte en passant.

— Elle n'est pas la seule à bouder, observa-t-il.

David soupira en fermant la porte derrière lui.

— Je comprends qu'il ait dû quitter la ville pour s'occuper d'affaires restées en attente concernant la succession de son père, tu sais. Mais fallait-il que ce soit ce week-end ?

— David, tu as un petit ami, dit Michael en lui adressant un regard neutre. Le fait qu'il ne soit pas avec toi à la Saint-Valentin n'est pas vraiment tragique.

— Oh, je sais. Je m'apitoie sur mon sort, répliqua-t-il en prenant son manteau en laine noir sur le portemanteau ancien sur le mur.

— Pas celui-là.

David regarda son ami avec incompréhension.

— Pas ce manteau. Prends celui en laine grise avec la coupe militaire.

David leva les yeux au ciel, semblant ne pas ressentir le besoin de se retenir. Il reposa le premier manteau pour prendre celui suggéré par son ami.

— Quelle différence cela fait-il ? Ce n'est pas comme si je devais m'habiller pour toi.

— Sympa, commenta Michael en lui retournant un regard sardonique. Crétin. Et ça fait une différence. Nous nous rendons dans un endroit agréable pour dîner, je ne serai pas vu avec quelqu'un qui se soucie si peu de son apparence qu'il porterait un vieux manteau avec ce pull et ce jean. Et enlève cette horrible écharpe.

— Es-tu juste inhabituellement garce ce soir, ou est-ce le fait que tu penses que la Saint-Valentin est vraiment stupide ? demanda David en lui lançant un regard noir.

— Les deux.

Il y avait plusieurs écharpes sur le portemanteau, et Michael les examina, en prenant finalement une verte et grise afin de la tenir près du visage de son ami.

— Celle-ci est mieux.

— Merci Tim Gunn [3]. Je n'avais pas réalisé que je participais à Projet Haute Couture.

— Si c'était le cas, tu serais éliminé dès la première semaine. Tu ne sais pas coudre, tu te souviens ?

---

3 Timothy MacKenzie Gunn dit Tim Gunn, né le 29 juillet 1953 à Washington, est une personnalité du monde de la mode américain. Il est notamment connu pour sa participation à l'émission Projet Haute Couture.

Il y avait eu un week-end désastreux avec une longueur onéreuse de grandes toiles et une machine à coudre empruntée. Michael avait fini par commander des rideaux chez Wayfair.

David lui tira la langue, enroula son écharpe autour de son cou et enfila la veste trois-quarts. Il était très bien, mais Michael ne le lui dirait pas.

— Alors, où allons-nous, au fait ? demanda-t-il en suivant Michael à la porte, après s'être penché pour caresser une dernière fois Scooter derrière l'oreille.

— Lyra. C'est pour cela que je me soucie de ton apparence. Je ne peux pas être vu avec un sagouin.

Lyra était un petit restaurant branché dans un quartier de la ville récemment revitalisé. Il y avait des salons de thé, des fleuristes, des magasins d'antiquités et l'un des bars gay parmi les plus récents et les plus classes, juste à côté. Ils avaient parlé de l'essayer pendant des mois, mais pour une raison quelconque, ils avaient toujours fini ailleurs. L'expression découragée de David s'allégea légèrement.

— Ta voiture ou la mienne ? demanda-t-il en fermant la porte.

— La mienne, répondit Michael en lui jetant un coup d'œil alors qu'ils descendaient l'escalier. À moins que tu ne me prêtes cette mignonne petite Mercedes.

— Je ne peux pas te prêter ce qui n'est pas à moi, contra David en secouant la tête. Et elle est garée dans le garage de ma mère. S'y arrêter ajouterait une heure à notre soirée.

C'était vrai. Michael aimait beaucoup la mère de son meilleur ami, mais elle était bavarde. En outre, la Mercedes en question appartenait à la mère de Jackson, qui avait emménagé avec celle de David quelques mois auparavant. Elles étaient amies depuis des années, c'était une décision sensée pour elles deux. La mère de David, Beverley, venait d'être veuve, après avoir pris soin de son mari au cours d'un long combat contre le cancer, et Shirley, la mère de Jackson, avait appris qu'elle avait une sclérose en plaques. Son fil était revenu vivre avec elle et essayait de s'occuper d'elle tout en créant une entreprise. Les mères, sans consulter leurs fils, avaient simplement pris une décision bénéfique pour tout le monde.

— Alors, pourquoi Scooter boude-t-elle ? demanda-t-il en appuyant sur le bip de son porte-clés pour déverrouiller les portières de la voiture avant de la contourner par l'arrière.

— Elle déteste quand son papa n'est pas là, répondit David en ouvrant la portière et en se glissant sur le siège.

Michael s'installa et verrouilla les portes.

— Ton papa te manque aussi, chéri ? demanda-t-il en lui lançant un sourire tordu.

— Oh, la ferme, rétorqua David en clipsant sa ceinture de sécurité.

Il faisait sombre dans la voiture, mais Michael aurait parié qu'il rougissait. Il ne fallait pas grand-chose pour faire rougir David.

Il conduisit prudemment dans les rues du quartier. Il n'avait pas neigé la semaine dernière, mais il faisait froid et les rues étaient verglacées et dangereuses, même si votre voiture avait des pneus neige. Il soupira silencieusement de soulagement lorsqu'ils abordèrent une voie principale dégagée.

— Alors, pourquoi Lyra ? demanda David. Cela n'a pas été dur d'obtenir une réservation pour ce soir ?

— Ils ont eu une annulation. Et tu parles d'essayer depuis des mois. Je ne peux pas être le petit ami. Je n'ai pas les épaules. Mais je peux au moins t'emmener dans un endroit sympa.

— Je te remercie, répondit-il en se penchant et en caressant la cuisse de Michael. Tu peux être gentil quand tu veux.

— Si tu répètes ça, je t'arrache la langue, affirma ce dernier en lui jetant un rapide coup d'œil renfrogné.

— D'accord, gros dur, répliqua son passager, ses dents scintillant dans la faible lueur du tableau de bord. Je garderai ça pour moi.

Le parking attenant au restaurant était bondé. Michael trouva une place un peu plus loin. Ils se dirigèrent côte à côte vers Lyra, passant devant un bar à vin et un fleuriste toujours ouvert et faisant des affaires. Le jeune homme s'abstint de faire un commentaire désobligeant sur les cœurs et les fleurs semblant partout.

— J'ai été un peu surpris, tu sais, commença David en regardant l'immense bouquet avec lequel un homme sortait du fleuriste.

— Qu'est-ce qui t'a surpris ?

David pinça ses lèvres.

— Parle-moi, l'incita Michael en lui donnant un petit coup de coude.

Son meilleur ami soupira en repoussant sa frange claire lorsque la brise glaciale l'agita.

— J'ai été un peu surpris que Jackson n'ait rien fait, admit-il

— Attends, dit Michael.

Il l'attrapa par le bras et David le regarda.

— Pas de carte, pas de bonbons, rien ? continua-t-il.

David secoua misérablement la tête.

— Il n'est pas vraiment démonstratif de cette façon, dit-il rapidement, comme s'il craignait d'avoir été trop critique envers l'homme qu'il aimait. C'est l'homme qui a réparé le système d'ouverture de mon garage lorsqu'on a cassé la vitre de ma voiture afin que je puisse me garer dans un endroit sûr. Et il envoie les fleurs de gingembre tous les lundis, donc je n'ai vraiment aucune raison de me plaindre.

— Hum, hum, marmonna Michael alors qu'ils recommençaient à marcher. Et c'est votre première Saint-Valentin, et il n'est pas là. Je crois que je vais devoir parler à monsieur Henry, lui rappeler les arts raffinés des rendez-vous.

— Oh, s'il te plaît, non, s'écria David, semblant alarmé. Il fait déjà tant de choses. Je ne veux pas qu'il se sente mal. Et honnêtement, j'ai l'impression que la Saint-Valentin n'est peut-être pas son truc. Il n'en a pas du tout parlé et…

— Relax, David, l'interrompit-il. Je peux certainement comprendre que la Saint-Valentin n'est pas une « chose » pour quelqu'un.

Il se pencha pour parler à l'oreille de David.

— Je ne dirai rien pour cette fois. Il rate ton anniversaire et les paris sont ouverts.

— Il ne le fera pas, assura son ami en attrapant sa main et en la serrant.

— Hum, hum, murmura Michael en regardant autour de lui avec curiosité.

Lyra ne ressemblait pas aux autres restaurants de la rue. Il était installé dans une vieille Brownstone carrée directement ouverte sur le trottoir et l'extérieur présentait une façade très discrète avec quelques éléments décoratifs mineurs près de la ligne de toit du deuxième étage.

Lorsque les bâtiments avaient été construits à la fin du XIXe siècle, les commerces se trouvaient au rez-de-chaussée, avec des appartements résidentiels au-dessus. Une enseigne simple se balançait dans la brise légère au-dessus de la porte de Lyra, le nom écrit en lettres d'or. Des jardinières étaient suspendues sous chaque fenêtre sur toute la longueur du bâtiment. Elles seraient sans doute charmantes au printemps, mais elles étaient maintenant pleines de vrilles de plantes mortes et saupoudrées de neige.

Michael ouvrit la porte à David, et une fois à l'intérieur, il remarqua les meubles anciens dépareillés, le vitrail au-dessus du bar, les bougies sur les tables et les boutons dans des vases. Quelqu'un de très doué avait composé un intérieur éclectique et unique, et il comprit pourquoi charmant était le premier mot que tout le monde utilisait pour parler de ce lieu. Il l'était. Il y avait aussi l'odeur appétissante d'un mets délicieux dans l'air. Plusieurs personnes se pressèrent dans l'entrée et Michael fit un geste avec son menton en direction de l'hôtesse. David, appuyé contre le mur près de la porte, hocha la tête.

Michael s'approcha de l'hôtesse en jetant un coup d'œil derrière lui afin de s'assurer que son ami ne l'avait pas suivi.

— Je m'appelle Michael Crane, dit-il à voix basse. Je crois qu'il y a une réservation ?

Elle parcourut le livre ouvert devant elle, puis elle lui adressa un sourire éclatant.

— Oh, oui, dit-elle, son sourire s'élargissant alors qu'elle regardait David. Si vous voulez bien me suivre.

Michael se tourna vers David, lui faisant signe à travers la foule. Son ami se fraya lentement un chemin vers lui, s'excusant auprès de tous ceux qu'il dépassait.

— Quand tu veux, Snyder, commenta Michael en levant les yeux au ciel.

— J'arrive.

— Noël aussi. Bon sang, tu n'as pas besoin de t'excuser auprès de tout le monde.

— Cela fait de moi une personne agréable, s'offusqua-t-il lorsqu'il arriva de son côté. Ce que tu pourrais un peu cultiver.

— Je n'ai pas besoin d'être agréable, répliqua Michael en lui lançant un regard ironique.

Ils suivirent la jeune femme à travers la salle à manger principale vers une autre pièce plus petite derrière celle-ci. Il n'y avait que cinq tables, mais il y avait aussi un foyer au gaz avec une cheminée décorée et un lustre en cristal suspendu à un médaillon ornemental au plafond. Les roses en bouton dans les vases étaient les seules décorations rappelant la Saint-Valentin, ce que Michael apprécia. Les bougies scintillaient sur les tables et les flammes se reflétaient dans les grandes fenêtres.

L'hôtesse les amena à une table juste à gauche de la cheminée, et Michael ôta sa veste et la posa sur le dossier de sa chaise avant de s'asseoir.

— C'est magnifique, dit David en regardant autour de lui avec l'œil d'un expert.

Il était l'architecte d'intérieur le plus doué que Michael ait jamais rencontré.

— Merci, répondit la jeune femme en leur remettant les menus. Le propriétaire sera ravi de savoir que vous appréciez. La carte des vins est sur la table, et votre serveur devrait vous rejoindre sous peu.

David ôta son manteau et s'assit alors que Michael prenait la carte des vins. Il n'en commanderait pas… il savait ce qui était à l'ordre du jour de la soirée… mais cela ne pouvait pas faire de mal de regarder.

— C'était très gentil de ta part, Michael, dit David.

Ce dernier lui jeta un coup d'œil par-dessus la carte des vins.

— Je n'étais pas plus pressé que toi de passer la soirée tout seul. Et ils ont une très bonne carte des vins.

— Oh ? Je peux voir ?

Michael lui tendit la carte recouverte de cuir et regarda son ami étudier la liste. David était beaucoup plus connaisseur que lui et il fit un bruit d'appréciation en lisant. Le restaurant présentait tous les vins de l'État de Washington, dont beaucoup figuraient sur la liste des critiques culinaires du Seattle Times.

— J'ai entendu dire que le riesling Wild Goose est vraiment bon.

— Je te crois sur parole.

— Ils ont des bières de microbrasseries, commenta David en tournant une page. Je sais que tu apprécies la Firebox IPA.

— C'est vrai, j'aime ça.

— Je pense que c'est bien aussi, dit-il en reposant la carte sur la table tout en jetant un coup d'œil autour de lui. Dès que je réussirai à attirer l'attention d'un serveur, je nous en commanderai une pour chacun de nous. Où sont-ils ?

Il fronça les sourcils.

— Il y a du monde ce soir, répondit Michael en s'adossant à sa chaise. Ils vont venir.

— J'espère qu'ils ne nous ont pas posés ici et oubliés ensuite, commenta David en pinçant les lèvres.

— Je suis sûr que non, protesta le jeune homme en réprimant un sourire.

L'irritation de son ami commençait à l'amuser et il ne savait pas combien de temps encore celui-ci accepterait son comportement calme ; le service lent était en général la bête noire de Michael.

Deux femmes très bien habillées entrèrent à la suite de l'hôtesse, et même s'il les attendait, Michael eut besoin d'un moment pour les reconnaître. Beverley avait choisi une jolie robe verte et dorée, avec un manteau bleu foncé, et Shirley était coiffée dans un nouveau style depuis la dernière fois qu'il l'avait vue. Il retint un sourire en voyant l'expression sur le visage de David.

— Maman ?

Beverley se retourna et le regarda, et Michael pensa qu'il devrait la complimenter pour son art du théâtre plus tard. Elle avait l'air vraiment surprise.

— David, s'exclama-t-elle en s'arrêtant pour le serrer dans ses bras. Que fais-tu ici ?

— Michael savait que Jackson était absent et il m'a donc invité à sortir, répondit-il avec un geste en direction de son ami.

— Eh bien, n'es-tu pas adorable ? s'écria-t-elle en tendant les bras vers Michael.

Il s'avança entre eux et l'embrassa.

— Bravo, maman, chuchota-t-il.

Elle recula et leva les yeux vers lui avec une expression espiègle.

David embrassait Shirley.

— Je me sens si mal à propos de ça, disait-elle. C'est de ma faute s'il a dû se rendre à Seattle.

— Non, ce n'est pas de votre faute, assura David en passant une main sur son bras. Il devait le faire, c'est tout. Je ne veux pas que vous vous inquiétiez pour ça.

— Eh bien, c'est agréable que ton ami n'ait pas déjà eu une occupation, commenta-t-elle en souriant à Michael.

— Oh, c'est tout moi, répliqua ce dernier sans pouvoir s'empêcher d'être un peu sarcastique. L'ami qui n'est pas occupé le jour de la Saint-Valentin.

La mère de David lui lança un regard légèrement réprobateur.

— Que faites-vous ici ? demanda son fils en regardant les deux femmes.

— Nous avons des billets pour *Wicked*, tu te souviens ? Nous avons pensé que nous pourrions d'abord manger au lieu d'attendre presque minuit, expliqua Beverley en adressant un sourire éclatant à son fils. Tu savais que tous les restaurants de cette ville ferment à vingt-deux heures ?

— Voulez-vous vous joindre à nous ? proposa David en jetant un coup d'œil à leur table pour deux. Je suis sûr que nous pourrions obtenir une plus grande table.

Mais toutes les tables de la salle étaient pour deux. Il se tourna vers l'hôtesse.

— Nous pourrions probablement organiser quelque chose pour vous, dit-elle à regret, jouant ainsi son rôle. Mais il faudrait que ce soit dans la salle à manger principale, et il faudrait attendre. Cette salle est généralement réservée aux couples, surtout aujourd'hui.

— C'est bon, chéri. Ne t'inquiète pas pour ça. Nous allons simplement nous asseoir ici et vous jeter des olives.

Son fils lui jeta un regard ironique, mais un rire s'attarda sur ses lèvres.

L'hôtesse installa les dames de l'autre côté de la cheminée et Michael la retint avant qu'elle ne puisse quitter la pièce.

— Nous n'avons même pas encore vu de serveur.

— Oh, je suis vraiment désolée. Si vous voulez boire quelque chose, je peux vous le procurer et je vous enverrai votre serveur.

— Merci, déclara David. Nous aimerions deux Firebox, s'il vous plaît.

— Je m'en occupe, répondit-elle en souriant.

— Enfin, murmura-t-il alors qu'elle s'éloignait. La nourriture est peut-être excellente ici, mais le service laisse à désirer.

— C'est la Saint-Valentin, David. Laisse-leur une chance.

— C'est toi qui dis ça ? s'étonna-t-il en levant un sourcil. Le premier client à râler ?

Michael lui-même pensait qu'il était probablement en train de surjouer son attitude détendue. Il fut reconnaissant lorsque le serveur arriva.

C'était un très beau jeune homme, mais au lieu de deux grands verres de bière pâle, il portait un plateau avec une bouteille de champagne dans un seau à glace en métal argenté et deux flûtes en cristal. Il posa le tout sur la table et se détourna pour partir.

— Non, attendez, s'exclama David, clairement agité. Nous n'avons pas commandé cela.

— Non ? dit le serveur en consultant sa fiche. Ça dit que c'est pour la table 27 et c'est cette table-là…

Il fronça les sourcils, affichant un charmant air confus. Il n'était pas le genre de Michael, avec ses cheveux roux et ses taches de rousseur, mais il était très mignon.

— Je vais voir si je peux régler ça, dit-il enfin.

— Oh, bon sang, s'énerva David. Nous ne paierons pas pour une bouteille de champagne. Nous devrions aller ailleurs.

— Ça devient ridicule, accepta Michael. Mais le seul endroit où nous pourrions aller, c'est au McDonald's. Autant te détendre, David. C'est ça ou PB et J [4] chez toi.

— Je n'arrive pas à croire les critiques que j'ai lues sur cet endroit, soupira David en s'affaissant sur sa chaise.

Michael haussa les épaules.

L'hôtesse réapparut et elle escortait trois hommes cette fois-ci. Michael se raidit un peu à leur vue, même s'il savait exactement qui viendrait ce soir.

David se redressa, puis se leva, la bouche légèrement entrouverte, lorsqu'il les aperçut.

— Attendez… dit-il avant de plisser les yeux. Qu'est-ce… ?

— Regardez qui voilà !

Gilbert Chandler, un mètre quatre-vingt-treize, les épaules larges et la tête rasée, passa la porte en premier. Il sourit et une fossette apparut près d'une bouche pleine de dents blanches et droites. Il s'approcha de leur table, tendit la main et tapota David sur l'épaule. Michael était heureux d'être assis, parce que, à son grand désespoir, ce maudit homme faisait tressauter son sexe et trembloter ses genoux.

David regarda Gil en fronçant les sourcils, il n'avait pas encore vu Vernon Dwyer et Emanuel Martinez. Vernon, avec ses cheveux gris argenté à hauteur d'épaules, tirés en arrière dans une queue de cheval, portait un Levi's parfaitement repassé et un manteau de sport. Manny Martinez, d'une beauté à couper le souffle, le suivait, la tête baissée, un sourire timide sur son visage. Ses boucles sombres brillaient dans la lumière douce, son physique élancé, mais robuste était parfaitement mis en valeur dans un pantalon habillé et une veste courte en daim noir. La cicatrice qui traversait son front et suivait la ligne de sa pommette n'était plus aussi enflammée qu'elle l'avait été, devenant moins visible sur son beau visage.

— Salut, dit David en regardant Gil, Vernon et Manny, trois des hommes avec qui Jackson et lui avaient débuté leur entreprise.

Il regarda ensuite les deux femmes de l'autre côté de la pièce, fronçant les sourcils, de plus en plus confus. Il tourna finalement la tête et regarda Michael avec insistance.

---

4 Peanut Butter and Jelly. Sandwich au beurre de cacahuètes et confiture.

— Michael. Que se passe-t-il ?

— Oui, Michael, répéta Gil en levant un sourcil brun et épais, son sourire de petit malin bien en place. Que se passe-t-il ?

Ce dernier voulait le frapper.

— Oh, va te faire…

Il évita le « connard », par déférence pour les mamans assises à proximité.

— Je ne comprends pas, intervint David en regardant ses amis et sa mère et inversement. Pourquoi êtes-vous tous ici ?

— Dîner, répondit Vernon, pince-sans-rire. Tu sais, de la nourriture ? Ils servent ça ici, pas vrai ?

— Sois gentil, vieux bougon. Les bonnes manières au restaurant, tu te souviens ?

— Va te faire voir, Gilbert, répliqua-t-il en retroussant ses lèvres.

— Je suis si confus, dit David en se tournant vers Michael qui haussa les épaules.

Heureusement, son ami ne resta pas confus longtemps.

L'hôtesse s'échappa rapidement au moment où un serveur passa la porte en tenant le plus ridicule et le plus grand arrangement floral que Michael ait jamais vu. Il était composé de roses, de lys et de fleurs de gingembre rouge. Il était si énorme qu'il masquait l'homme à partir de sa taille.

— Livraison pour David Snyder ?

La voix avait été intentionnellement baissée, et Michael vit Gil cacher un sourire derrière sa main.

— Quoi ? C'est… moi, répondit David, les sourcils froncés, essayant toujours de comprendre ce qui se passait.

— C'est une bonne chose qu'il soit beau, grommela Vern.

— Vernon, intervint Gil en lui jetant un coup d'œil. Arrête, ça suffit. C'est important.

Gil, Vern et Manny s'écartèrent afin de laisser l'homme poser l'arrangement floral sur la table entre Michael et David. Le jeune homme dut se reculer ou un énorme lys aurait heurté son visage et il repoussa les fleurs offensantes au fond de la table.

David se mit à trembler et il faillit renverser le bouquet lorsque son amant se révéla derrière la couverture colorée.

— Jackson ? dit-il, semblant enfin se rendre compte que le cercle intime des personnes auxquelles il tenait était rassemblé dans la pièce, que ce n'était pas un hasard et qu'il ne savait pas pourquoi. Ça me rend nerveux.

— Ne sois pas nerveux, répondit son compagnon en attrapant une de ses mains.

Il était habillé de noir de la tête aux pieds, comme les autres serveurs. Chaussures noires, pantalon noir, chemise noire. Cela ne fonctionnait pas du tout sur certains hommes, mais sur Jackson Henry ? Michael n'arrivait pas à penser à quelque chose qui n'irait pas bien à cet homme. Ses cheveux étaient ébouriffés. Il avait besoin d'un rasage et il était parfait. Il mit sa main libre dans la poche de son pantalon.

— J'ai essayé de trouver un moyen… commença-t-il en sortant la boîte en velours gris. Pour faire ça sans que ce soit ringard.

— Tu as raté la bretelle de sortie, gronda Vern

Ce fut Manny qui le fit taire, cette fois.

Jackson soutint le regard de son compagnon, ne parlant qu'à lui.

— J'ai pensé t'emmener à notre endroit près de la rivière et faire ça là-bas, juste toi et moi. Puis, j'ai réalisé que même si je préférais ça, ce ne serait pas ton cas. Et il ne s'agira jamais que de moi, bébé. Plus jamais.

Il s'agenouilla gracieusement sur le plancher en bois massif. Une des mamans sursauta et l'autre renifla, mais Michael n'aurait pas pu détourner le regard du couple en face de lui, même s'il avait essayé. Sa main se leva par réflexe pour s'appuyer sur son cœur alors qu'il observait les deux hommes.

Jackson tâtonna un instant avec la boîte du bijoutier, puis il souleva le couvercle et Michael étudia le visage de son meilleur ami à la vue des anneaux. Ses yeux expressifs s'élargirent, puis se remplirent de larmes alors que son amant sortait un des deux anneaux artistiquement gravés.

— Je t'aime, David, dit Jackson avec un sourire presque timide. Et je ne veux pas vivre ma vie sans toi. Veux-tu faire cela avec moi ? Veux-tu m'épouser ?

Le petit groupe d'amis et de membres de la famille retint collectivement son souffle. En fait, même si le bruit du restaurant extérieur filtrait à travers la porte, la pièce semblait être dans une bulle, tenant le monde à distance pendant qu'ils attendaient tous la réponse de David.

Ce dernier s'était couvert la bouche pendant que Jackson faisait sa demande en mariage. Des larmes avaient coulé sur ses joues et quand il bougea sa main, sa lèvre inférieure trembla. Finalement, il hocha la tête et aida solennellement son compagnon à glisser la bague. Puis il enroula sa main autour du cou de Jackson.

— Oui, réussit-il à dire, bougeant enfin.

Il se mit à genoux devant Jackson et jeta ses bras autour de son cou.

— Oui, répéta-t-il. Oh, bon sang, oui !

Il y eut des acclamations, des discussions et des rires pétillants. Quelques serveurs et clients s'étaient entassés dans l'embrasure de la porte et applaudissaient en souriant. Jackson enroula ses bras autour du corps élancé de David et le serra dans ses bras, puis il recula suffisamment pour sourire en fixant les yeux de son fiancé, essuyant ses larmes avec ses pouces.

Michael n'arrivait pas à détourner le regard du visage de David, de la crainte dans son expression. Ils avaient tous été élevés avec l'idée que le mariage n'était pas une option, pas pour eux. Le mieux qu'ils pouvaient faire, c'était trouver quelqu'un qu'ils aimaient et appeler cette personne, partenaire, amant. Michael n'avait jamais imaginé voir en personne un homme en demander un autre en mariage, et pourtant il vivait cet instant. Il était incapable d'arrêter ses larmes ou de les empêcher de glisser sur son visage.

Il sentit alors que quelqu'un le regardait et il détourna le regard du couple à genoux qui s'embrassait pour le poser sur l'un des trois hommes debout, juste derrière lui.

Les yeux noisette de Gil Chandler brillaient aussi d'un éclat suspect alors qu'il le fixait.

— Je t'ai vu, dit-il avec un lent sourire.

Michael se renfrogna et recula. Le sourire asymétrique de Gil s'approfondit et le jeune homme détourna les yeux, essuyant ses larmes alors qu'il se concentrait sur une rose rouge vif dans l'arrangement floral insensé.

III

MICHAEL GARA sa voiture, l'arrêtant aussi près du mur de neige qu'il l'osa tout en laissant de la place afin d'ouvrir sa portière. Heureusement qu'il était mince et qu'il pouvait passer dans le petit espace, parce que lorsqu'il quitta l'habitacle chaud du véhicule et se redressa, les voitures en circulation n'étaient qu'à quelques centimètres. L'immense maison où il devait retrouver David et Jackson se dressait au-dessus de la large rue à sens unique, très fréquentée, qui menait au centre-ville. Il était soulagé de constater que même si le stationnement du « mauvais côté » de la rue était une saloperie, il n'avait pas à jouer à la roulette russe avec les automobilistes en traversant les deux voies de circulation. Il n'aurait qu'à grimper le tas de neige sale et glacée que les chasse-neige avaient laissé lorsqu'ils avaient dégagé les rues.

Il saisit sa sacoche, puis jura alors qu'il escaladait le monticule glissant d'un mètre de haut. Une large allée d'accès coupait la colline à une cinquantaine de mètres de l'endroit où il se trouvait, mais il se voyait tituber, glisser et s'écraser sur les fesses devant les gens coincés dans les embouteillages de l'heure de pointe. L'hiver avait été si long qu'il attendait avec impatience que les températures montent et qu'une partie de la neige sale accumulée dans toute la ville fonde. Sortir après la tombée de la nuit lorsque les températures chutaient exacerbait tout.

Michael s'était enthousiasmé pour ce potentiel travail lorsque David lui avait dit où ils se rendaient pour l'offre, même avec le côté négatif du stationnement. Son meilleur ami était bien sûr très excité à propos de tout et l'avait été depuis la demande de Jackson, deux semaines auparavant. Michael pouvait lui accorder ça. Jackson était magnifique, ils étaient fous l'un de l'autre, et il supposait qu'un mariage était l'aboutissement naturel pour des couples comme eux. Ce qui était moins agréable ou facile à pardonner, c'était la graine de nostalgie que l'homme avait plantée dans la poitrine de Michael lorsqu'il avait assisté à la demande en mariage. Il s'enorgueillissait de son désintérêt pour toutes ces conneries d'éternité, croyant qu'il était impossible pour un gay de trouver vraiment son autre moitié. Puis il avait vu Jackson s'agenouiller et demander à David de l'épouser. Il avait regardé quelqu'un obtenir son Prince Charmant, et un désir différent de tout ce qu'il avait pu ressentir auparavant avait envahi son cœur. Il n'aimait pas ça.

Il finit de franchir l'accotement et glissa sur les derniers mètres, jusqu'à ce qu'il réussisse à se stabiliser dans la neige plus molle sur la pelouse. Il se redressa enfin et leva les yeux sur la maison qu'ils allaient visiter.

Il connaissait bien sûr le manoir Patrick O'Banyon. Il était, comme l'hôtel Mercer, le joyau du tournant du siècle que le même homme avait construit au centre-ville. On ne pouvait pas vivre dans la région et ne pas connaître l'histoire du millionnaire minier, considéré comme l'un des pères fondateurs. Paddy O'Banyon, immigré irlandais, impétueux et égocentrique, possédait une mine d'argent dans le nord de l'Idaho. Il fit construire son manoir sur la colline, dans l'est de Washington, en 1894, afin que sa femme, née à Boston, ait d'autres personnes élégantes à fréquenter. Au début du XXe siècle, la plupart des gens bien nantis de la région avaient fait fortune dans les mines, les chemins de fer ou les deux. Michael n'avait pas grandi dans la région, mais même lui connaissait l'histoire des personnes qui avaient construit le centre-ville. Certaines familles existaient encore. La nouvelle génération se servait actuellement de l'argent hérité pour rénover des bâtiments du même âge dans la rue principale du centre-ville. Mais cette maison était la cerise sur le gâteau, située sur la colline, visible à des kilomètres à la ronde. Il avait entendu des histoires sur la maison, même s'il n'y était jamais entré. Elle était inscrite au Registre National des maisons historiques et avait été une destination pour lune de miel ces dernières années, jusqu'à ce que ses propriétaires n'aient plus les moyens de l'entretenir. Elle avait changé récemment de mains, mais celui qui l'avait acheté faisait profil bas.

Certains disaient qu'elle était hantée. Il pouvait le croire, alors qu'il fixait les poutres et l'ardoise Tudor décorant la vénérable façade. À la croisée entre un manoir anglais et une maison Craftsman, la demeure était dotée d'une grande arche surplombant les quinze marches menant à un porche qui entourait l'ensemble de ses mille cent mètres carrés. La balustrade était même interrompue à un endroit afin que les calèches puissent amener leurs clients directement sur le porche. C'était un témoignage de l'époque où la maison avait été construite, et Michael était surpris qu'elle n'ait jamais été remodelée. En fait, l'ensemble de la structure semblait anachronique, une maison à l'ancienne dans un monde moderne. Elle avait besoin d'être repeinte, là où la peinture s'écaillait sur les grosses poutres. La neige poudreuse ajoutait du charme aux toits, aux cheminées et aux appuis de fenêtres, mais la pierre d'ardoise qui constituait sa base, grise et laide, la rendait lugubre.

Ce qu'il voyait devant lui représentait un travail énorme, même si ce n'était que l'extérieur. Mais David lui avait dit qu'ils étaient ici pour voir les deux premiers étages. Comme ce dernier l'avait suggéré, il s'agissait d'un travail qui pourrait leur permettre de démarrer Delta Restauration, Rénovation et Design. Ils étaient sept lors de la première réunion, et avaient tous accepté d'essayer de se regrouper en une entreprise. Ils faisaient de plus petits travaux et leur logo, le triangle du delta avec une écriture noire élégante, se trouvait actuellement dans les cours avant de trois manoirs d'époque sur la colline. Mais un tel travail ? Ils seraient tous en mesure de se faire un salaire. Michael était dans la place et il se moquait que les fantômes jouent aux petits chevaux dans le salon.

Il traversa la pelouse enneigée, s'arrêta sur l'allée pour secouer la neige de ses bottes, puis se dépêcha de monter les marches de l'escalier. Ses pieds étaient gelés, mais ils l'avaient été toute la journée. Il avait environ dix minutes de retard pour la réunion et espérait de ne pas avoir raté trop de choses. Il s'arrêta devant l'énorme porte et étudia le vitrail situé au-dessus d'elle alors qu'il sonnait. L'imposte en demi-cercle avait la forme d'un paon et il en admirait les détails quand la porte s'ouvrit. À sa grande surprise, David se tenait de l'autre côté.

— Eh bien, bonjour. Joues-tu au Seigneur du Manoir ?

— Je pourrais avec cet endroit, non ? répondit David en souriant. Non, je savais que c'était toi, et notre client a reçu un appel téléphonique.

— Je suis en retard, désolé, dit Michael en franchissant le seuil, admirant immédiatement les planchers en bois massif.

Ils étaient assombris par l'âge, mais toujours aussi beaux.

— J'ai été pris dans les embouteillages, poursuivit-il.

— C'est ce que je me suis dit. Alors qu'en penses-tu ? demanda David en refermant la grande porte derrière eux.

Michael observa l'énorme entrée. À gauche, l'escalier en bois massif montait le long du mur jusqu'à un palier, puis tournait et suivait le mur du fond jusqu'à un deuxième étage. Le balcon bordé par une balustrade en bois s'enroulait autour du gigantesque espace. Il était difficile de voir le plafond bien au-dessus. Il voyait qu'il y avait une peinture murale, mais il faisait sombre à l'extérieur, donc aucune lumière ne traversait les vitraux sur le large palier. Il aurait dit que c'était peut-être un paon peint, ses plumes en roue s'étendant sur les bords. Les appliques de l'entrée avaient l'air miteuses et un lustre sombre pendait au centre d'un médaillon en plâtre auquel il semblait manquer des morceaux. Tout était beau, mais cela lui rappelait une reine de beauté vieillissante, toujours aussi belle, mais qui commençait à montrer son kilométrage.

— Des paons, n'est-ce pas ?

— Apparemment, dit David en regardant autour de lui. Mais les boiseries ne sont-elles pas glorieuses ?

Michael se retourna pour répondre au commentaire de son ami, mais il s'arrêta lorsqu'il entendit des voix. Jackson entra par une grande porte, venant de la pièce voisine, et juste derrière lui, Gil Chandler, une tablette à la main. Le jeune homme se raidit et se retourna.

— Pourquoi est-il ici ?

— Qui ?

— Qui ? répéta-t-il en lançant un regard noir à son ami. D'après toi ? Je savais que Jackson serait là. Je ne savais pas que sa suite le serait.

— Nous avons besoin de lui ici, Michael. Les murs sont endommagés dans presque toutes les pièces, et Gil est notre spécialiste murs et peintures. Tu le sais.

— Je suppose que je n'avais pas réalisé qu'il faisait partie du processus d'appel d'offres, répondit ce dernier en mettant ses mains dans ses poches et en courbant les épaules.

— Sois gentil, s'il te plaît. Nous devons avoir l'air professionnels. Ce travail pourrait se traduire par des dizaines de milliers de dollars et la publicité seule serait inestimable. Tu sais ce que les gens de cette ville pensent de cet endroit.

Il baissa encore la voix avant de continuer.

— Ne peux-tu pas imaginer l'attention qu'aurait notre enseigne sur la pelouse ? Nous aurions vraiment l'utilité de cela, Michael. Cela ferait plus que simplement régler les factures, cela pourrait tout régler.

— Je serai sage, assura-t-il en soupirant, espérant qu'il y arriverait.

— Bonjour, monsieur Crane. Vous avez l'air en forme, ce soir.

Michael se raidit, mais il mordit le bout de sa langue avant de se retourner. Gil se tenait derrière lui, son grand visage affichant un sourire taquin. Il portait une chemise verte et une veste légèrement plus foncée. La couleur s'harmonisait merveilleusement à ses yeux noisette et Michael inspira profondément.

— Permettez-moi de vous retourner le compliment, monsieur Chandler.

Gil appuya une main sur son cœur afin de manifester sa surprise.

—Ça me va droit au cœur. L'homme vient de me faire un compliment. Le ciel est-il en train de tomber ? s'exclama-t-il en regardant le plafond comme s'il s'attendait à ce qu'il s'écroule sur lui.

Michael ouvrit la bouche pour répliquer et vit Jackson donner un coup de coude dans les côtes de Gil. Celui-ci grimaça en frottant l'endroit au moment où une autre voix résonnait dans la pièce vide.

— Monsieur Snyder ?

Un homme séduisant entra par une porte latérale, son pas léger sur le parquet. Il avait peut-être cinquante ans, avec de courts cheveux bruns, un léger début de calvitie et une barbiche élégamment argentée. Il était svelte et gracieux, même dans son jean et son pull-over décontracté, le rouge de son haut exactement de la même couleur que ses baskets Nike. Une incroyable paire de chaussures ! Michael les regardait depuis des mois. Maintenant qu'il les avait vues aux pieds de cet homme classe, ce n'était plus qu'une question de temps. Le client tendit sa main à David, et Michael remarqua le fin anneau doré sur son annulaire.

— Monsieur Lawrence, répondit David avec un petit sourire.

— Richard, s'il vous plaît. Je suis désolé pour le retard. Et je suis navré que mon mari ne puisse être là.

Il regarda chaque personne alors que David présentait tout le monde. La main de Richard était chaude, sa peau douce lorsqu'il serra celle de Michael.

— Ne vous inquiétez pas, lui assura Jackson. Nous regardions juste un peu autour de nous. J'espère que cela ne vous dérange pas.

— Aucunement, répondit Richard en pressant les paumes de ses mains ensemble. Vous pouvez voir le potentiel, n'est-ce pas ?

— Absolument

— Nous faisons la visite ?

Michael sortit sa tablette de sa sacoche et son stylet de son sac, essayant d'être très attentif pendant que Richard faisait des gestes à l'endroit où ils se trouvaient. Gil, dans son dos, était une distraction au parfum épicé. Le jeune homme ne savait pas quelle eau de Cologne il utilisait, mais elle lui mettait l'eau à la bouche. Il s'éloigna de quelques pas.

— Ceci est l'entrée, comme vous le voyez.

— C'est l'entrée ? répéta Michael en regardant autour de lui, incrédule.

C'était plus grand que son appartement.

— Oh oui, répondit Richard en lui jetant un regard amusé. À l'époque, les invités entraient par les portes latérales.

Il pointa un doigt vers un énorme ensemble de portes doubles, avant de continuer son explication.

— Selon l'ordre du jour de la soirée, soit ils passaient dans le salon vert pour attendre l'annonce du dîner, soit ils se rendaient dans la salle de bal. Certains soirs, ils installaient des chaises dans cet espace pour des spectacles musicaux. Vous pouvez voir les taches sur le plancher, là où un piano a été posé pendant presque cent ans.

Il sourit à Michael lorsque celui-ci se pencha pour voir que, oui, il y avait trois entailles sur le sol où les pieds du piano devaient être posés.

— Il y aura un autre instrument à cet endroit lorsque les rénovations seront finies. La salle de bal est par là, dit-il en les conduisant vers cette dernière.

— Bon sang, murmura Michael.

— Cela semble un peu exagéré pour une maison privée, n'est-ce pas ? dit Richard, son sourire s'élargissant.

— Pas s'ils prévoyaient d'avoir une patinoire couverte, répliqua le jeune assistant en regardant l'immense espace autour de lui, convenablement impressionné.

Richard rit. C'était un son chaleureux et agréable.

— Non, mais ils faisaient beaucoup d'affaires dans cette maison au cours de grands événements. L'expansion du chemin de fer a été discutée ici, ainsi que les revenus miniers. Les hommes qui fréquentaient cette maison en ce temps-là étaient les Warren Buffets et les Bill Gates de l'époque.

Michael la regarda d'un autre œil.

La salle de bal mesurait au moins quinze mètres sur quarante-cinq avec des fenêtres du sol au plafond ornées de rideaux de velours sombre d'un côté et de miroirs de l'autre. Quatre lustres en cristal et en laiton pendaient au plafond par intervalles, telles des fleurs géantes en métal et en verre fleurissant de médaillons complexes en plâtre.

— Ils sont magnifiques, dit David, son émerveillement se lisant sur son visage.

Michael était d'accord. Il n'avait jamais rien vu de tel. Ils étaient presque steampunk dans leur utilisation du métal, les formes organiques, et pourtant mécaniques.

— N'est-ce pas ? Nous sommes impatients de voir à quoi ils ressemblent lorsqu'ils sont propres.

Des cheminées avec des parements et des manteaux de marbre noir occupaient le centre des murs aux deux extrémités de la grande pièce. Les murs étaient décorés de plâtres, comme les volutes en fondant d'un gâteau de noces. Il manquait des sections entières des dessins, ce qui donnait un air triste et négligé à ce qui était jadis, sans aucun doute, une salle magnifique. Un vilain rose Pepto-Bismol [5] recouvrait les murs, et les bras en laiton des appliques murales étaient ternis. Gil passa devant lui, regardant intensément le mur. Ce qui permit à Michael de l'étudier sans se faire prendre.

L'homme portait habituellement un jean usé et éclaboussé de peinture, une chemise à manches longues en coton côtelé et un tablier noir qui le couvrait de sa poitrine à ses cuisses trapues. Même si Gil était entièrement couvert, Michael ne pouvait pas ignorer la taille effilée aux hanches, les biceps épais et les épaules larges. Le physique musclé de Gil était encore plus évident, vêtu comme il l'était maintenant. Il leva une main pour toucher le mur, ses doigts longs et effilés s'étalant sur le plâtre. Il avait de si grandes mains. Michael détourna le regard, sentant un tremblement désagréable dans son estomac.

— Des lattes et du plâtre ?

— Partout, répondit Richard en s'avançant à côté de Gil, étudiant le fini du mur. La couleur est horrible, bien sûr.

— C'est facile à réparer, assura Gil en haussant les épaules. Vous souhaitez garder le même traitement, n'est-ce pas ?

— Là où c'est possible, absolument. Je suis très attaché à en préserver autant que possible.

— Bien, dit Gil en écrivant rapidement sur sa tablette. Nous aussi et nous pouvons le faire. Cela pourrait signifier enlever une partie du plâtre endommagé, mais ils savaient ce qu'ils faisaient en dessous. Il n'y aura pas de termites, donc cela devrait être solide. Tant qu'il n'y a pas de moisissure.

— Dieu m'en préserve, répliqua Richard d'une manière significative.

— Oh oui, approuva Gil en souriant au propriétaire, cette fossette sur le côté de sa bouche apparaissant de nouveau.

---

5 Pepto-Bismol est un médicament en vente libre produit par la compagnie nord-américaine Procter & Gamble et destiné à soulager des malaises gastriques... La boîte et le produit sont roses.

Michael ressentit quelque chose qui ressemblait inconfortablement à de la jalousie. Il n'aimait pas cela du tout.

Gil continua de gribouiller des notes, sa tête lisse brillant légèrement dans la lumière douce. Michael détestait le désirer, l'avoir presque toujours désiré. Il sentait le bourdonnement de sa tête à la base de sa colonne vertébrale et directement relié à sa queue. Il se contracta sans que cela aide. Il se força à prendre du recul et à détourner le regard. Quelle que soit la raison foireuse pour laquelle l'univers lui faisait tout cela, Gil Chandler l'appelait sur un plan purement physique. Mais ce n'est pas parce qu'il voulait grimper sur l'homme comme sur un arbre qu'il le ferait. Il se força à revenir à la conversation en cours.

— Notre idée, disait Richard, est d'utiliser la salle de bal et le terrain à l'arrière comme lieu de mariage pendant la saison d'avril à juillet, tout en laissant le reste de la maison en restaurant ouvert au public. Nous pouvons diviser l'espace avec ceci.

Il fit apparaître des portes coulissantes entre l'entrée principale et la salle de bal, et Michael pensa que Jackson allait avoir un orgasme de joie pure et simple.

— Oh, oh, s'extasia celui-ci en tendant la main pour toucher le bois sombre. Toutes les portes de la maison sont-elles d'origine ?

Il caressa le bois sombre avec des doigts amoureux, suivant le détail sculpté de vignes et de fleurs. Michael pensa que s'il était David, il serait jaloux des vieilles portes.

— Pour autant que nous le sachions, dit Richard avec un faible sourire. Elles ne sont pas toutes si élaborées.

Jackson ressemblait à un gamin qui aurait trouvé le meilleur jouet sous son sapin de Noël.

Au fur et à mesure qu'ils poursuivaient leur route en bas, Michael pouvait commencer à comprendre pourquoi Richard et son mari avaient acheté l'ancienne maison. Il sentait aussi les yeux de Gil le suivre presque aussi souvent que les siens le suivaient lui. Il essaya de l'ignorer, mais c'était difficile. Il y eut un contact fugace à un moment donné sur sa nuque. Il regarda par-dessus son épaule pour trouver Gil en train d'étudier attentivement la surface d'un mur, une image d'innocence.

Michael se détourna en grommelant.

Ils parcoururent le reste des pièces du bas. Une immense cuisine qui devait être détruite pour le mari de Richard, Lyle, occupait un coin arrière de la maison. Lyle était un chef étoilé au Michelin qui dirigeait leur

36

restaurant et leur service traiteur. On aurait dit que l'électroménager avait été remplacé au cours des trente dernières années, mais le carrelage était partout d'origine. Il y avait des petits carreaux hexagones noirs et blancs sur le sol, et de plus grands rose pâle sur la large moulure supérieure.

Michael avait noté sur sa tablette chacune des zones qui nécessitaient des réparations, et avant même qu'ils n'atteignent les étages supérieurs, la liste était d'une longueur impressionnante. Il pouvait voir ce travail prendre des mois. Il voyait aussi que c'était très lucratif pour Delta, ce qui était très excitant. C'était lui qui avait eu l'idée originale de former une entreprise composée principalement de gays. Il ressentait à présent un intérêt direct dans son succès. Cela ne nuirait pas non plus à ses intérêts financiers personnels. Son rêve était que David et lui puissent quitter A.F.I sans un regard en arrière.

Richard les conduisit à l'escalier principal qui montait jusqu'au palier.

— Il y a quelques petits dégâts sur le bois, dit-il en faisant un geste en direction de plusieurs entailles dans la balustrade. Nous voulons le préserver autant que possible.

— Bien sûr, approuva Jackson, dont la main avait suivi le bois depuis le rez-de-chaussée, au-dessus du pilastre élaboré du palier.

Il se penchait maintenant pour étudier les balustres tournés, d'une manière experte.

— Je connais quelqu'un qui peut les reproduire si nécessaire, ajouta-t-il.

— Ce serait merveilleux. Je sais qu'il ne reste plus beaucoup d'artisans de ce genre. Puis, il y a ça, dit-il avec un geste en direction des vitraux.

Michael haleta doucement et s'approcha pour les étudier. C'était impossible de voir plus que des indices de couleur dans l'obscurité, mais les images étaient claires. Le motif du paon avait été réalisé dans toute sa splendeur ici ; les deux grandes fenêtres représentaient de fiers paons mâles, leurs gorges magnifiquement arquées et leurs têtes inclinées formant presque un cœur, leurs queues totalement déployées se chevauchant au fond. Une rambarde blanche basse se trouvait derrière les oiseaux et au-delà, les formes délicates des voiliers flottant sur un lac tranquille.

— On dirait une œuvre de Louis C. Tiffany, dit-il en se penchant jusqu'à la taille alors qu'il étudiait attentivement le bas des fenêtres.

Il recherchait une petite forme rectangulaire avec la signature distinctive… Sa main jaillit lorsqu'il l'eut trouvée et il toucha délicatement la fenêtre centenaire.

— Oh, bon sang. Voilà Tiffany.

— Nous avons les documents de la date à laquelle elles ont été commandées, l'informa Richard. Encore une fois, O'Banyon ne voulait que le meilleur pour son épouse.

— Elles valent une fortune, intervint David en les étudiant de plus près.

— Il y a des dégâts, fit remarquer Richard en signalant quelques fissures et un endroit où quelqu'un avait utilisé du ruban adhésif en toile pour recouvrir une pièce manquante dans un coin.

Michael ressentit un fort désir d'exploser la bouche de celui qui avait fait ça.

— Nous connaissons quelqu'un qui peut les réparer, probablement sans les démonter, intervint David avant de se tourner vers Michael. Note d'appeler Elisabeth.

Celui-ci hocha la tête en se redressant. Quand il l'eut fait, il sentit un corps robuste se tenant près de lui tout le long de son dos. Il sut sans se tourner qui c'était.

Il regarda par-dessus son épaule, pas du tout surpris de voir Gil le regarder de haut.

— Oh, désolé, s'exclama ce dernier en reculant, un lent sourire se répandant, des fossettes apparaissant. J'étais sur ton chemin ?

— Oh non, pas du tout, répliqua-t-il en lui donnant un coup de coude subtil sur le côté lorsqu'il passa.

Gil gronda doucement, mais son sourire resta en place.

Michael leva les yeux vers la peinture murale au plafond lorsqu'ils arrivèrent ensuite tous les cinq au deuxième étage. Et oui, c'était bien un paon qui était peint là. Un paon souriant. Il inclina légèrement la tête, fronçant les sourcils. Pourquoi diable un paon sourirait-il ?

— Quelqu'un a essayé de réparer ça à un moment donné, commenta Gil à côté de lui.

Michael regarda et le trouva en train d'étudier la peinture murale.

— Ils n'ont pas fait un très bon travail, conclut le grand homme.

—Ils ont fait un travail horrible. Avez-vous déjà vu un oiseau plus condescendant ? demanda Richard en riant avant de montrer du doigt un coin éloigné. Il y a eu un dégât des eaux, un tuyau a éclaté, il y a une dizaine d'années. Ils ont fait appel à un peintre muraliste renommé pour effectuer les réparations une fois que cette section du mur a été remplacée. Je ne sais pas ce qui s'est passé. Heureusement, nous avons trouvé les rendus originaux de l'artiste en fouillant les greniers.

— Vraiment ? s'exclama Gil, son expression s'éclairant. J'adorerais les voir.

— Êtes-vous le peintre muraliste ? Monsieur Snyder m'a dit qu'il en connaissait un excellent.

Michael tourna brusquement la tête et il regarda Gil avec surprise. Une couleur rouge se propageait sur le cou de l'homme au-dessus de son col.

— Je n'ai pas vraiment eu le temps de faire beaucoup de travaux de peinture murale ces derniers temps, mais je l'ai fait auparavant.

— Il est trop modeste, déclara David. Il est incroyable. Il a réalisé les peintures murales dans la nouvelle aile de l'hôpital pour enfants du centre-ville.

— Toutes ? demanda Richard.

Michael, surpris, étudia Gil. Il avait l'air mal à l'aise, comme s'il n'avait pas l'habitude d'être le centre de l'attention de tous.

— Nous étions présents lorsque la nouvelle aile a été inaugurée. Les peintures murales sont vraiment magnifiques, monsieur Chandler.

— Merci, dit ce dernier en piétinant un peu, le visage rougissant.

Michael jeta un regard acéré à David. Comment son ami pouvait-il savoir que Gil était un artiste sans le lui avoir dit ? On aurait dû lui en parler. Dans son esprit, Gil peignait des maisons.

Magnifiquement, mais il sentait décalé à l'idée de ne même pas savoir cela sur Gil.

Ils continuèrent à travers ce qui avait été des chambres au deuxième étage, et Richard expliqua sa vision et celle de son mari pour le reste de la maison. Il y aurait des salles à manger et des salles de réunion privées, une salle spéciale pour les mariées et les demoiselles d'honneur, et même une grande salle réservée au repos du personnel. Il fut un temps où la maison avait quinze chambres et neuf salles de bains et il avait des plans pour toutes.

Ils arrivèrent dans une pièce au coin de la maison. La chambre présentait encore des éléments de charme, bien qu'elle soit sombre et souffre d'une odeur lourde de moisi. Un siège encastré sous un mur de fenêtres était comme une invitation à se blottir là avec un bon livre et une tasse de thé. Une cheminée avec un spectaculaire manteau en marbre blanc n'avait besoin que d'un feu crépitant.

— La peinture est affreuse, bien sûr, commenta Richard.

Il avait raison, c'était vrai. Rouge foncé et tacheté, on aurait dit du sang.

— Mais si vous regardez dans le placard… continua-t-il en ouvrant la porte et pointant du doigt le mur intérieur.

David s'approcha et Michael regarda par-dessus son épaule. Le papier peint sur les murs intérieurs était décoloré et en lambeaux, mais il restait des vestiges de sa beauté d'antan. Le fond était gris avec ce qui ressemblait à des rayures satinées. Un bouquet floral répétitif de roses rouges et de feuilles vert pâle grimpait entre chaque bande.

— Nous avons trouvé un livre d'échantillons de papier peint dans le grenier. Je ne sais même pas si quelqu'un fait encore quelque chose comme ça…

— C'est le cas, en fait, répondit David.

Il s'approcha, attrapa la chaîne de métal rouillée, la tira et inonda de lumière l'intérieur du placard.

— Nous avons travaillé avec un fournisseur de Philadelphie qui reproduit des modèles anciens spécialement pour les restaurations de maison, reprit-il. Ce n'est pas comme le papier moderne…

— Ce qui signifie que la pose est… dit Gil avec une grimace.

— Une douleur dans le cul ? intervint Richard avec une étincelle dans ses yeux marron.

Gil sourit, la fossette apparaissant près de sa bouche. Michael ressentit une traction totalement indésirable au centre de sa poitrine à la vue de celle-ci. C'était pour cela qu'il était mal à l'aise avec celui-ci. La plupart des hommes tombaient dans deux catégories pour lui : les hommes qu'il avait baisés et ceux avec lesquels il ne baisait pas. Il avait renoncé à plus que cela depuis longtemps. Il pouvait certainement se voir coucher avec Gil, mais l'idée de le faire rendait ses mains moites et asséchait sa bouche de peur qu'il y ait plus. Pourquoi cet homme ne pouvait-il pas être laid, petit ou maigre ? Cela aurait rendu les choses beaucoup plus simples.

— Oui, une douleur dans le cul, accepta Gil, parlant toujours de papier peint. La colle pue, c'est éreintant. L'accrocher au mur peut prendre beaucoup de temps, et l'aligner…

Il secoua la tête.

— Mais le papier peint ancien est épais, parfois gaufré à la main, continua-t-il. Il est d'une qualité imbattable. Si vous voulez du papier peint à l'ancienne, nous pouvons en mettre sur les murs.

Richard lui adressa un signe de tête satisfait.

— Enfin, nous aimerions transformer le grenier en appartement afin de vivre sur place, expliqua-t-il, quatre-vingt-dix minutes plus tard.

Ils avaient tous pris place sur des chaises pliantes autour de la seule table ronde dans la salle de bal. Elle était éclipsée par la taille de la pièce, et leurs voix résonnaient.

— Nous avons un système d'alarme, mais nous parlons d'un investissement énorme ici ; nous aimerions être sur place pour le protéger.

— Je peux certainement comprendre cela, assura Jackson.

Il regarda David et ils partagèrent l'un de ces longs échanges silencieux que Michael voyait si souvent. La moitié du temps, ils ne parlaient même pas. Ils communiquaient avec leurs yeux. Il n'avait jamais eu ce niveau de compréhension avec personne. Il n'avait jamais vécu cela, même la fois désastreuse où il avait cru être amoureux. Il essaya de ne rien ressentir.

— Nous devrions pouvoir vous faire une offre d'ici lundi, monsieur Lawrence, annonça Jackson en se tournant vers Richard. Je ne sais pas à qui d'autre vous avez parlé…

L'homme leva la main, faisant doucement taire Jackson.

— Vous devez vraiment utiliser mon prénom, s'il vous plaît. Si nous sommes amenés à travailler ensemble, je ne veux pas que vous m'appeliez monsieur Lawrence. Je suis plus âgé que vous tous et cela me donne l'impression d'être mon père, dit-il en jetant un regard gentil à Jackson. Votre entreprise est nouvelle, mais toutes les personnes avec lesquelles vous avez travaillé jusqu'à présent sont enthousiastes à propos de votre professionnalisme et de la finition de vos produits. Il faut un contact spécial pour travailler sur un immeuble ancien, en honorant la façon dont il a été construit au lieu de vouloir le changer.

Il se tut, et regarda les visages surpris autour de la table.

— Lyle et moi sommes tombés sur cet achat au bon moment. La famille qui en était propriétaire voulait juste échapper aux dépenses courantes. Nous avons eu beaucoup de chance dans le choix de notre agent immobilier et nous l'avons payé beaucoup moins que sa valeur réelle. Nous savions, avant même la signature, que nous engagerions votre entreprise. Notre budget est généreux. Je ne pense pas que vous aurez du mal à le respecter. Alors… Bienvenue à bord, dit-il en tendant sa main avec un sourire à Jackson. Cela devrait être une expérience fascinante.

Ils le regardèrent tous dans un silence stupéfait. Finalement, David parla.

— Sérieusement ?

— Très sérieusement.

David jeta un coup d'œil choqué à son fiancé. Michael craignit un instant qu'il ne pleure. À la place, il émit un bruit qui l'embarrasserait plus tard et jeta ses bras autour du cou de Jackson. Michael crachota, incapable d'arrêter son rire. Ils riaient tous en quelques instants. Jackson enroula ses bras autour de David, le serrant avec un sourire indulgent.

Richard offrit sa main à chacun d'eux.

— Nous avons deux petits boulots à finir, dit Jackson en jetant un coup d'œil aux hommes autour de la table. Et nous devrons nous entretenir pendant que nous rédigerons la soumission, juste pour que vous sachiez ce que nous pensons en termes de coût et de délai. Mais je pense… une semaine à partir de lundi ?

— Excellent !

Richard les accompagna à la porte lorsqu'ils eurent fini de parler, leur indiquant qu'il attendrait leur estimation. Ils réussirent à descendre les escaliers vers l'allée avant de perdre complètement leur sang-froid.

— Oh, bon sang, David, s'exclama Michael en riant. Tu as couiné comme une petite fille.

David se mordit la lèvre inférieure. Le jeune homme ne pouvait pas le voir dans le noir, mais il savait que le visage et les oreilles de son ami étaient rouge vif.

— Oh, merde, je l'ai fait, n'est-ce pas ? s'exclama-t-il en portant ses mains à ses joues.

— Tu étais excité, intervint Jackson en encerclant sa taille par-derrière, pressant un baiser sur son cou. Ce n'est pas grave.

David se nicha de nouveau contre son amant, son corps et son expression horrifiée s'adoucissant. Michael détourna le regard. Il les aimait, mais parfois leurs démonstrations d'affection étaient presque douloureuses à regarder.

Gil rit, l'enveloppant dans ses énormes bras et le soulevant facilement du sol.

— Oh, pose-moi, s'exclama Michael en poussant contre la poitrine de l'homme.

La tentation de se blottir contre le grand corps était forte, la sensation de l'abdomen musclé où le sexe de Michael pressait trop excitante. Le désir lui fonça dessus comme un camion, et il savait que s'il ne descendait pas, et bientôt, il serait complètement dur, ce qui était juste un peu plus révélateur que ce qu'il souhaitait en ce moment.

— Pose-moi par terre, exigea-t-il en frappant l'épais biceps de Gil et en se tortillant dans ses bras.

— Joins-toi à la fête, Michael, plaisanta Gil. Ça veut dire que Jackson et David peuvent te mettre sur la liste des employés. Ça vaut le coup de fêter ça, tu ne trouves pas ?

— Je peux me joindre à la fête sans être malmené, merci.

— Tu es tellement piquant, répliqua Gil en riant et en le laissant tomber sur ses pieds.

Mais Michael crut voir de la douleur dans les yeux noisette pendant un instant. Il se tourna vers Jackson et David, se persuadant qu'il s'était trompé.

— Ça va être un travail énorme. Est-ce qu'on va pouvoir le faire tout en gardant notre emploi chez A.F.I. ?

— Cela va surtout peser sur Jackson et ses hommes, répondit David, l'air pensif. Du moins, au début. Il faudra quelques mois avant que nous soyons compétents.

— Parle pour toi, mon grand, rétorqua Michael en lui faisant une grimace.

— Tu vois ce que je veux dire, Michael, répondit David en lui lançant un regard tolérant. Dieu seul sait ce qu'ils trouveront lorsqu'ils commenceront à retirer le plâtre et à reprendre tous les câblages. Cette cuisine à elle seule est une entreprise majeure. Nous pouvons commencer à regarder des échantillons de papier peint, du tissu pour les rideaux. Trouver quelqu'un de qualifié pour nettoyer ces lustres demandera une importante recherche.

— Mais ne sont-ils pas cool ? demanda Michael en souriant alors qu'ils commençaient à marcher dans l'allée.

— Ils sont très cool. Je n'ai jamais rien vu de tel.

Ils firent une pause pour bavarder encore quelques instants au bout de l'allée, mais il faisait froid. Comme Jackson et David commençaient à dire bonsoir, Michael attrapa la manche de son meilleur ami.

— Puis-je te parler un instant avant que tu partes ?

— D'accord, dit-il en lui lançant un regard inquiet, les sourcils froncés.

Ils se séparèrent, Jackson et Gil se tournant pour regarder vers l'avant de la maison, parlant doucement, tandis que Michael et David s'éloignaient un peu plus loin.

— Comment se fait-il que je ne sois pas au courant que Gil peint des fresques murales ? demanda Michael en se penchant pour parler à l'oreille de David.

Ce dernier recula pour le regarder, un sourcil levé.

— Je ne sais pas, dit-il, un coin de sa bouche se redressant. Je ne pensais peut-être pas que cela t'intéressait. Mais c'est le cas, n'est-ce pas ?

Son expression se transforma en un sourire lent et légèrement moqueur.

— N'est-ce pas intéressant ?

Michael sentit la chaleur de son visage et se réjouit qu'il fasse nuit. Il ne rougissait pas. Pas pour Gil Chandler.

— Oh, va te faire voir, David.

Son ami rit, et Michael se retourna pour faire une sortie inspirée. Il se dirigea vers sa voiture, mais il aurait dû prendre plus de précautions ; il n'avait pas fait cinq pas avant de déraper sur le côté sur l'asphalte gelé. Ses bras moulinèrent un moment avant qu'il ne retrouve son équilibre.

— Tu veux de l'aide, chéri ? cria Gil, un rire dans la voix.

Michael lui fit un doigt d'honneur sans se retourner.

— Je ne suis pas ton chéri, murmura-t-il, mais c'était pendant une pause dans le trafic et sa voix porta.

— Non ? Que penses-tu de mon cœur ? Petit garçon ?

Michael fit un bruit de haut-le-cœur, et le rire de Gil le suivit jusqu'à sa voiture. Il dérapa encore et se rattrapa au capot, mais il n'était pas près de regarder en arrière. Il patina et glissa autour de sa voiture, saisissant finalement la poignée de la portière. Puis il utilisa son porte-clés pour déverrouiller la petite Subaru.

— Oh, bien joué, s'exclama Gil en applaudissant.

Michael était presque sûr qu'il n'avait jamais autant détesté quelqu'un de sa vie. Il ouvrit la portière et faillit glisser sous la voiture avant de se jeter sur le siège. Le rire moqueur de Gil arriva jusqu'à lui. Il fulminait lorsqu'il démarra la voiture et s'éloigna du trottoir, ses pneus cloutés patinant avant d'accrocher. Il refusa même de regarder les hommes qui se trouvaient toujours dans la large allée. Mais il ne put s'empêcher de voir le plus grand des trois sourire dans sa vision périphérique. Qu'il soit maudit.

Michael descendit la colline, les mains jointes sur le volant. Il ne comprenait pas pourquoi cet homme le contrariait plus que n'importe quel homme qu'il n'ait jamais rencontré. La théorie de David impliquait des tensions sexuelles.

Il était sûr que David avait perdu la tête.

Son irritation s'estompa alors qu'il se dirigeait vers le centre-ville et vit les lumières du centre médical du Sacré-Cœur sur la colline à sa droite. Il se détourna, sans l'avoir consciemment planifié, et prit la route qui menait entre l'hôpital et le bâtiment des médecins.

S'il n'y a pas de place pour se garer, je rentrerai chez moi, pensa-t-il. Mais il y en avait une là où il n'y en avait jamais. Il se gara, laissant sa voiture tourner au ralenti. Il regarda par les grandes portes vitrées de l'hôpital, se demandant ce qu'il faisait. Il souffla durement au bout d'un moment, éteignit le moteur de la voiture et arracha les clés du contact. Il devait sortir de cette fichue voiture s'il voulait faire cela.

Il traversa la rue, les mains coincées dans ses poches et les épaules courbées, se retournant vers sa voiture plus d'une fois. Le vent s'était levé et ébouriffa sa coupe faux hawk [6] soigneusement peignée, jetant les longues mèches sur la monture de ses lunettes. Il les repoussa avec irritation alors qu'il entrait dans le hall, soupirant de soulagement lorsque l'air chaud effleura son visage glacé. Un annuaire était accroché au mur à côté d'un bureau d'accueil vacant, et il l'étudia, même s'il n'avait aucune idée de ce qu'il cherchait.

Endocrinologie pédiatrique et diabète, gastroentérologie pédiatrique, hématologie et oncologie pédiatrique. Michael trembla, mais ce n'était pas à cause du froid. L'idée qu'un petit enfant soit aux prises avec l'une ou l'autre de ces maladies était horrible. Penser à leurs parents était encore pire.

— Puis-je vous aider ?

Il sursauta de surprise et se retourna, ses mains serrant ses bras.

Une femme très séduisante avec des cheveux noirs se tenait derrière lui. Elle avait une frange et de grands yeux verts, et l'insigne épinglé sur sa veste bleue indiquait Louise Pewsey, Administration.

— Je… commença-t-il en jetant un coup d'œil au répertoire. En fait, je cherchais…

Il secoua la tête.

— Cela va paraître étrange, je pense, mais je suis à la recherche d'une série de peintures murales ? Le nom de l'artiste est…

— Big Gil ? dit-elle en souriant à l'expression surprise de Michael. Elles sont au quatrième étage : hématologie et oncologie. Elles sont vraiment

---

6 Style de coupe de cheveux (coiffure qu'avait David Beckham durant la Coupe du Monde 2000)

très spéciales. Malheureusement, il y a peu d'heures de visites à cet étage pour toute personne autre que les familles des patients.

— Oh, dit Michael, surpris de voir à quel point il était déçu.

Louise sembla le voir aussi, et elle leva la main avec un léger sourire.

— Attendez, dit-elle en passant derrière le bureau.

Elle se pencha pour sortir quelque chose d'un tiroir, puis le prit sur le comptoir et le lui tendit. C'était un badge de bénévole.

— Il est un peu tard pour que les bénévoles soient ici, mais si quelqu'un le demande, dites-lui que je sais que vous êtes là.

— Je vous remercie, dit-il en prenant le badge et en l'accrochant sur le devant de sa veste. J'apprécie votre geste.

— Connaissez-vous Gil ? demanda-t-elle en l'étudiant.

— Pas aussi bien que je le pensais, apparemment, répliqua-t-il en lui adressant un faible sourire penaud.

Elle lui retourna un sourire gentil.

— Prenez l'ascenseur jusqu'au quatrième étage, puis traversez la galerie. Vous ne pouvez pas les rater.

— Merci.

Il lui adressa un autre petit sourire d'appréciation, puis se dirigea vers la rangée d'ascenseurs. L'un d'eux s'ouvrit lorsqu'il pressa sur le bouton d'appel et il entra dans la cabine vide, puis il appuya sur un autre bouton pour accéder au quatrième étage. Il mâchonna l'ongle de son pouce pendant que l'ascenseur montait.

Que faisait-il là ? Il n'avait pas de réponse. Il avait juste besoin de voir, comme si voir le travail de Gil pouvait l'aider à déchiffrer le puzzle qu'était cet homme. Il repoussa l'idée qu'il ne devrait pas s'en soucier. Il vit un poste d'infirmières directement devant lui lorsque les portes s'ouvrirent. Les téléphones sonnaient et les infirmières en blouses lumineuses répondaient et s'activaient avec des dossiers et des médicaments. Un faible bourdonnement de conversation venait des pièces d'un côté et de l'autre du couloir, et les lumières étaient encore fortes. C'était l'heure du dîner, se rendit-il compte, sentant une odeur étonnamment comestible. Elle masquait l'odeur médicinale qui allait habituellement de pair avec l'hôpital.

Une femme marchait avec un enfant au bout du couloir. Le garçon, il pensait que c'était un petit garçon, les cheveux ras sur sa tête, à peine plus qu'un chaume, tenait une perche intraveineuse à roulettes à côté de lui. La femme lui adressa un léger sourire lorsqu'il les dépassa et il trouva qu'elle avait l'air fatiguée et préoccupée. Oncologie, se souvint-il. Cancer.

Il garderait probablement le souvenir de la petite tête vulnérable et douce de l'enfant pour toujours.

Il passa une série de portes et vit un éclat de couleur sur un mur juste après. Il accéléra.

Et reprit son souffle.

Une fresque murale magnifiquement exécutée ornait le mur, représentant une cheminée avec un manteau en bois, une guirlande de houx avec ses baies rouge vif drapée au-dessus d'un ensemble de chaussettes de Noël élaborées. Un petit lapin en peluche, brun avec des taches plus claires, des yeux d'un noir brillant et un sourire brodé, était niché dans une chaussette. C'était un beau jouet. *Le Lapin de Velours de Margery Williams* était peint à côté de lui. Michael inspira vivement. Il avait partagé cette histoire avec sa mère occupée par ses mondanités. Elle n'était jamais trop occupée pour *Le Lapin de Velours*.

Il était gros et grassouillet, comme un lapin devait l'être, avait peint Gil d'une écriture ferme et régulière.

Il longea les murs, souriant comme un idiot à tous ceux qu'il croisait, étudiant les peintures fantasques, lisant l'histoire mémorable du petit lapin en peluche qui était intimidé par les autres jouets qui se croyaient tous très grands par rapport à un lapin rempli de sciure. Les bateaux, les voitures et les camions de pompier – qui étaient fidèlement rendus – étaient certains d'être « réels ». Même le lion articulé qui se croyait « lié au gouvernement » en était sûr, rendant le lapin insignifiant.

Il arriva à la peinture d'un cheval à bascule usé et fatigué. Le jouet bien-aimé était si joliment peint. Son pelage était abîmé, et sa crinière et sa queue qui avaient probablement été splendides étaient maintenant tristes, avec juste quelques poils errants. Michael leva la main pour toucher ses propres lèvres alors qu'il lisait les mots qu'il avait toujours aimés.

—… lorsque tu es Réel, la plupart de tes poils ont disparu, tes yeux tombent, tes articulations lâchent et tu es très miteux. Mais tout cela n'a aucune importance, parce qu'une fois qu'on est Réel, on ne peut pas être laid…

Il cligna rapidement des yeux, refoulant ses larmes. Il passa à l'illustration suivante, puis à celle d'après. Elles étaient toutes très belles, racontant l'histoire du petit lapin, si fidèle, compagnon constant du petit garçon, jusqu'à ce que la scarlatine les sépare pour toujours. Les mots résonnaient dans sa tête, mais il entendait la voix de sa mère, la façon dont elle s'adoucissait sur les mots, la sensation de ses doigts dans ses cheveux. Il se sentait fragile lorsqu'il arriva au dernier panneau. Mais il n'y avait pas d'erreur, Gil était un artiste de grand talent, et sa main était douce, délicate avec l'histoire bien-aimée. Parfaite pour l'endroit et pour le public.

Il étudia la peinture devant lui, le rendu du petit lapin devenu réel, et il pouvait voir sa douce fourrure, imaginant presque que son petit nez devait frémir alors qu'il était assis dans les broussailles, les yeux brillants, le regardant. C'était exquis.

Dans le coin, presque perdus dans l'herbe verte haute, des mots étaient écrits et il se pencha pour les lire.

Pour Stevie Manyon, qui a toujours été Réel. De Big Gil.

Il se redressa, les sourcils froncés.

Il quitta l'hôpital, remonta dans sa voiture et chercha le nom de Stevie Manyon. Un article apparut presque instantanément.

« L'enfant courageux de cinq ans perd la bataille contre la leucémie ».

Michael gémit doucement, mais lut l'article en entier, son cœur s'effondrant un peu plus à chaque mot.

— Il a été enterré avec son lapin en peluche, dit la mère de Stevie. *Le Lapin de Velours* était son histoire préférée. Maintenant, ils sont tous les deux réels.

Il laissa tomber sa tête contre l'appuie-tête, les larmes glissant le long de ses joues. Finalement, irrité, il jeta le téléphone sur le siège passager et essuya les larmes sur son visage.

Il démarra sa voiture, prit une grande inspiration avant de rouler et de sortir du parking.

— Maudit sois-tu, Gilbert Chandler, murmura-t-il. Pourquoi ne pouvais-tu pas être un crétin ?

IV

— J'APPRÉCIE VRAIMENT, dit David alors qu'il attrapait les chaussettes roulées dans le tiroir de sa commode et les rangeait dans un petit sac de voyage.

Michael était étendu sur le lit à côté de lui, les mains derrière la tête.

— Pas de souci, affirma-t-il en baissant une main afin d'enfoncer ses doigts dans la fourrure sombre de Scooter. Princesse et moi allons passer un bon moment ici, tous seuls. N'est-ce pas, ma chérie ?

Elle lui lécha l'intérieur du poignet, puis posa sa tête sur sa hanche.

David leva son regard vers lui, ses cheveux blonds tombant sur ses yeux. Il les repoussa avec impatience.

— Pourquoi n'irais-tu pas te laver les cheveux ? demanda Michael. Ils ne tomberaient pas sur ton visage ainsi.

Son ami devint rouge vif jusqu'au bout des oreilles. Il marmonna quelque chose.

— C'était quoi ça ? dit Michael en inclinant la tête.

— Je n'ai pas envie de prendre le temps de me doucher avant, quand nous serons sur place, d'accord ?

— Avant quoi… ?

David lui lança un regard incrédule.

— Oh ! s'exclama Michael en riant. Avant *ça*. Et sérieusement ? C'est pour ça que je suis célibataire. Aucun homme ne vaut la peine que tu sortes de chez toi sans être coiffé.

David sourit en ajoutant une chemise dans son sac.

— Tu n'as pas encore trouvé l'homme qu'il te faut. Soit dit en passant, tu pourrais inviter quelqu'un, si tu le voulais, offrit-il en essayant d'avoir l'air décontracté.

Michael lui fit la grimace.

C'était une erreur d'avoir dit à David qu'il était passé à l'hôpital pour voir les fresques de Gil. Il n'avait pas revu l'homme depuis une semaine et demie, et il en était soulagé. Il n'était pas sûr de ce qu'il devait répondre maintenant et cette pensée le rendait nerveux. Son ami ne faisait qu'exacerber la situation chaque fois qu'il en avait l'occasion.

49

— Je ne te comprends pas, dit ce dernier en secouant la tête alors qu'il pliait un pantalon. Tu te donnes la peine d'aller voir son travail au Sacré-Cœur, mais tu ne l'appelles pas. Même pour lui dire à quel point tu les trouves belles.

— Il n'a pas besoin de mon opinion, répliqua Michael en frottant doucement son pouce entre les yeux fermés de Scooter. Je suis sûr que tout le monde lui a déjà dit combien il est merveilleux.

— Ce n'est pas un crime de l'apprécier, Michael, rétorqua David en lui lançant un regard irrité avant de prendre une autre chemise sur un cintre et de la plier proprement. Et je pense que ton opinion lui importerait plus que celle de n'importe qui d'autre.

Celui-ci renifla. Il en doutait.

— Pour combien de temps fais-tu ta valise, David ? Parce qu'en ce moment, tu pourrais partir une semaine sans rien porter deux fois.

— Oh, la ferme, s'écria-t-il en plaçant la chemise dans le sac avant de lever les yeux vers Michael, ses mains se posant sur ses hanches étroites. Tu sais combien je t'aime, n'est-ce pas ?

— Habituellement, cela précède quelque chose que je ne veux pas entendre, répondit-il avec un sourire tordu.

— C'est probablement le cas, mais je vais le dire quand même, assura-t-il en levant la main lorsque Michael ouvrit la bouche. Laisse-moi parler.

Le jeune homme poussa un soupir irrité, mais il se rallongea et referma la bouche.

— Cela fait combien de temps ? Cinq ans depuis Evan ? Et tu n'as vu personne ?

Michael sentit ses mâchoires se tendre.

— Ne fais pas ça, dit David, son visage s'adoucissant. J'essaye vraiment de t'aider.

— Je n'ai pas besoin d'aide, rétorqua-t-il, sachant que son visage était dur, mais s'en moquant. Je vais bien. Et j'ai vu des gens.

— Un coup d'un soir, ce n'est pas voir quelqu'un, protesta son ami, les sourcils froncés.

— Ça fonctionne. Je baise et je ne…

Il se tut, brusquement mal à l'aise, craignant de révéler un aspect de sa personne qu'il refusait que même son meilleur ami connaisse.

— Et tu ne fais pas quoi ? demanda ce dernier en s'asseyant sur le bord du lit.

50

— Laisse tomber, David, demanda-t-il en enroulant ses doigts dans la fourrure de Scooter. Je vais bien. J'aurai peut-être envie d'avoir une relation, un jour ou l'autre. Mais pas maintenant. Et je ne veux pas de Gilbert.

La porte d'entrée s'ouvrit et se referma dans l'autre pièce. Scooter sauta et descendit un petit escalier au pied du lit que Jackson avait construit à cet effet.

— Bébé, où es-tu ? appela celui-ci.

— Dans la chambre, répondit David, le regard fixé sur Michael.

Il avait l'air si triste que Michael tendit la main vers lui et tapota sa hanche en essayant de sourire.

— Je vais bien. Arrête de t'inquiéter et va t'envoyer en l'air avec ton charmant petit ami.

David soupira, mais se redressa en fouillant dans son sac.

— Fiancé, corrigea-t-il distraitement. Qu'est-ce que j'ai oublié ? demanda-t-il en regardant dans la chambre.

— Jockstrap noir, proposa Michael.

Il avait offert le sous-vêtement noir pour plaisanter à son ami en cadeau d'anniversaire, l'année précédente. David lui tira la langue, mais il tira un tiroir, saisit l'objet susmentionné et le fourra sous ses chemises dans son petit sac de voyage. Michael ricana.

— Tu es prêt ? demanda Jackson en venant à la porte de la chambre, le petit Corgi dansant à ses pieds.

David prit un jean sur un cintre, le mit sur le dessus de tout ce qu'il avait dans son sac, puis il le ferma.

— Celui-ci est prêt. Je dois juste prendre mes affaires de rasage dans la salle de bains.

Jackson s'approcha de lui, glissa son bras autour de sa taille et l'embrassa doucement.

— Tu n'as pas besoin de te raser. Je t'aime débraillé.

Sa voix était douce et lisse comme un scotch de vingt-cinq ans d'âge, faisant frémir le sexe de Michael. Ce qui était mauvais à tant de niveaux qu'il se refusait à y penser.

— J'adore tes cheveux doux comme ça, continua-t-il alors qu'il levait sa grande main bronzée et glissait ses doigts dans les cheveux blonds de David.

— Je sais.

Jackson caressa sa joue et David se nicha dans sa main.

— Tu réalises que je suis là, n'est-ce pas ? intervint Michael en se penchant autour de David, levant les yeux sur Jackson.

Jackson lui rendit son regard.

— Oh, salut, Michael, s'exclama-t-il en regardant de nouveau son fiancé. Salut à toi aussi.

Le corps entier de David sembla s'amollir, se détendre en réponse à Jackson. Michael ne pouvait pas voir son visage, mais il savait qu'il souriait.

Il murmura en ronronnant doucement lorsque Jackson se pencha pour l'embrasser de nouveau.

— Quand vous aurez fini, je serai dans le salon, dit Michael en roulant de l'autre côté du lit avant de se lever. Viens, Scootsy.

Donner ce nom au petit animal rendait David fou habituellement, mais il était trop absorbé par son fiancé pour s'en rendre compte. Michael ferma la porte derrière lui avec un peu plus de force qu'il n'était strictement nécessaire. Puis il entra dans le salon, s'installant sur le canapé en cuir après avoir soulevé Scooter à côté de lui.

Il n'en voulait pas à Jackson et David de s'absenter pour le week-end ; les travaux avaient commencé lundi au manoir O'Banyon et ils seraient tous très pris pendant un certain temps après cela. David et lui ne seraient pas aussi occupés que les hommes de la construction au début, mais ils auraient beaucoup à faire : consulter les catalogues, organiser des rendez-vous avec Richard et Lyle pour des échantillons de peinture et de tissus. Richard voulait commander le papier peint ancien qu'il souhaitait afin de pouvoir l'obtenir à temps pour l'installation. David en avait déjà évalué le coût, mais il y avait plus à faire. Peinture, draperies, fenêtres. Il fut tenté de sortir sa tablette et de prendre d'autres notes, puis il décida de ne pas le faire. Si ses deux amis pouvaient être en congé ce week-end, alors lui aussi.

Il regarda autour de lui et trouva Scooter le fixant, la tête inclinée sur le côté.

— Alors, que fait-on, princesse ? Veux-tu lire ? Jouer à des jeux vidéo ? Regarder la télé ?

Elle sauta sur les coussins, Michael ne sachant pas ce qu'elle faisait jusqu'à ce qu'elle revienne avec la télécommande du téléviseur dans sa gueule. Il éclata de rire.

— Oh, tu es trop intelligente pour ton propre bien, s'exclama-t-il en prenant la télécommande avant de grimacer et de frotter sa main sur son jean. Beurk, corgi baveux.

Elle lui lécha immédiatement le poignet et il rit de nouveau.

— D'accord, j'ai compris. C'est médicinal.

Elle s'assit et le regarda, la langue tirée et les yeux brillants.

— Alors, qu'est-ce que ce sera ? Ghost Adventures ? Dead Files, enquêtes paranormales ?

Le petit chien se recroquevilla à côté de lui sur le canapé, la tête sur sa cuisse.

— J'ai compris, tu t'en moques.

Il alluma le téléviseur et passa les chaînes en revue, puis il s'arrêta sur une rediffusion d'America Ninja Warrior. Au moins, les hommes étaient beaux. Il enleva ses chaussures et posa précautionneusement ses pieds sur le plateau de verre de la table basse. Il observa l'élégante base sculptée du meuble bas et fronça les sourcils en se souvenant qu'il avait appartenu autrefois au père de Gil.

Jackson apparut, portant le sac de David, quelques minutes plus tard. Ses cheveux étaient ébouriffés.

— C'est très impoli de sucer son petit ami lorsqu'on a quelqu'un d'assis dans le salon.

L'homme lui adressa un sourire effronté et un clin d'œil avant de sortir par la porte d'entrée. David entra à son tour dans la pièce, quelques instants après, portant un petit sac noir assorti à son bagage. Son cou et son visage étaient tachetés de rouge et Michael éclata de rire.

— Bon sang, comment t'en sortais-tu avec quoi que ce soit lorsque tu étais jeune ?

David le regarda, fronçant légèrement les sourcils.

— Tu as « mon petit ami vient de me sucer » écrit partout sur ton visage.

— Tais-toi, dit-il en grimaçant, ses bouts d'oreilles passant au rouge vif.

Il posa son sac près de la porte d'entrée, puis attrapa une lourde veste accrochée au portemanteau.

— Nous devrions être de retour dimanche à quatorze heures, dit-il en l'enfilant. Il y a une liste de numéros d'urgence sur le réfrigérateur. Je ne suis pas sûr de la réception pour les portables dans les chalets, mais j'ai laissé le numéro de la réception. Quelqu'un pourra nous prévenir si tu as besoin de nous.

Il commença à boutonner sa veste, mais ses mains tremblaient et il l'attacha de travers.

— Oh, éteignez vos téléphones, s'exclama Michael en se levant et en s'avançant vers son ami afin de repousser ses mains et réaligner les boutons.

Il ferma la veste, puis serra le bras de David.

— Je suis un grand garçon, continua-t-il. Je peux appeler les secours s'il se passe quelque chose.

David le surprit en l'étreignant férocement.

— Je veux tellement que tu sois heureux, murmura-t-il à l'oreille de Michael.

Ce dernier fut surpris, l'émotion de son ami serrant sa gorge. Il toussa pour la dégager.

— Je ne suis pas malheureux, assura-t-il en reculant et en se forçant à sourire. Et tu es tout à fait trop enragé pour un homme qui vient d'avoir un orgasme.

— Oh, bon sang ! s'exclama David en le frappant légèrement tandis que la porte d'entrée s'ouvrait. Il ne s'agit pas que de baiser ou de fellations, tu sais.

Jackson entra, cherchant le sac de son compagnon.

— C'est vrai ? dit-il. Zut, il n'y a pas la télévision dans ces chalets. Que ferons-nous ?

— J'ai pris un Yahtzee, répliqua David en lui lançant un regard ironique. Va faire chauffer le pick-up.

— Oui, monsieur ! accepta-t-il d'un ton enjoué en le saluant, avant de faire un clin d'œil à Michael. J'adore lorsqu'il devient dominateur.

Il sourit à l'expression exaspérée de son fiancé et sortit. David et Michael le suivirent sur le porche. Scooter les dépassa dans la cour avant, se jetant sur tout espace enneigé qui ne portait pas déjà ses empreintes de pattes.

— Scooter, arrête, appela David.

Elle le regarda, puis leva ses pattes avant et les laissa tomber sur un autre espace de neige vierge. Michael rit.

— Petite morveuse obstinée, souffla son maître. Elle va être trempée.

— Ne t'inquiète pas pour ça, je vais la sécher, assura Michael.

David scruta la cour sombre, enroulant ses bras autour de sa taille.

— Je ne sais pas si je suis à l'aise de te laisser seul ici, dit-il.

Michael glissa son bras autour des épaules de David, le tirant à lui. Trevor, son ex, était entré par effraction dans la maison, dans les premières semaines après qu'il l'avait achetée. Il avait essayé de blesser Jackson et avait blessé le corgi des voisins, Bootsy, que David gardait à ce moment-là.

— David, commença Michael.

— Tu ne peux pas dire que tu ne l'as jamais ressenti, Michael. J'en sais quelque chose.

Il regarda le visage de David, prêt à mentir et à lui dire qu'il imaginait des choses. Mais il vit alors les lèvres pleines de son ami pincées en une ligne mince, son expression crispée autour de ses yeux.

— Ne penses-tu pas que c'est un report de ce que Trevor t'a fait ?

David scruta la cour. Un soupir souleva ses épaules.

— C'est peut-être juste ça. Je sais que le soir où il s'est assis dans le noir, m'espionnant pendant que je parlais à ma voisine, a fait plus de dégâts que je ne le pensais.

Michael sentit un léger frémissement dans le corps mince à côté de lui et il serra le haut du bras de son meilleur ami.

— Je sais, dit-il en adoucissant intentionnellement sa voix. Et, oui, d'accord, j'ai eu aussi la chair de poule ici la nuit. Mais Trevor aime trop sa liberté pour violer sa probation en s'approchant de toi.

David se retourna vers Michael, affichant une expression effrayée.

— Oh, je ne pense pas que ce soit encore Trevor. J'avais l'impression d'être surveillé avant même qu'il ne se présente sur mon porche. Mais je ne pense pas que ce soit lui. Plus maintenant.

Michael fronça les sourcils, consterné, mais le temps qu'il trouve une réponse, Jackson se tenait au pied des marches du porche, les yeux levés vers eux.

— Tu es prêt, bébé ?

— Promets-moi que tu feras attention, pressa David en saisissant la main de Michael, la serrant presque trop fort. Ne sors pas seul à la tombée de la nuit. Emmène Scooter avec toi, s'il le faut. Appelle les secours, appelle Gil, si tu entends quoi que ce soit. Sois prudent, c'est tout. S'il te plaît.

— Tu t'inquiètes trop, protesta Michael en déglutissant et en forçant sa voix à rester décontractée. Tout ira bien pour moi. J'ai le système d'alarme et le chien. Et si tout le reste échoue, ta mère vit juste en bas de la rue. Beverley foutrait la trouille à n'importe quel rôdeur.

Il donna un coup de hanche taquin à David avant de conclure.

— Emmène ton homme en week-end, maintenant, et amuse-toi bien.

— Allez, chéri, intervint Jackson en levant les yeux avec impatience sur son fiancé. Si tu veux que nous y soyons avant minuit, nous devons y aller.

— D'accord, d'accord. Scooter ! dit David en appelant le petit chien.

Celle-ci monta les marches pour s'asseoir à ses pieds. Il s'accroupit et enfonça ses doigts dans sa fourrure, la grattant derrière les deux grandes oreilles noires.

— Sois une gentille fille. Prends soin de Michael.

— C'est vrai, Scooter, dit ce dernier en riant. Prends soin de Michael, car Dieu sait que cela ne peut pas être l'inverse.

— Tais-toi, intima David qui se leva, embrassa sa joue, puis se précipita vers Jackson.

— Tu sais, je suis presque jaloux, vu le nombre de fois où vous vous embrassez tous les deux, se plaignit Jackson ironiquement en attrapant la main de son compagnon.

— Relax, beau gosse, dit Michael d'une voix traînante. Je n'ai jamais eu la langue de ton chéri dans ma bouche.

— J'aimerais que tu ne l'annonces pas depuis mon porche, merci, répliqua David en lui adressant un regard sévère.

— Quoi ? répliqua Michael en souriant. Les voisins ne savent pas que tu es une grande vieille folle ?

Son ami le fusilla du regard, mais Jackson rit et tira sur la main de son fiancé, le propulsant vers la porte du garage.

— Souviens-toi de ce que je t'ai dit à propos de sortir. Jackson est convaincu que ce sont des ratons laveurs qui jouent avec les poubelles, mais je préférerais que ni Scooter ni toi ne les rencontriez non plus. Ils peuvent avoir la rage.

— Je serai sage, maman, assura-t-il en lui faisant signe de partir. Allez-vous-en, bon sang.

Il les regarda monter dans la cabine du gros pick-up argenté de Jackson, puis il agita la main alors qu'ils reculaient hors de l'allée. Scooter les suivit jusqu'au trottoir et il la rappela.

— Viens, ma chérie, l'incita-t-il en ouvrant la porte d'entrée et en s'écartant afin de lui laisser le passage. C'est juste toi et moi, ce soir. Nous passerons une soirée tranquille à regarder des films ennuyeux et à manger des cochonneries.

Il jeta un coup d'œil dans la rue sombre et tranquille avant de fermer la porte derrière lui.

— Allons te sécher, et je pourrai faire une descente dans la cuisine, continua-t-il en conduisant l'heureux chien dans la salle de bains.

56

Il y avait un garde-manger dans la grande cuisine, et Michael tira sur la chaîne qui permettait d'allumer l'ampoule nue au plafond. Il aperçut immédiatement les friandises pour chien sur les étagères de gauche.

— Ah, ha ! s'exclama-t-il en ouvrant le sac et en sortant ce qui ressemblait à un croisement entre de la viande séchée et une tranche de bacon.

Scooter aboya une fois, joyeusement, comme pour dire « donne-le-moi tout de suite », et il rit en le tendant vers elle. Elle se dressa sur ses pattes arrière et le prit. Puis elle s'éloigna rapidement en trottinant vers le salon.

Il inspecta le reste des étagères. Il y avait du quinoa et du riz brun, des tomates séchées au soleil en pot et des boîtes d'olives gourmandes.

— Merde, comment est-ce que tu nourris ton homme, David ?

Il ne pouvait pas survivre avec du quinoa. Il se retourna et trouva son salut sur les autres étagères. Trois sachets de chips, des sauces salsa et épinards.

— Voilà enfin mon genre de nourriture.

Il y avait aussi quelques boîtes de biscuits et du pop-corn à faire au micro-ondes.

— Excellent ! s'exclama-t-il en prenant la boîte de maïs.

Il mit le sachet dans le four à micro-ondes, ferma la porte et régla la minuterie. L'appareil se mit à ronronner, et il se dirigea vers le vieux réfrigérateur Philco. Si David en avait acheté un nouveau, Michael aurait réservé celui-là. Il l'aimait. Appréciait sa « forme de pain », la lourde poignée et les accents chromés. Il trouva du Coca-Cola normal et light à l'intérieur, aligné en rangées bien ordonnées à côté du lait et d'une bouteille de jus de pomme. Il prit une boisson gazeuse light avec un sourire.

— Merci, David, dit-il en faisant sauter la capsule et appréciant le sifflement qui en résulta.

Il retourna ensuite dans le salon. L'odeur de maïs qui éclatait embaumait la maison.

Scooter rongeait joyeusement sa bande de bacon dans son petit panier, et Michael se pencha par-dessus le canapé afin d'attraper la télécommande. Il chercha dans les chaînes et trouva *Sherlock Holmes* de Guy Ritchie, et fit un petit bruit de satisfaction. Une fois son pop-corn terminé, il sauta par-dessus le canapé et s'installa. Il se perdit dans le film en quelques minutes. Le plaisir des yeux était excellent dans ce film. Il n'existait personne de plus sexy que Robert Downey Jr alors qu'il interprétait le brillant Holmes, et Jude Law était totalement torride dans les vêtements du docteur Watson au début du siècle. L'ambiance Steampunk parlait au sens du design de Michael, et l'ambiance bromance était amusante.

Il était complètement absorbé par le film lorsqu'un bruit dans l'allée attira son attention. Ce n'était pas fort, mais suffisamment pour l'arracher du film. Il coupa le son de la télévision, tourna la tête et attendit. Scooter, qui dormait dans son panier, leva aussi la tête, les oreilles dressées. Il attendit, mais ne réentendit pas le bruit. Il retourna à son film, se disant que c'était probablement un chat du quartier.

Le bruit suivant qu'il entendit à l'extérieur n'était plus furtif. En fait, il était assez fort pour qu'il sursaute, rejetant sa tête en arrière. Un cliquetis métallique et un bruit sourd sortirent du garage près des poubelles. Le cœur de Michael remonta dans sa gorge alors qu'il se souvenait que David avait mentionné des ratons laveurs. Scooter se leva et fit quelques pas hésitants, regardant vers les fenêtres, la tête inclinée d'abord d'un côté, puis de l'autre.

S'il y avait des ratons laveurs dans les poubelles, la seule façon de s'en occuper était de les effrayer. Irrité, nerveux, il enfila ses chaussures de tennis et attrapa sa veste. Il ramassa le tisonnier de la cheminée à la dernière minute, l'avertissement de David à propos de la rage résonnant dans ses oreilles. Il ne voulait pas s'approcher plus près de leur gueule que nécessaire. Avec sa chance, il devrait endurer une série de piqûres contre la rage à cause d'un fichu raton laveur. Cela n'arriverait pas s'il pouvait l'empêcher.

Il tapa le code sur le bloc de l'alarme, à côté de la porte, puis il prit la laisse de Scooter et l'attacha à son collier. David lui avait dit qu'il préférait que la chienne ne sorte pas, mais il doutait de pouvoir la garder à l'intérieur une fois la porte ouverte si elle n'était pas attachée. Il ne voulait surtout pas devoir la poursuivre dans la rue au milieu de la nuit pendant qu'elle chassait le raton laveur. Il ouvrit la porte lorsqu'elle fut bien attachée.

Elle était étonnamment forte pour un si petit chien. Elle le tira en bas des marches et sur le côté de la maison.

— Doucement, princesse, dit-il en riant à moitié.

D'immenses arbres encadrant l'allée projetaient des ombres mouchetées sur celle-ci, recouvrant les poubelles d'une couche d'obscurité supplémentaire. Il ne faisait pas assez sombre pour que Michael ne puisse pas voir la porte blanche du garage, cependant.

Ou la silhouette se tenant devant celui-ci.

Il s'arrêta en tirant sur la laisse de Scooter. Donc, ce n'était pas des ratons laveurs. L'homme devant le garage était complètement habillé de noir et il peignait par pulvérisation des lettres foncées sur la peinture blanche de la porte.

— Qu'est-ce que vous foutez ? hurla Michael.

L'homme tourbillonna et, pendant un moment hors du temps, ils se fixèrent l'un l'autre. Le vandale portait un masque de ski noir, le faisant ressembler à une ombre dans l'obscurité. Il jeta la bombe de peinture en aérosol sur le côté, l'envoyant dans les buissons. Il ramassa ensuite quelque chose d'autre à côté de la poubelle et le souleva par-dessus sa tête. La faible lueur lunaire brilla sur le fer d'une pelle et Michael recula instinctivement.

Un bruit blanc rugit dans ses oreilles. L'homme allait s'en prendre à lui avec la pelle, et Michael sut, dans un bref instant de clarté, que cela pourrait le tuer. Le froid monta des semelles de ses chaussures, le gelant sur place.

Puis Scooter se mit entre l'homme et lui, aboyant furieusement, comme si elle voulait le protéger d'une manière ou d'un autre. Michael sentit l'attention se déplacer sur le petit chien, et sa peur passa instantanément de sa propre personne à elle.

Il réussit enfin à bouger. Il prit Scooter dans ses bras et se précipita vers la porte d'entrée ouverte. Il courut plus vite qu'il ne l'avait jamais fait de sa vie, montant l'escalier et traversant le porche. De lourds pas, secouant les planches du porche, le suivirent de près et il arriva à la porte avec l'homme juste derrière lui. Il se précipita et tenta de la refermer, mais une main lourde et gantée cogna contre le bois, l'en empêchant. Il y eut un moment d'horreur absolue alors que Michael et l'homme se regardèrent les yeux dans les yeux. Les trous du masque de l'intrus révélaient des pupilles presque noires et une petite marque rougeâtre sur la paupière droite. Une poussée d'adrénaline parcourut Michael et il utilisa son poids, tel qu'il était, afin de pousser la porte et la fermer. Cela fait, il poussa le verrou.

Il berça Scooter dans ses bras, haletant fortement, les yeux piquant de larmes, pendant qu'elle continuait à aboyer, tout son petit corps tremblant.

Il s'éloigna de la porte alors que des coups violents l'ébranlaient dans son cadre.

Il n'arrivait pas à croire ce qui se passait, même si son cœur battait si fort qu'il secouait sa poitrine et remontait dans sa gorge. Il se souvenait que David lui avait dit que Trevor avait porté un masque de ski, mais ce n'était pas les yeux de ce dernier qu'il avait fixés. Il n'en avait jamais vus d'aussi dépourvus d'humanité, aussi pleins de haine. Le martèlement cessa pendant un moment, et Michael s'immobilisa, attendant. Puis un énorme bruit le fit plonger, se protégeant le visage dans la fourrure de Scooter et la détournant du bruit. L'homme le regardait à travers la grande fenêtre du salon lorsqu'il leva les yeux.

Michael entra dans la salle à manger, se glissa dans un coin et pressa son dos contre le mur lorsque les coups de poing reprirent sur la porte d'entrée. Il s'appuya contre le mur et glissa lentement sur le sol, tenant la petite chienne contre sa poitrine. Ses aboiements s'intensifiaient chaque fois que la porte d'entrée claquait. Elle faisait son travail, essayant de protéger sa maison, mais il avait peur de la lâcher.

— Chut, bébé, chut, murmura-t-il contre sa tête.

Mais elle continua d'aboyer et Michael trembla, se sentant pris au piège, terrifié et très seul. Puis, quelque chose vibra dans sa poche de hanche et il se mit à haleter de gratitude. Oh, putain, son téléphone.

Il s'agrippa à Scooter d'une main, tout en arrachant le téléphone du denim serré de l'autre. D'autres larmes remplirent ses yeux lorsqu'il vit qui appelait. Il appuya sur le bouton avec son doigt, mais il tremblait si fort qu'il n'était pas sûr de s'être connecté au début.

— Gil ? haleta-t-il.

— Salut, mon beau.

Michael entendit la voix de l'homme et sentit son sang-froid commencer à se fragmenter.

— Merde, qu'est-ce qui ne va pas avec le chien ?

— Gil. Oh mon Dieu, Gil. J'ai entendu un bruit à l'extérieur et je pensais que c'était des ratons laveurs qui essayaient de mettre le bazar dans les poubelles, mais ce n'était pas ça. Il y avait un homme dehors, et il peignait quelque chose sur les portes du garage. Je lui ai demandé ce qu'il foutait, et il a pris une pelle et m'a poursuivi sur le porche. J'ai failli ne pas fermer la porte, mais finalement j'ai réussi. Maintenant, il cogne sur la porte.

Il babillait si vite qu'il ne savait pas si Gil le comprenait, mais il ne pouvait pas s'en empêcher. L'intrus, cet homme qui voulait lui faire du mal, essayait toujours d'entrer dans la maison.

Comme pour prouver son argument, on aurait dit que le vandale à l'extérieur jetait son corps sur la porte d'entrée, et Michael entendit Gil inspirer brusquement.

— Michael, écoute-moi, bébé. Tu m'entends ?

— Oui.

— Raccroche et appelle les secours. Fais-le maintenant. Crie que tu as appelé la police. Tu m'entends, Michael ?

— Oui. Je t'entends.

— Bien. Fais-le maintenant. J'arrive aussi vite que possible.

Gil raccrocha et Michael suivit ses instructions. Les mains tremblantes, tout en tenant Scooter contre sa poitrine, il réussit à composer le numéro des secours.

— J'appelle la police, cria-t-il aussi fort qu'il le put, aussi proche d'être hystérique qu'il ne l'avait jamais été de toute sa vie. Vous feriez mieux de partir d'ici. Je compose le numéro et cet endroit va grouiller de flics.

— Ici la police, quelle est votre urgence ? demanda une agréable voix de femme.

Michael prit une inspiration avant de parler.

— Je garde la maison d'un ami et quelqu'un essaye de s'y introduire.

— En ce moment ?

— Oui, il essaye d'entrer. Merci d'envoyer quelqu'un rapidement. S'il vous plaît.

— Donnez-moi l'adresse, monsieur.

Il récita l'adresse, berçant Scooter tout le temps. Elle avait cessé d'aboyer, et Michael ne pouvait qu'espérer que ses menaces eussent effrayé le bâtard. La chienne avait fourré sa tête sous son menton, frissonnant contre sa poitrine, ses flancs se soulevant. Il passa sa main sur sa fourrure, la caressa, la calmant.

— C'est bon, ma chérie, murmura-t-il en entendant la femme au téléphone donner l'adresse à la radio. Tu as été très bien.

— Monsieur, quel est votre nom ?

— Michael. Michael Crane.

— Et ce n'est pas votre maison ?

— Non. Je la garde pour un ami.

— Êtes-vous en danger immédiat ?

Il se pencha vers le bord du mur et jeta un coup d'œil vers la porte d'entrée.

La maison semblait maintenant presque menaçante de silence.

— Je ne sais pas. Je lui ai crié que j'appelais la police. Je ne l'entends plus maintenant. Cela aurait pu l'effrayer.

— Je resterai au téléphone avec vous jusqu'à l'arrivée des officiers.

— Merci beaucoup.

— C'est normal.

Un lourd craquement se produisit à l'extérieur et l'alarme de la voiture de Michael sonna. Il grimaça.

— Merde, je pense qu'il vient de frapper ma voiture.

— Il l'a heurtée avec un autre véhicule ? demanda-t-elle, semblant totalement calme.

— Je ne sais pas. Il l'a peut-être frappée avec la pelle. L'alarme sonne.

— La pelle ?

— Il m'a menacé avec une pelle avant que je puisse l'enfermer à l'extérieur.

— Oh. Eh bien, je peux entendre votre alarme. Laissez courir. Ça pourrait l'effrayer.

Scooter commença à gémir doucement.

— Tout va bien, bébé, la rassura-t-il en resserrant son emprise sur elle.

— L'animal avec vous est-il blessé ?

— Non, je pense qu'elle est effrayée. Merde, j'ai peur.

Il entendit un petit rire au bout du fil.

— Eh bien, vous vous en sortez très bien.

— Je pense que c'est une victoire de ne pas avoir pissé dans mon froc. Pardonnez mon langage.

— Je pense que j'aurais eu l'utilité d'une couche-culotte moi-même, vu la situation.

Michael se détendit suffisamment pour rire faiblement.

Il entendit des véhicules qui s'arrêtaient brusquement à l'avant, et il se pencha au-delà du mur afin de jeter un œil. Des lumières rouges et bleues projetaient des ombres sur les murs.

— La police est là.

— Restez avec moi jusqu'à ce qu'ils frappent à la porte, d'accord ?

— D'accord.

Ils n'eurent besoin que de quelques instants pour atteindre la porte.

— Ils sont là, annonça-t-il en se levant, tenant toujours le petit corgi dans ses bras.

Elle commençait à devenir lourde, mais il n'arrivait pas à convaincre ses bras de la poser.

— Pouvez-vous voir les officiers à travers un judas ?

Un officier en uniforme apparut à la grande fenêtre, levant la main.

— Je peux en voir un à travers la fenêtre.

— Vous sentez-vous en sécurité, maintenant ?

Il pouvait voir au moins un autre policier en uniforme debout sur le porche, l'étudiant alors qu'il s'approchait.

— Je vais bien, maintenant. Merci.

— De rien, Michael. Vous avez été très bien aussi.

Il n'en était pas si sûr, mais c'était gentil de sa part de le dire. Il remit le téléphone dans sa poche, puis jongla avec Scooter tandis qu'il déverrouillait et ouvrait la porte d'entrée.

— Monsieur. Vous avez appelé pour un rodeur ?

Il hocha la tête, se sentant soulagé et les genoux brusquement faibles. Il s'appuya en tremblant contre le chambranle de la porte.

— Vous vous sentez bien, monsieur ?

Michael leva les yeux vers lui. L'officier, grand et avec une mâchoire carrée, l'étudiait avec de vifs yeux bleus. Sa plaque indiquait le nom de Slater.

— Je ne sais pas, répondit-il honnêtement.

— Avez-vous besoin de vous asseoir ?

— Ce serait peut-être une bonne idée.

Slater leva une main gantée pour prendre son bras et Scooter se rua sur lui.

— Oh non, ma fille, non, intervint Michael, tentant de la calmer avec une caresse le long de sa colonne vertébrale. C'est un gentil.

— Eh bien, merci pour ça, répliqua le policier avec un sourire ironique.

L'officier derrière lui s'avança. Il était plus petit, avec une expression amicale, et s'appelait Preston.

— Je peux l'emmener ? demanda-t-il.

— Elle est effrayée. J'ai peur qu'elle vous morde.

— Non, je suis doué avec les chiens, assura-t-il en s'approchant de son collège avant de tendre la main vers elle. Doucement, ma fille. N'es-tu pas mignonne ? J'adore les corgis.

Michael fut surpris lorsque Scooter laissa le policier la prendre.

— Je peux la mettre dans une autre pièce ?

— Euh, oui. Juste là, dit-il en montrant la porte du couloir.

Michael se retourna vers l'homme imposant devant lui tandis que l'officier Preston traversait la pièce avec la chienne.

— Êtes-vous blessé ? demanda Slater.

— Non. Juste secoué.

— Je pense que vous devriez vous asseoir, cependant.

— D'accord.

Michael se dirigea vers le canapé et s'assit, se frottant le front avec des doigts tremblants. Il avait l'impression que son corps était un gros nerf tendu.

Deux autres officiers se présentèrent à la porte ouverte, et Slater se retourna.

— Il y a du vandalisme, annonça l'un d'eux. De la peinture sur la porte du garage et une pelle à travers le pare-brise de la voiture, mais aucun suspect.

Michael pensa au dernier craquement qu'il avait entendu, celui qui avait déclenché l'alarme. Il gémit. Merde, sa voiture.

— Avez-vous les clés de la Subaru à portée de main, monsieur ? demanda Slater. Ce serait bien si nous pouvions couper l'alarme. Vos voisins sont déjà en train de sortir, et votre agresseur se cache quelque part.

— Oh, c'est vrai.

Il sortit les clés de sa poche et les lui remit. L'alarme se tut brusquement quelques instants après la disparition de l'autre officier.

— Je pense que nous devons appeler Mitchell pour crimes de haine, indiqua le policier restant en touchant l'épaule de Slater.

— Sécurisez d'abord la scène, puis appelle-le.

L'homme acquiesça et quitta la maison. Preston revint après avoir enfermé Scooter dans le couloir. Elle gémissait lamentablement, et Michael regarda par-dessus son épaule vers la porte.

— Elle va bien, lui assura le policier.

Michael remonta ses lunettes sur son nez. Ses mains tremblaient encore. Une voix s'éleva de l'avant et il releva la tête, son cœur le poussant à se lever. Il traversa la pièce sans réfléchir.

— Monsieur ? s'écria Slater. Monsieur, nous avons besoin de votre déclaration.

— Je reviens tout de suite, murmura-t-il.

Il quitta la maison, puis traversa le porche en courant et dévala les marches, scrutant les visages rassemblés derrière une ligne de ruban jaune qui avait été suspendue d'arbre en arbre.

— Michael !

Il entendit le cri et se retourna à temps pour voir une grande silhouette sombre soulever le ruban et se redresser de l'autre côté.

Un officier arriva, une main tendue et l'autre sur son arme, avant que Gil ne puisse s'approcher.

Le cœur de Michael bégaya et son estomac se serra.

— Non ! cria-t-il en s'approchant. Il est là pour moi. Il est avec moi ! S'il vous plaît.

L'officier le regarda.

— S'il vous plaît.

Il y eut un moment de silence réfléchi.

— Laissez-le passer.

Michael regarda par-dessus son épaule pour voir Slater debout sur le porche.

— Michael.

Il se retourna et Gil était là, près de lui, la voix rude, les bras tendus vers lui.

Il se retrouva ensuite dans ses bras, le visage enfoncé dans sa poitrine, agrippé à la paroi musclée. Gil l'entoura, l'étreignit, le menton sur sa tête. Son odeur, sa sensation permirent enfin à Michael de respirer totalement depuis qu'il avait vu le rôdeur. La chaleur de Gil entra dans ses muscles et ses tendons et ses genoux rendirent l'âme. Gil le rattrapa avant qu'il ne s'effondre.

— Ça va, bébé ? murmura-t-il.

La gorge de Michael se serra. Il voulait répondre, vraiment, mais il ne le pouvait pas. Il secoua la tête à la place, pendant que Gil tenait droit.

— Es-tu blessé ? As-tu besoin d'un médecin ?

— Non, réussit-il finalement à dire. Non, je ne suis pas blessé.

— Messieurs.

Slater s'était apparemment avancé, parce qu'il avait l'air proche. Michael jeta un coup d'œil et le trouva debout juste à côté d'eux.

— Monsieur Crane, avez-vous besoin d'une assistance médicale ?

— Tu vas pouvoir marcher ? s'inquiéta Gil.

Ce fut la question qui amena Michael à se reprendre. Qu'allait-il faire ? Laisser Gil le porter comme s'il était une demoiselle en détresse ? Il inspira fortement, forçant ses genoux à le supporter. Il n'avait jamais eu aussi peur, mais il ne s'était jamais senti aussi faible, non plus. Il déglutit et s'éloigna du corps de Gil.

— Je vais bien, assura-t-il en regardant l'officier de police en face. Je vais bien.

— Nous rentrons dans la maison, alors ?

Michael acquiesça, le suivant lorsqu'ils commencèrent à se diriger vers la maison. Il ne dirait jamais à personne combien il était reconnaissant pour la main de Gil dans le bas de son dos. Surtout lorsqu'il vit la lame de la pelle enfoncée dans le pare-brise de son Impreza, le manche en bois sortant tout droit.

— Putain ! murmura Gil.

Michael détourna le visage, montant les marches avec autant de dignité qu'il le pouvait. Il s'arrêta brusquement, le regard fixe.

Quelqu'un avait vaporisé un triangle à l'envers sur le doux parement gris, une référence claire au logo de leur entreprise, avec une croix gammée au-dessus. Gil, à ses côtés, fit un bruit dégoûté.

— C'est trop moche, dit Michael en secouant la tête. Qui ferait ça ?

De grandes mains se refermèrent sur ses biceps et il sentit Gil le long de son dos.

— Nous repeindrons dès que les policiers seront d'accord, assura-t-il.

Il détourna le visage lorsqu'ils entrèrent dans la maison.

Gil se présenta aux agents Slater et Preston et offrit volontairement sa carte d'identité, puis Michael s'assit sur le canapé pendant que Slater prenait sa déposition. Gil se rendit dans le couloir afin de réconforter la pauvre Scooter pendant qu'ils parlaient, puis dans la cuisine. Il s'approcha de Michael quelques minutes plus tard avec une tasse à la main. Il la lui tendit et l'odeur de camomille flotta jusqu'au nez de celui-ci. Il l'inhala avec reconnaissance en enveloppant ses paumes autour de la tasse chaude. Il regarda Gil d'un air reconnaissant alors que celui-ci s'asseyait à côté de lui.

— Donc, vous n'avez aucune idée de qui ça pourrait être ? continua l'officier.

Michael fit une pause avant de répondre.

— Non. David a eu des problèmes avec son ex au début, mais c'est fini depuis un moment.

— Monsieur Snyder est le propriétaire ? demanda Slater en consultant ses notes.

— David, oui.

Un homme se racla la gorge et ils levèrent tous les yeux.

Michael reconnut l'inspecteur Dennis Mitchell devant la porte. Il l'avait rencontré lorsqu'il avait accompagné David au tribunal pour la sentence de Trevor. Il entra dans la maison et Michael pensa que même s'il n'avait pas su qu'il était flic, il l'aurait quand même compris. Il était le stéréotype d'un détective vieillissant et chauve en costume marron. Il ressemblait à quelqu'un qui sortirait tout droit d'un casting.

— Inspecteur Mitchell, dit-il en se levant la main tendue.

— Michael, c'est ça ?

— Oui, monsieur.

— Je ne crois pas que nous nous connaissions, dit Mitchell en se tournant vers Gil.

Celui-ci se leva et il domina tout le monde dans la pièce. Les sourcils clairsemés de Mitchell grimpèrent en flèche.

— Gil Chandler, répondit-il en serrant la main de l'inspecteur.

— On dirait que vous avez eu une soirée chargée, dit Mitchell en laissant tomber ses mains dans les poches de son pantalon ample, ses bras retenant les côtés de sa veste. Voulez-vous bien commencer par le début et tout m'expliquer.

Michael prit une grande inspiration et fit ce que l'homme lui avait demandé. L'inspecteur écouta patiemment, posa des questions pertinentes, mais il le laissa surtout parler. À un moment donné, lorsque les gémissements de Scooter devinrent particulièrement bruyants et pitoyables, Michael demanda s'ils pouvaient la laisser sortir. La petite chienne courut lorsqu'ils ouvrirent la porte et se dirigea directement sur Michael, se dressant sur ses pattes arrière pour mettre ses pattes avant sur ses genoux.

— Oh, petite fille, s'exclama Gil en se penchant et en la ramassant, la plaçant sur les genoux de Michael. Il va bien, tu vois ?

Elle lécha le menton et le cou de Michael, pressant son museau contre son visage. Il sentit des larmes menacer pour la première fois depuis que Gil était arrivé.

— Est-elle blessée ? demanda doucement Mitchell.

Michael secoua la tête, prit un moment, puis s'éclaircit la gorge.

— Elle m'a protégé.

— Je ne suis pas surpris, répondit l'inspecteur en se penchant en avant afin de lui frotter la tête. Les corgis sont une race très protectrice.

Il jeta un coup d'œil vers la porte avant de poursuivre.

— Deux de mes légistes ont examiné la scène à l'extérieur et sur le porche, mais si vous avez fini votre déposition, je pense que vous devriez y jeter un œil.

Michael prit la laisse de Scooter et l'attacha à son collier. Il ne l'abandonnerait pas. Il suivit les officiers dehors, Gil assez près de lui pour sentir sa chaleur corporelle. Mitchell s'arrêta et étudia les graffiti juste à l'extérieur de la porte, tandis que Michael détournait son visage, l'estomac retourné à l'idée de regarder.

— J'ai peur que ça empire, dit l'inspecteur en s'excusant.

Ils descendirent les marches et s'arrêtèrent près de la Subaru endommagée de Michael.

— Je pense que vous l'avez peut-être interrompu, parce qu'il n'a rien écrit sur la voiture, il a juste fracassé le pare-brise avec la pelle. Mais…

Il se tourna avec un geste de la main.

Michael se tourna vers la porte du garage, et il sentit le froid glisser le long de sa colonne vertébrale, jusqu'à ses orteils.

À MORT LES PÉDÉS.

Les lettres mesuraient environ un mètre et étaient hachées. Des projecteurs éclairaient maintenant l'allée et il était donc impossible de se tromper sur le message pourri.

— Eh bien, c'est direct, commenta Michael en essayant d'avoir l'air décontracté.

Cela ne fonctionna pas.

— Quand pouvons-nous nous en débarrasser ?

La voix de Gil était si rauque que pendant un instant Michael n'était pas certain que ce fût lui. Il se tourna et leva les yeux, surpris par la rage qu'il vit sur le visage de l'homme habituellement si doux. Il avait vu beaucoup d'émotions différentes sur ses traits depuis qu'il le connaissait. Mais il n'avait jamais vu la rage auparavant.

— Nous devons prendre des photos, et nous devrions probablement parler au propriétaire.

— Je vais appeler Jackson, dirent Michael et Gil à l'unisson, puis ils se regardèrent.

— Sérieusement ? continua Gil. Ne pouvons-nous pas faire ça sans en parler avec David ?

— Il est déjà si nerveux, ajouta Michael à l'attention de Mitchell. Vous savez ce que Trevor lui a fait, comment le cambriolage s'est passé.

L'inspecteur se retourna sur ses talons, les mains encore dans ses poches, ses lèvres bien pincées.

— Si nous sommes capables de déterminer qui a fait ça, les dommages matériels vous regardent, Michael, ainsi que monsieur Snyder. Vous devriez pouvoir être dédommagés.

— J'ai une assurance sur la voiture, dit Michael. David et Jackson ont heureusement des amis qui sont peintres en bâtiment, et j'achèterai cette fichue peinture s'il le faut.

— Que je sois maudit si tu le fais, grogna Gil.

— Je dis juste que nous sommes tous prêts à nous en occuper. Je veux que vous trouviez autant de preuves que possible contre celui qui a fait ça. Mais je ne veux pas que Jackson et David soient obligés de rentrer après la première occasion qu'ils ont eue de s'échapper depuis des mois. Et je ne veux pas que David sache que j'étais seul ici et que quelqu'un a essayé de me terroriser. Il craignait déjà que quelque chose comme ça puisse arriver.

— Y a-t-il eu un autre incident ? demanda Mitchell en fronçant les sourcils.

— Non, je ne pense pas, répondit Michael en secouant la tête. Il dit qu'il a toujours la sensation que quelqu'un surveille l'endroit, mais je ne sais pas si c'est une réminiscence du problème avec Trevor. Je sais juste qu'il a eu peur.

Mitchell l'étudia pendant plusieurs secondes, puis il se tourna vers les policiers qui l'entouraient.

— Veillons à tout obtenir, y compris les photos, ce soir.

— Il y a aussi une bombe de peinture sous les buissons, là-bas, intervint Michael en pointant son doigt vers l'endroit. Il l'a lancée.

— Assurez-vous de la prendre aussi. Oh, et prenez les empreintes sur le manche et la lame de la pelle.

— Il n'y en aura pas, assura Michael. Il portait des gants.

— Vous connaissiez Trevor Blankenship, n'est-ce pas ? demanda Mitchell en l'étudiant.

— Malheureusement, grimaça-t-il.

— Est-ce que cela aurait pu être lui ?

Michael voulait tellement dire oui, que cela aurait pu être Trevor. L'homme portait aussi un masque de ski, après tout. Et il détestait l'ex de David. Dans l'entente cordiale entre son ami et son ex, le procureur stipulait que Trevor devait rester à au moins à cent cinquante mètres de David et de sa maison, sinon l'entente entre eux serait nulle et il irait purger une peine de cinq à vingt ans.

L'intrus qui portait le masque de ski était plus grand que Trevor d'au moins dix à douze centimètres. Il avait aussi une silhouette plus volumineuse, et ses yeux, ceux qui faisaient encore trembler Michael à leur souvenir, étaient d'une couleur complètement différente des siens.

— Non, soupira-t-il. J'aimerais bien, mais ce n'était pas Trevor. Mais qui qu'il soit…

Il frémit.

— Qui qu'il soit, il est vraiment énervé, reprit-il.

— Après qui ? demanda Gil en se tournant vers le garage. Après David et Jackson, ou nous tous ?

— Je ne suis pas sûr qu'il y ait un moyen de le savoir.

Il y eut un silence pensif, puis Gil sortit son téléphone de la poche de son pantalon cargo.

— Je vais voir si je peux joindre Jackson, voir si nous pouvons repeindre demain. Avez-vous besoin de leur parler, Inspecteur ?

Mitchell acquiesça.

—Mais un jour de la semaine prochaine sera assez tôt.

Gil s'éloigna de quelques pas.

— Inspecteur, dit Michael. Pensez-vous que ces attaques viennent de la même personne ?

— Quelles attaques, Michael ? demanda-t-il doucement.

— Le camion de Jackson, la voiture de David, maintenant ceci.

— Blankenship a affirmé qu'il n'aurait jamais endommagé la voiture de David, commenta-t-il, l'air pensif. Honnêtement, je ne sais pas. Nous avons ici un certain nombre de crimes motivés par la haine, mais ils sont plus graves et entraînent des dommages matériels plus importants. Et en ce qui concerne votre groupe d'amis, s'il y a un dénominateur commun, ils semblent s'aggraver. Vous avez dit que vous pensiez que cet homme vous aurait fait du mal s'il en avait eu l'occasion.

Michael se revit en train de courir, certain que la pelle était sur le point de fendre sa tête en deux, le visage si près du sien, la rage. Il déglutit fortement.

— Il l'aurait fait, oui.

— Eh bien, tu n'as pas à t'inquiéter de ça pour ce soir, parce qu'il ne s'approchera pas de toi, assura Gil en tendant le portable à l'inspecteur Mitchell. C'est Jackson. Il va vous donner la permission de peindre par-dessus les graffiti.

Le détective prit le téléphone.

— Il est propriétaire ? demanda-t-il à Gil.

Michael leva les yeux vers le visage de Gil une fois que le détective avait pris le téléphone et s'était éloigné de quelques pas.

— Quand David a-t-il mis Jackson sur l'acte de propriété ?

— Lorsqu'ils se sont fiancés, répondit-il. Et je pensais ce que j'ai dit. Tu ne resteras pas seul ce soir. Tu peux rester ici ou rentrer avec moi, mais tu ne resteras pas seul.

— Gilbert, se plaignit Michael.

— Non, bon sang, s'exclama-t-il en s'avançant sur lui, sa mâchoire carrée tendue et son regard perçant. Il y a être héroïque et être imbécile. Cet homme ne voulait peut-être rien de plus que vaporiser de la peinture sur la maison et te poursuivre avec une pelle. C'est ce qu'il aurait pu te faire avec cette pelle s'il t'avait attrapé qui m'empêchera de dormir pendant longtemps, Michael.

Sa voix résonna dans l'air froid de la nuit, et le jeune homme frissonna. Il ne voulait pas y penser, parce qu'il le savait. Il l'aurait frappé à la tête, et Dieu seul savait ce qu'il aurait fait à Scooter. Elle était assise et s'appuyait contre sa jambe. Il la prit, enfouissant ses mains dans sa fourrure et pressant son visage sur sa nuque. Il refusait d'y penser, il ne le pouvait pas.

— Alors, choisis, Michael. Ici ou chez moi, mais tu ne resteras pas seul pour l'instant.

Il soupira dans la fourrure de Scooter, et elle se tortilla pour lui lécher le visage. Il la reposa au sol.

— Ici, répondit-il enfin. J'ai dit à David que je garderais sa maison. J'ai peut-être fait un mauvais travail jusqu'à présent, mais je n'abandonnerai pas.

— Tu n'as rien fait de mauvais, grogna Gil. Je dois récupérer mon téléphone de Mitchell pour pouvoir appeler Vern et faire venir des hommes ici demain matin. S'il ne pleut pas et que nous nous y mettons tous, nous pourrons le faire d'ici dimanche matin, cela aura l'air comme neuf.

Il fit une pause, cherchant l'inspecteur dans l'allée parmi les autres policiers.

— Je reviens tout de suite, ajouta-t-il.

Michael le regarda s'éloigner, la totalité de son mètre quatre-vingt-dix musclé, et il savait qu'il se sentirait plus en sécurité avec lui dans la maison.

Il y avait quelque chose de rassurant chez Gil qui dépassait sa taille. Il y avait aussi la sensation de l'inéluctable, comme si tout le temps qu'il avait passé à garder ses distances avec l'homme n'avait fait que retarder l'inévitable.

Demain, pensa Michael. Demain, lorsqu'il ne se sentirait pas aussi à vif, il se rappellerait toutes les raisons qu'il avait de rester à l'écart. Ce soir, il était content que Gil soit là.

V

LA POLICE resta dans l'allée pendant des heures. Ils éteignirent les lumières rouges et bleues des gyrophares, et les voitures de patrouilles partirent. Mais les inspecteurs et les gens des scènes de crime restèrent là pendant longtemps. Gil essaya d'intéresser Michael à son pop-corn, peut-être préparer le dîner, mais il n'avait pas d'appétit et ne semblait pas pouvoir s'arracher des fenêtres donnant sur l'allée. Il vit les policiers faire leur travail méticuleux, trouvant un sac poubelle sous les buissons, une bombe de peinture en aérosol vide à côté des poubelles. Il regardait de temps en temps les portes du garage et lisait l'horrible message.

À MORT LES PÉDÉS.

Qui pensait ainsi ? Existait-il vraiment des gens qui souhaitaient la mort de quelqu'un, juste parce qu'il était différent ? Il connaissait l'homophobie, il n'était pas idiot. Et il avait survécu au lycée, ce qui n'avait pas été facile. Il avait l'air gay en sixième, apparemment, bien que si cela signifiait qu'il était bien habillé, eh bien, qu'il en soit ainsi. Les élèves avec qui il avait été au collège privé étaient divisés en catégories : sportifs, nerds, geeks, et probablement pédés. Il admettait même qu'il était aussi coupable de stéréotypes que n'importe qui. Mais avait-il déjà souhaité la mort de quelqu'un ? Pas même Trevor. Il l'avait détesté, mais il n'avait pas souhaité sa mort.

— Je me demande combien de temps ça va prendre ? murmura Gil à l'épaule de Michael, regardant la police qui n'avait pas l'air d'en avoir fini, si leur nombre avait quelque chose à voir avec ça. Ils étaient trois lorsqu'ils avaient commencé, mais à présent, ils étaient au moins une douzaine. Mitchell leur avait dit qu'il y avait un nouveau groupe de travail en ville, nommé par le maire, afin d'enquêter sur tous les crimes de haine. Il avait mis l'accent sur ce point et avait averti le service de police qu'il s'attendait à ce que tous les crimes de haine fassent l'objet d'une enquête approfondie et soient pris au sérieux. Michael supposait qu'ils devraient être reconnaissants, mais maintenant, tout ce qu'il voulait, c'était que les projecteurs disparaissent de l'allée de son ami, ainsi que la bande jaune de scène de crime qui se trouvait dans la cour avant.

— Je ne sais pas, répondit-il à Gil. Je ne peux pas imaginer que les voisins soient vraiment excités par tout ça.

— Je crois que les voisins sont au lit. Il est presque une heure du matin, commenta Gil en s'appuyant contre le cadre de la fenêtre. Je suis surprise que les mères de David et Jackson ne soient pas venues ici.

— Les chambres et le salon où elles regardent la télévision sont à l'arrière de la maison. Elles n'ont rien vu de tout ça.

— C'est probablement une bonne chose, fit remarquer Gil, un côté de sa bouche se retroussant. Peux-tu imaginer Beverley et ces policiers?

Michael rit, sentant le poids dans sa poitrine s'alléger. L'idée de la maman poule de David et de l'inspecteur Mitchell dans la même pièce était plutôt hilarante.

On frappa doucement à la porte d'entrée et ils échangèrent un regard interrogateur avant que Michael aille répondre. L'inspecteur Mitchell se tenait sous la lumière du porche, sa tête chauve brillant légèrement.

— Nous sommes en train de finir.

— Pouvons-nous peindre afin d'effacer cette merde ? demanda Gil qui s'était avancé et se tenait derrière l'épaule de Michael.

— C'est bon, répliqua Mitchell en lui adressant un sourire ironique avant de faire un signe de tête polie à Michael. Je vous contacterai la semaine prochaine. Plus tôt, si nous avons quelque chose sur cet homme.

— Merci, dit Michael, surpris de voir à quel point il le pensait. Je ne prendrai plus les services de la police pour acquis.

— Les gens nous apprécient plus lorsqu'ils ont besoin de nous, répondit l'inspecteur en souriant, une expression étonnamment jeune sur son visage fatigué. Je vous tiens au courant.

Michael le regarda partir, puis il ferma la porte et la verrouilla.

Il se rendit compte que Gil et lui étaient seuls pour la première fois, tandis que le pêne glissait en place. Son cœur se mit à battre dans un rythme lent et régulier dans ses oreilles, et il pressa ses paumes contre la porte en chêne, les faisant glisser hors du centre. Il était si fatigué que sa peau vibrait, mais Gil était juste derrière lui. Il s'affaissa et prit une grande inspiration. L'homme s'attendait-il à quelque chose de sa part, une sorte de gratitude ? Il était reconnaissant, mais il ne pouvait même pas y penser, pas ce soir.

— Je ne vais pas te draguer.

Michael ne bougea pas, mais ses épaules se raidirent.

— Allez, Michael, ce n'est pas le moment. Je vois bien que tu es à cran. Je ne suis pas stupide.

Il se tourna lentement, ses mains traçant nerveusement le grain de bois de la porte, puis se fermant en poings serrés le long de sa taille alors qu'il levait les yeux sur le visage de Gil.

— Je n'ai pas...

— Tu l'as fait, et je crois que ça me déplaît, l'interrompit-il en secouant la tête et en levant au ciel ses yeux noisette expressifs. Oui, je te taquine et je te drague parce que, franchement, je ne sais ce qu'il y a à propos de ton cul sarcastique, mais je t'aime vraiment beaucoup. Merde, quel homme penses-tu que je sois ? Tu as passé une soirée difficile, et tout ce que je veux faire pour le moment, c'est te rassurer afin que tu puisses te détendre et aller te coucher.

La culpabilité retourna l'estomac de Michael.

— Tu penses que je ne peux pas voir que tu es si stressé que tu trembles ?

— Je ne le suis pas, affirma Michael en poussant ses mains derrière son dos, les doigts se bloquant au-dessus de ses fesses.

Il voulait être fort, mais les tremblements se répandirent dans ses épaules et il semblait incapable de les arrêter.

— Putain ! s'exclama Gil en posant ses mains sur ses hanches carrées et solides. Michael, sérieusement, prends la princesse et va te blottir dans le lit. Tu es mort de fatigue, et franchement, il me faut quelques heures avant que mes gars arrivent.

Michael le dévisagea, ayant l'impression d'être un crétin.

— Gil, je...

— Ce n'est pas grave. Simplement... va dormir, d'accord ?

Les mains de Michael étaient moites et sa prise glissa. Il frotta ses paumes sur son jean moulant.

— Oui. D'accord. Tu as besoin de couvertures ou d'autre chose ?

— Ceci est bien, assura Gil en attrapant un plaid sur le dos du rocking-chair.

Michael savait qu'il ne couvrirait ce dernier que de la taille aux chevilles, mais Gil s'était déjà détourné, éteignant la télévision et la lampe sur la table à côté du canapé, le renvoyant sans un autre mot.

Bizarrement perdu, il s'arrêta assez longtemps pour baisser les stores des fenêtres, puis il appela doucement Scooter. Elle s'approcha de lui, ses griffes cliquetant sur le plancher en bois massif, et il se tourna vers la porte du couloir.

— Michael ?

Il s'arrêta, pivota et jeta un coup d'œil dans le noir.

— Oui ?

— N'oublie pas que je suis là si tu as besoin de moi, d'accord ?

Michael s'autorisa un léger sourire parce qu'il savait que Gil ne pouvait pas le voir.

— Je n'oublierai pas. Et merci, Gil. Vraiment.

— De rien.

Michael se tourna et se dirigea vers le couloir obscur, Scooter sur ses talons. Il ferma la porte derrière lui, puis il trouva la télécommande sur la table de nuit et il alluma la télévision. Il s'allongea sur le lit moelleux et tira l'épaisse couette vers le haut et sur son épaule.

— Viens ici, bébé, dit-il en tapotant le lit pour que Scooter s'installe à côté de lui.

Le souvenir de la voix de Gil le heurta fortement, sa voix grave disant : Michael, écoute-moi, bébé. Il frissonna, puis songea à éteindre la lumière à côté de lui sur la table de nuit, mais décida qu'il n'était pas vraiment prêt à dormir dans le noir, même avec son protecteur de la taille d'une montagne dans la pièce voisine.

Alors qu'il s'enroulait autour de Scooter, il se rendit compte que son attitude de repli était très désagréable, même s'il s'y obligeait, et qu'il avait de la chance que Gil l'apprécie encore.

Le bourdonnement d'une sorte de machine et des voix d'hommes le réveillèrent le lendemain matin. Il cligna des yeux, regardant autour de lui, réalisant qu'au lieu de son lit escamotable étroit, il était dans la chambre de David et Jackson, allongé sur le lit queen size, toujours habillé. Il n'avait même pas enlevé ses lunettes.

Il n'avait aucun souvenir de ce qui s'était passé une fois qu'il s'était allongé sur le lit ; un moment il tenait Scooter dans ses bras, regardant la télévision avec le son bas pour ne pas déranger Gil, et l'instant suivant, il se réveillait, le téléviseur éteint et Scooter partie.

Il se redressa, regardant vers les fenêtres et se demandant quelle heure il était. Le ciel était couvert, ce qui n'était pas inhabituel en mars ; le soleil ne reviendrait pas vraiment d'une façon appréciable avant mai.

Michael s'écrasa sur le côté du lit au moment où quelqu'un passait devant la fenêtre de la chambre. Il se releva et faillit retomber sur ses fesses lorsque ses pieds glissèrent sur le plancher en bois massif. Il attrapa le pied du lit et reposa ses fesses sur le lit.

— Oh, bordel, reprends-toi, Michael, grogna-t-il en pensant à son téléphone dans sa poche.

Il le récupéra, notant qu'il restait moins de dix pour cent d'autonomie de batterie et qu'il était six heures quarante-cinq.

Sept heures moins le quart ? Qui traînait à l'extérieur de la maison de David et Jackson ?

Une peur froide s'empara de lui alors que les souvenirs de la nuit précédente revenaient au premier plan dans son esprit. Il se dirigea vers la fenêtre et jeta un coup d'œil discret.

— Tu es si stupide, murmura-t-il en voyant des hommes travailler dans l'allée.

Il leva la main pour la passer dans ses cheveux. Il grimaça lorsqu'il sentit le gel séché sur ses mèches.

Gil avait dit qu'il voulait dormir quelques heures avant l'arrivée de ses « gars ». Michael n'avait jamais pensé qu'ils arriveraient avant sept heures du matin. Mais ils étaient là, un compresseur émettant le ronflement mécanique qu'il avait entendu. Gil et Vernon mélangeaient de la peinture, et il pensa que Manny était quelque part aussi. Il se rendit dans la salle de bains, refusant d'être vu avec des cheveux hirsutes, et il alluma.

— Oh, non.

Il ressemblait aux ordures de la semaine dernière. Ses cheveux étaient tout ce à quoi il s'attendait. Épais de gel et pendant sur ses yeux injectés de sang. Sa mâchoire était ombragée de chaume. Il ne pouvait rien faire pour la barbe. Il se rasait rarement le week-end, à moins qu'il ne sorte, et n'avait pas apporté ses affaires de rasage avec lui. Mais il pouvait se laver le visage et essayer d'arranger ses cheveux.

Sa trousse de toilette était posée sur le meuble. Il l'ouvrit et sortit une bouteille de Visine et une brosse à cheveux. Ses yeux pleurèrent et piquèrent alors qu'il mettait les gouttes et il les ferma jusqu'à ce que le feu soit passé. Passer la brosse à travers ses cheveux épais ne fut pas aussi facile. Elle s'accrocha au gel et il tira. Puis il jura au moment où il les brossa directement en arrière de son visage, révélant sa ligne de cheveux en forme de V. Il se rendit compte également qu'il portait toujours les vêtements de la veille au soir. Le temps qu'il ait fini d'aider à l'extérieur, il aurait désespérément besoin d'une douche. Le fait d'être terrifié et de dormir dans ses vêtements l'avait laissé avec une odeur certaine et il espérait que personne d'autre ne la remarquerait. Ses bottes étaient encore près du canapé et il les enfila, s'interrogeant pour la première fois sur Scooter. Il savait que Gil s'occuperait d'elle. Mais se souvenir du petit chien l'amenait à s'interroger sur d'autres faits. Quand l'homme était venu la chercher dans la chambre, avait-il baissé les yeux sur lui pendant qu'il dormait ? Michael se sentit chauffer à l'idée horrifiante qu'il aurait pu être en train de baver, ou à Dieu ne plaise, de ronfler.

Il prit sa veste sur le portemanteau et ouvrit la porte d'entrée. Le froid le frappa dès qu'il sortit, son souffle se transformant en un brouillard de condensation devant son visage. Il s'arrêta sur le porche ; les graffiti laids qui avaient entaché la façade de la maison avaient été peints. C'était une tache blanche, mais c'était une amélioration par rapport à ce qui existait avant. Il descendit les marches, voyant le pick-up de Gil garé devant, ainsi que la Mustang 66 restaurée de Vern et la Dodge Charger de Manny. Sa Subaru était toujours dans l'allée.

Quelqu'un avait retiré la pelle du pare-brise et recouvert le trou de plastique.

Il entendit un jappement joyeux alors qu'il tournait autour de la maison. Le soulagement l'envahit lorsqu'il aperçut Scooter, couchée dans l'entrée du garage. Elle était attachée par une longue longe à l'avant de sa voiture, et elle s'approcha de lui, se dressant en dansant sur ses deux pattes arrière.

— Te voilà, dit-il en frottant la fourrure derrière ses oreilles.

— Et te voilà.

Il leva les yeux au son de la voix de Gil. Le grand homme se tenait à mi-hauteur sur une échelle, posant du scotch autour d'une fenêtre. Le calme l'envahit lorsque Gil lui sourit. Une petite partie de lui avait eu peur que l'autre homme soit bizarre ce matin, que la réaction qu'il avait eue hier soir rende les choses étranges entre eux. Il était content d'avoir tort.

— Tu te sens reposé ?

— Il est sept heures un samedi matin ? Qui diable se sent reposé à cette heure-là ?

Le commentaire manquait de son mordant habituel, mais c'était le mieux qu'il pouvait faire. Gil sembla apprécier l'effort, parce que son sourire s'élargit pour inclure ses fossettes mortelles.

— Qu'y a-t-il, Votre Altesse ?

Michael se retourna et vit Vern s'approcher, un rouleau de ruban bleu à la main. Il s'arrêta devant lui, un sourcil gris levé.

—Ça va, petit garçon ? demanda-t-il, de l'affection dans ses yeux bleus fanés. Gil nous a parlé de ta soirée, et nous avons vu les preuves. J'aimerais donner un coup de pied dans les couilles de celui qui a fait ça.

Michael lui adressa un petit sourire, réchauffé par la préoccupation évidente de l'homme irascible.

— Fais la queue, vieil homme.

— Bravo, mon gars, répliqua-t-il en lui adressant un clin d'œil.

— Tu comptes travailler aujourd'hui, Vernon ? intervint Gil. Ces fenêtres ne vont pas se protéger toutes seules ?

— Va te faire voir, Gilbert, dit-il doucement, avec un autre coup d'œil subtil à Michael alors qu'il s'éloignait.

— Tu t'es reposé ?

Il se retourna et vit Gil qui descendait de l'échelle.

— Oui, jusqu'à ce que le compresseur démarre.

— Il existe un apprêt spécialement conçu pour recouvrir la peinture en bombe, expliqua-t-il, donnant l'impression de s'excuser. Nous devions le poser afin qu'il sèche. Il fait humide aujourd'hui.

— C'est très bien. Je suis reposé. Et toi ?

Gil hocha la tête, mais Michael trouva qu'il avait l'air fatigué.

— Nous commençons d'habitude à six heures, donc j'ai eu une heure de plus.

— Merde, voilà une autre bonne raison pour rester dans le domaine de la décoration d'intérieur. Nous travaillons à des heures civilisées.

— Oh, monsieur BCBG, répliqua Gil en le poussant pour rire, puis son expression s'adoucit. Sérieusement, est-ce que ça va ? Tu étais plutôt à côté de la plaque quand je suis venu pour laisser Scooter sortir.

— J'ai passé de meilleures nuits, mais je survivrai, dit-il en haussant les épaules.

Il regarda Vern en train de protéger les vitres et Manny qui vaporisait de la peinture blanche sur les mots. Ils étaient enterrés sous l'apprêt blanc, mais Michael se demanda quand il cesserait de les voir. Il se retourna, étudiant Vernon, toujours en train de protéger les vitres des fenêtres.

— Attends, tu peins toute la maison ?

— C'est une aussi bonne excuse que n'importe quelle autre. David se plaint des couleurs depuis que je le connais.

C'était vrai. David aimait les finitions bordeaux, mais le gris bicolore n'était pas son préféré, et il avait envisagé de changer l'extérieur plus tard au printemps. C'était juste que Michael n'avait aucune idée de ce qu'il voulait à la place de la couleur actuelle et son ami était si difficile…

— Je ne pensais pas qu'on pouvait peindre une maison alors qu'il fait si froid.

— Ça dépend de la peinture. Tu achètes une bonne peinture, tu peux faire un extérieur quand il fait moins un degré. Nous n'avons pas eu de gelées depuis des semaines, et il devrait y avoir une pause dans le temps pour les prochains jours, donc tout va bien.

— Je ne le savais pas, dit Michael en regardant Manny et la couleur beige-sablé-cookie. C'était tellement… beige. Humm.

— Humm quoi ?

Gil inclina la tête, un sourire complice courbant ses lèvres. Il avait remarqué que Michael regardait la porte de garage.

— Tu crois que je ne suis pas capable de trouver les bonnes couleurs ?

— Non, non, non, je ne pense pas du tout ça, dit rapidement Michael, même si c'était un peu le cas quand même.

— C'est juste que… tu sais comment est David.

— Je sais, répondit Gil, ses lèvres tremblant d'amusement.

— Et il est bizarre pour la maison.

— Il l'est, répondit Gil en hochant encore une fois la tête d'une manière décontractée. Tu veux voir les couleurs avant que nous allions plus loin ?

— Si tu veux me les montrer.

Michael pensait que sa réponse était assez inoffensive, mais Gil leva les yeux au ciel.

— C'est très politiquement correct de ta part, monsieur Crane. Viens ici, dit Gil en se dirigeant vers une table de fortune créée avec une planche de bois posée sur les poubelles.

Il y avait trois pots de peinture sur l'étagère et trois bidons de vingt litres sur le sol à proximité. Ils avaient été ouverts, et quelqu'un avait peint trois bandes de couleurs sur la surface du contreplaqué.

Michael s'approcha et les étudia avec intérêt. La couleur beige-brun tendre, comme des biscuits fraîchement cuits, était étalée aux côtés d'un vert cyprès mousseux et d'un bordeaux riche et profond, comme la couleur des graines de grenadier. Il se mordit la lèvre. C'était des couleurs magnifiques. La composante calcaire des fondations en pierre penchait fortement vers le beige, ce qui allait bien avec les couleurs biscuit et cyprès, et le bordeaux serait un contrepoint parfait vif et luxuriant.

80

— Eh bien…

Il laissa intentionnellement traîner son ton, sentant la tension dans le corps de l'homme plus grand.

— S'il n'aime pas ça, je vais commencer à remettre en question son choix de carrière.

Le visage de Gil s'éclaira d'un plaisir tranquille, le vert dans ses yeux plus prononcé que le gris pour l'instant. Cela changerait, Michael le savait. Il avait remarqué le changement des couleurs dans les yeux de l'homme en fonction de ce qu'il portait ou de son humeur. Ils le fascinaient, mais il essayait de ne pas les fixer.

— La couleur biscuit est pour les grandes sections, le vert pour les piliers carrés et l'encadrement des fenêtres et du porche et le bordeaux pour les plus petites garnitures.

Michael le voyait dans son esprit, et c'était éblouissant de voir les arbres immenses, les plantes à feuilles persistantes autour des fondations et les fleurs qui s'épanouissaient lorsque le temps se réchauffait.

— J'ai reparlé à Jackson ce matin.

— Il l'a dit à David ? s'inquiéta Michael en levant les yeux des peintures.

— Il pense que ce sera plus facile une fois à la maison, répondit-il en secouant la tête.

— Il a probablement raison.

— Il a demandé de tes nouvelles.

— Je vais bien, dit-il en sentant son visage chauffer sous le regard constant de Gil.

— C'est ce que je lui ai dit. Tu t'en es sorti comme un champion.

Pour une raison quelconque, l'assurance tranquille de Gil réchauffa le jeune homme. Il se redressa.

— Comment puis-je aider ?

— Sérieusement ? demanda Gil, l'air un peu surpris.

— Oui. Quoi, tu penses que je n'en suis pas capable ?

— Michael, je pense que tu es capable de tout ce que tu veux faire, répliqua-t-il tranquillement avec un sourire.

— C'est bon à savoir, répondit Michael en regardant ailleurs, agité. Alors, mets-moi au travail.

Gil prit un rouleau de ruban adhésif bleu de deux centimètres et demi de large et le lui tendit.

— Commence par le porche, en collant l'adhésif sur toutes les fenêtres. Les hommes vont commencer par pulvériser le beige sur l'arrière de la maison. Nous attaquerons le cyprès dès que la deuxième couche aura été appliquée et sera sèche.

— D'accord.

Michael obéit aux ordres de Gil en quelques minutes. Il fut absorbé et tenta de poser le ruban adhésif droit sur les cadres de la fenêtre. Ses pensées revinrent à la soirée précédente pendant que ses mains travaillaient. Il savait, sans aucun doute, qu'il n'aurait pas dormi si Gil n'avait pas été dans le salon. Savoir qu'il était là-bas, allongé sur le canapé, l'avait aidé à se détendre suffisamment pour fermer les yeux. Il s'était demandé plus d'une fois comment il serait reçu s'il demandait à Gil de le rejoindre dans le lit. Juste pour dormir, bien sûr. Mais Gil était si déterminé sur le fait que la séduction n'était pas à son ordre du jour que Michael était resté silencieux. Il ne l'avouerait jamais, mais cela avait un peu blessé son ego.

Le fait que les hommes soient arrivés tôt, même si cela avait perturbé son sommeil, était un énorme avantage, maintenant qu'il se rendait compte de l'étendue du travail qu'il leur restait à faire. Il ne voulait surtout pas que David voie les mots horribles sur la porte de garage. Il représentait ce qui se rapprochait le plus d'une famille pour lui, du moins la famille à laquelle il parlait, et il ferait tout ce qu'il pouvait pour l'empêcher d'avoir à affronter cette laideur. Ce serait déjà assez dur pour lui d'en entendre parler, mais il n'y avait aucune possibilité qu'ils puissent lui cacher le vandalisme. Jackson était déjà au courant. Ce devait être nul. Il avait emmené son amant pour un week-end tranquille pour que quelqu'un gribouille des messages de haine partout sur la maison.

Il finit d'appliquer le ruban adhésif sur les fenêtres du porche, puis il recouvrit l'épaisse porte en chêne d'une autre feuille de plastique. La porte brunie avec des montants en fer emboutis était d'origine et David en était si fier. Il s'assura avec beaucoup d'attention que chaque centimètre était bien protégé. Le générateur ronronna, le compresseur se mit en marche, puis s'éteignit lorsque le pistolet pulvérisateur fut utilisé afin d'appliquer la peinture sur le côté de la maison. Le son était presque apaisant, et il travailla longtemps au milieu du bruit blanc. Puis Gil entra dans son champ de vision en faisant un geste vers la pelouse. Michael se retourna et vit Beverley Snyder et Shirley Henry s'approcher du chemin.

— Oh merde, murmura-t-il.

La mère de David fit un signe de la main qu'il lui retourna avec appréhension. Il aimait cette femme, et il appréciait ce qu'il savait de celle de Jackson, mais il n'avait pas beaucoup d'expérience avec le type de relations que les mères et leurs fils partageaient. Il avait été élevé par une série de nourrices, la plupart du temps, et ne voyait sa mère mondaine qu'entre les soirées ou les collectes de dons. Il essuya ses paumes brusquement moites sur l'arrière de son jean et descendit les marches du porche à leur rencontre.

— Bonjour.

— Bonjour, Michael, répondit Beverley en attrapant ses mains avant de le serrer dans ses bras.

Il laissa son odeur l'entourer. Il aimait l'odeur de son parfum et la sensation de sa joue douce. Sa propre mère avait subi tellement de chirurgie plastique qu'elle avait les joues tendues lorsqu'elle daignait le serrer dans ses bras. D'habitude, lorsqu'il la voyait, il y avait beaucoup de baisers aériens.

— Je ne savais pas que David avait l'intention de repeindre la maison, continua-t-elle.

— Il avait prévu de le faire au printemps, mais Gil a pensé que ce serait une bonne surprise pour leur retour du lac.

— Je suis sûr que cela le sera, affirma-t-elle en relâchant ses mains et en glissant les siennes dans les poches de son manteau d'hiver, couleur chameau. Donc, cela n'a rien à voir avec les graffiti.

Michael cligna des yeux.

— Euh.

Il était rarement pris au dépourvu. Il avait supposé que les mères se trouvaient à l'arrière de la maison de Bev, dans le salon, et qu'elles ignoraient parfaitement que la police grouillait partout dans la maison de David.

— Nous espérions que vous ne l'apprendriez pas.

— C'était le cas, jusqu'à ce matin, expliqua-t-elle. Ma voisine est passée me voir, me demandant si David savait qui avait fait des graffiti partout sur sa maison et pourquoi il fallait deux voitures de police pour ça. Elle était certaine que je connaîtrais tous les détails, étant donné que je suis sa mère.

— Je ne voulais pas vous contrarier, protesta-t-il, sentant son visage s'empourprer.

83

— Je sais, et j'apprécie que tu essayes de nous protéger, assura-t-elle en lui tapotant le bras. Vraiment. Mais, Michael, chéri, est-ce que tu vas bien ? Tu n'étais pas tout seul ?

— Je vais bien, lui dit-il doucement. Scooter était avec moi.

— Non pas que je doute qu'elle essaye de te protéger, mais...

Elle attrapa sa main. Elle portait des gants de cuir souple et serra ses doigts.

— Es-tu sûr que ça va ?

Elle avait l'air si inquiète que le cœur de Michael se serra. Il ne pensait pas que sa propre mère l'ait jamais regardé avec cette combinaison d'amour et d'inquiétude.

— Je vais bien, Bev. Je vous le promets.

— Vous avez vu qui a fait ça ? demanda Shirley.

— Pas vraiment, répondit-il en secouant la tête. Et il s'est enfui avant l'arrivée de la police.

— Vous aviez l'intention de le dire à nos garçons, n'est-ce pas ? demanda Bev en étudiant la tache blanche sur le mur du porche.

— Jackson le sait déjà. Gil l'a appelé pour obtenir la permission de peindre la maison. Les couleurs sont très jolies, offrit-il, sa voix s'éteignant sur la fin.

Il savait que cela avait l'air boiteux, comme une faible offrande. Franchement, il ne serait pas étonné si elles s'irritaient. Elles étaient trop intelligentes pour être laissées dans l'ignorance.

Mais Shirley sourit.

— Vous les avez aidés à choisir, n'est-ce pas ?

— En fait, non. Gil l'a fait. Voudriez-vous voir ?

Elles furent enthousiasmées par l'idée, et il les conduisit à la table de fortune afin de leur montrer le choix de couleurs.

— Oh, s'extasia Beverley, ses yeux brillants. David va être si heureux.

— C'est aussi ce que j'ai pensé.

Ils devaient parler fort afin de s'entendre par-dessus le bruit du compresseur, et Beverley fit signe à Gil, qui était actuellement en haut d'une échelle, pulvérisant la couleur biscuit sur le côté de la maison, sous le toit. Il lui répondit par un petit sourire et un signe de la main, puis il se remit au travail. Michael s'expliquerait avec lui sur ses tactiques d'évasion.

— Jusqu'à quelle heure pensez-vous travailler ? demanda Shirley en souriant à Manny en le croisant dans l'allée.

Il lui adressa un sourire rapide, mais continua de marcher. Michael aurait aussi quelques mots à lui dire. Vernon n'était nulle part, le lâche.

— Oh, j'imagine que nous nous arrêterons lorsqu'il fera nuit, dit-il en les ramenant vers l'avant.

Il embrassa les deux femmes sur la joue avant qu'elles ne le quittent avec de joyeux signes de la main. Il les regarda partir, puis fit le tour de la maison. Il fulminait.

Gil était toujours sur l'échelle et Michael frappa la base. Gil s'agrippa au haut lorsqu'elle trembla, ce qui lui donna l'air alarmé.

— C'est quoi ce bordel, Michael ?

Celui-ci lui offrit un sourire faussement sucré et un majeur dressé.

— N'es-tu pas mignon ? commenta Gil.

— N'es-tu pas une grosse poule mouillée, cachée là-haut, devant les mamans.

— Hé, j'avais du travail à faire, protesta-t-il en adressant à Michael un de ses sourires de branleur, et Michael frappa encore le côté de l'échelle.

— Crétin, le fustigea-t-il.

Mais ce sourire et les fossettes creusées sur chaque joue rendaient difficile de rester en colère contre Gil. Il retourna au travail.

VI

LE SOLEIL se coucha à seize heures trente, et deux couleurs étaient presque finies sur la maison de David, ne laissant que les bords à nettoyer et le travail méticuleux de finition à faire. Le pistolet à peinture et les pinceaux étaient propres et rangés dans le garage. Et Gil fermait les pots de peinture pendant que Michael bloquait les toiles de l'allée avec des blocs de parpaing.

— Nom d'un canard apprivoisé de Jésus, c'est quoi ce bazar ?

Michael et Gil se tournèrent tous les deux vers Vernon, puis ils virent la petite foule de gens qui s'avançaient vers eux dans la cour avant. Beverley et Shirley étaient en tête, et derrière elles se trouvaient des gens que Michael pensait être des voisins de David et Jackson. Du moins, il pensait reconnaître la dame qui vivait à côté, celle avec le chat blanc qu'il manquait d'écraser au moins deux fois par semaine. Le groupe aurait pu être alarmant si ses membres n'avaient pas porté des casseroles couvertes au lieu de fourches et de torches. Michael se redressa, puis s'avança à leur rencontre, ses bottes craquant sur les couches de feuilles mortes et la pelouse glacée.

— Bonsoir, quoi de neuf ? demanda-t-il.

Beverley et Shirley souriaient. Les personnes qui les flanquaient affichaient des expressions qui allaient de la détermination à l'hésitation.

— Nous savons que vous avez travaillé toute la journée, et nous doutions que vous vous soyez arrêtés pour prendre un repas décent. Alors… dit-elle en tendant la cocotte dans ses mains. Nous avons apporté le dîner.

— Nous souhaitions dire autre chose aussi.

La personne qui prenait la parole était quelques décennies plus jeune que les mères de David et Jackson. Elle avait un joli carré de cheveux noirs à hauteur de son menton, un sac à provisions dans une main et la laisse d'un robuste corgi fauve dans l'autre.

— Boots ! s'exclama Michael en s'agenouillant pour saluer le chien qui montra son plaisir de le revoir en lui léchant le menton.

— Michael.

Il leva les yeux sur la propriétaire de Bootsy. Il se souvenait de Jordyn, et l'homme qui tenait le tout petit enfant dans ses bras était son mari.

— Nous avons vu ce qui s'est passé hier soir, et nous voulons simplement que vous sachiez que nous ne sommes pas d'accord. Pas du tout.

— J'appuie, ajouta son mari, son regard se posant sur Michael.

Ce dernier se redressa lentement.

— Merci, dit-il en les regardant. Je sais que David serait heureux d'entendre cela.

— Nous ne le pensons pas seulement pour David, bien que Jackson et lui soient de bons voisins, répondit Jordyn en regardant au-delà de l'épaule de Michael.

Il jeta un coup d'œil derrière lui et vit Gil, Vern et Manny venir vers eux, Gil nettoyant toujours la peinture de ses mains avec un chiffon et Manny avec son chapeau baissé sur son front. Il pensa que si Bev et Shirley n'avaient pas dirigé le groupe devant lui, ses amis pourraient être vraiment intimidants. Ils avaient l'air aussi hésitants, d'après lui.

— Nous voulons que vous sachiez tous que ce qui s'est passé ici hier soir nous a effrayés, mais ça nous a aussi révoltés, poursuivit Jordyn, porte-parole apparemment désigné du groupe. Nous avons donc décidé de former une équipe de surveillance de quartier. Bev et Shirley sont là pendant la journée, et Kate et moi sommes mères au foyer.

Une jolie femme aux longs cheveux auburn et au sourire timide agita les doigts pour les saluer. Elle tenait la main d'une petite fille d'environ six ans, cachée derrière sa mère, regardant de derrière sa hanche.

— Ça nous serait bénéfique à tous. Bev et Shirley sont seules dans leur maison, et plusieurs d'entre nous ont des enfants qui jouent dans cette rue. Nous voulons nous assurer que l'endroit est sûr. Paul et moi avons remarqué quelques personnes traînant dans les parages et que nous n'avions jamais vues auparavant. Stan et Angie aussi.

Un couple d'âge moyen hocha la tête. Leur fils adolescent semblait mal à l'aise, mais résolu.

— Nous voulions tous…

Sa voix vacilla et ses yeux devinrent étrangement brillants.

— Nous nous sentons mal, reprit-elle. Nous aurions dû dire quelque chose ou appeler la police…

Michael vit ses lèvres trembler. Il s'avança vers elle et la prit dans ses bras.

— C'est bon, murmura-t-il.

87

— Non, dit-elle en laissant tomber la laisse de Boots afin d'enrouler son bras autour de son cou, le serrant fort. Ça ne l'est pas. Mais le dîner est le moins que nous pouvons faire.

— Eh bien, je ne sais pas pour les autres, annonça Vernon, qui s'était penché pour saluer Boots qui se tortillait de joie devant toute cette attention. Mais la nourriture m'a l'air foutrement bonne.

— Ton langage, Vernon. Il y a des enfants, grommela Gil en s'avançant pour tendre sa main énorme au mari de Jordyn.

L'homme la prit, disant qu'il s'appelait Paul. Cela sembla briser la glace. Les autres voisins se rassemblèrent autour d'eux, leur serrant la main et leur offrant des étreintes maladroites. Même Manny toléra l'attention avec un sourire timide. Après quelques minutes, Bev les conduisit sur le porche et dans la maison. Michael se précipita dans l'allée, juste à temps pour récupérer Scooter, qui aboyait et manifestait son mécontentement d'avoir été ignorée.

C'ÉTAIT L'UN des repas les plus surréalistes que Michael ait jamais mangés. Quelques maris semblaient se sentir mal à l'aise, clairement parce que leurs épouses les avaient obligés à venir. Leurs femmes, en revanche, étaient enthousiastes à l'idée de montrer leur soutien. C'était des Américains moyens, des gens que Michael n'avait pas côtoyés en grandissant, et qu'il n'avait pas eu envie de connaître jusqu'à ce jour. Il savait qu'il n'était pas quelqu'un de chaleureux et d'expansif, mais ces gens étaient tous si gentils.

Une fois hors de la cour, Jordyn sembla plus qu'heureuse de laisser Bev prendre la relève, ce que celle-ci fit avec aisance. Les assiettes et les couverts furent disposés, des serviettes en papier en guise de serviettes de table, et la nourriture fut posée sur des dessous-de-plat. Il y avait des lasagnes, des spaghettis avec des boulettes de viande qui étaient étonnamment délicieux, une salade du jardin avec sa vinaigrette et du pain à l'ail. Pour le dessert, quelqu'un avait apporté une tourte aux pommes et Kate avait préparé un gâteau éclair avec des biscuits Graham, crème pâtissière vanillée et ganache au chocolat. Michael n'avait jamais mangé un aussi bon dessert. Il y avait du vin rouge, et de la bière Fat Tire, et tout le monde se détendit au cours de la soirée avec la bonne nourriture et l'alcool de qualité. Les maris riaient des blagues de Vernon et même Manny réussissait à sourire.

Jordyn et Kate étaient de toute évidence de bonnes amies et très mignonnes. Elles posèrent un million de questions sur les combinaisons de couleurs, les tissus et les produits à utiliser pour les traiter lorsqu'elles découvrirent qu'il était aussi décorateur d'intérieur. Il se retrouva à apprécier la conversation plus qu'il ne le pensait possible.

Il ne put pas non plus éviter que son attention soit attirée à plusieurs reprises vers Gil.

Il semblait bien s'entendre avec tout le monde. Il parla football et but de la bière avec les maris. Il s'amusa avec les deux chiens jusqu'à ce qu'ils soient haletants et épuisés... les chiens, pas lui. Il s'était assis par terre sans se soucier de n'avoir rien pour manger son dîner lorsqu'il était devenu évident que toutes les chaises étaient prises, et il s'était montré doux lorsqu'une petite fille timide l'avait rejoint, s'asseyant à côté de lui et le regardant timidement. Sa voix était passée à un timbre que Michael n'avait jamais entendu auparavant, et en un laps de temps étonnamment court, Winnie riait, ses yeux bleus brillant.

Il observa l'interaction entre le grand homme et la petite fille et se souvint soudain du petit garçon de l'hôpital, Stevie Manyon. Il se surprit à regretter de ne pas avoir connu leur amitié spéciale, de ne pas avoir été là pour la voir. De ne pas avoir pu assister Gil lorsque le petit garçon avait perdu son combat contre la maladie qui lui avait coûté la vie. Il n'avait jamais ressenti de telles émotions.

— Alors, Gil et vous, hein ?

Michael sursauta et regarda autour de lui. Il trouva Jordyn, le regardant avec un doux sourire aux lèvres. Il fronça les sourcils.

— Non.

— Vraiment ? insista-t-elle, son sourire s'élargissant un peu.

Il prit une gorgée de bière afin d'obtenir quelques secondes.

— Vraiment, répondit-il enfin. Nous nous entretuerions en un mois.

— Je déteste dire ça, Michael, mais la façon dont vous le regardez vous trahit, affirma-t-elle, son sourire s'approfondissant. Vous voudrez peut-être vous entretuer d'ici un mois, mais cela ne veut pas dire que vous ne le désirez pas maintenant.

— Vous êtes folle, femme, plaisanta-t-il.

La lueur de la connaissance dans ses yeux s'intensifia, mais elle laissa tomber le sujet.

Ils finirent le dessert, et Michael était si repu qu'il pouvait à peine bouger lorsqu'il soupira et se tourna vers Jordyn.

— C'était si gentil de votre part à tous, mais j'aurais aimé que David et Jackson soient là. C'est leur maison après tout.

— À quelle heure doivent-ils rentrer demain ? demanda-t-elle.

— En fin d'après-midi, nous allons donc commencer tôt pour terminer les derniers réglages avant qu'ils n'arrivent, répondit-il.

— Avez-vous besoin d'aide ?

Michael se tut pendant un long moment, puis il se tourna vers Gil. La petite fille et lui étaient nez à nez, et le visage du grand homme était rempli de joie. Le sourire de Michael fut complètement involontaire.

— Yo, Gil, pouvons-nous interrompre votre partie de rigolade ?

Gil tourna la tête, puis se tourna vers sa complice.

— Je ne sais pas. Qu'en dis-tu, Winnie ? Allons-nous les laisser interrompre notre fête du rire?

Sa façon de le dire, sa voix profonde et les sourcils arqués, la fit encore plus rire. Elle mit sa main devant sa bouche pour la cacher et se pencha près de son oreille, même si son murmure théâtral était assez fort pour que tout le monde puisse l'entendre.

— Je pense que tu devrais le laisser faire, dit-elle, son regard se tournant vers Michael, puis vers Gil à nouveau. Il ressemble au Prince Eric.

— De *La Petite Sirène* ? chuchota Gil en retour.

Elle acquiesça d'un signe de tête emphatique.

Gil le regarda et fit semblant d'y réfléchir, lèvres pincées.

— Peut-être. J'en tiendrai compte. Alors, Michael, maintenant que nous ne rions plus (les rires de Winnie prouvant le contraire). Qu'est-ce que tu voulais ?

— Tu étais obligé d'en faire un tel spectacle, soupira celui-ci en secouant la tête. Quoi qu'il en soit, Jordyn vient de me demander si nous avions besoin d'aide pour finir demain.

La salle se calma et tout le monde se concentra sur Gil, attendant de voir ce qu'il dirait.

— Je pense honnêtement que plus nous serons, plus vite ce sera fini.

Jordyn regarda par-dessus son épaule, Paul qui tenait leur petit enfant endormi, dodelinant contre son épaule.

— C'est bon pour moi, approuva celui-ci. Je peux en remontrer aux meilleurs pour la peinture des moulures.

— Si c'est la vérité, il se peut qu'il vous engage, intervint Vernon en le regardant avec un sourire de travers. Dieu sait que Gilbert ne pourrait pas peindre une ligne droite avec une règle et du ruban adhésif.

— Sois gentil, Vernon. Je sais que c'est compliqué, mais essaye, d'accord, répondit Gil en le regardant de travers.

Vernon ne sembla pas se sentir réprimandé.

— Tous ceux qui veulent aider sont les bienvenus, conclut Gil.

Des bruits d'accord vinrent de partout dans la pièce.

— À quelle heure souhaitez-vous que nous soyons là ? demanda Stan. Tant que je suis rentré à temps pour le match des Bulls, j'en suis.

Il y eut une discussion animée sur l'heure à laquelle débuter, mais ils décidèrent que huit heures, c'était assez tôt. Le dîner et le dessert étaient terminés, et les femmes ne voulurent pas laisser tout en désordre. Elles occupèrent la cuisine pendant un bon moment, faisant signe aux hommes de ne pas leur venir en aide, poursuivant une discussion intense. Michael était tout à fait certain que le lendemain, il y aurait plus à manger. La maison était immaculée, la vaisselle faite et rangée et il y avait assez de nourriture dans le réfrigérateur pour une petite armée lorsque les voisins sortirent dans la nuit.

— De gentilles personnes, dit Vernon en s'asseyant sur le pouf afin d'enfiler ses bottes éclaboussées de peinture. Ils n'avaient pas à faire tout ça.

— C'était très bien, approuva Gil en s'installant dans le rocking-chair, ses pieds en chaussettes sur la table basse.

Il se tourna vers Manny, qui enfilait également ses chaussures.

— Vous pensez que vous pourrez être ici à sept heures ? Ainsi, nous aurons poncé et scotché les moulures avant qu'ils n'arrivent.

— Bien sûr, affirma Manny en secouant le bas de jambes de son jean sur le dessus de ses bottes. Leur aide réduira le temps de moitié.

— Tant que nous n'avons pas à passer derrière eux pour nettoyer le bordel.

Michael se pencha en avant, les doigts enfoncés dans la fourrure de Scooter, et lui gratta le dos.

— Je pense que cela ne me dérangera pas de nettoyer un peu de désordre si cela crée le genre de bons sentiments que nous avons ressentis aujourd'hui. J'aime vraiment l'idée qu'ils gardent tous un œil sur David et Jackson.

— Après hier soir, absolument, commenta Gil, l'air pensif. J'espère que la police pourra attraper ce salaud.

Il n'avait pas besoin de clarifier sa pensée.

— J'aimerais obtenir un morceau de ce bâtard, dit Vernon en reniflant. Poursuivre l'un des nôtres avec une pelle n'est pas bien.

Michael aimait bien s'entendre dire qu'il était l'un des leurs, mais il était toujours inquiet.

91

— Je ne veux pas que David soit plus effrayé qu'il ne l'a déjà été. Et cela n'aidera pas.

— Non, accepta Gil. Tu as raison à ce sujet. C'est une bonne chose que les voisins veillent sur eux. Cela l'aidera peut-être à se sentir mieux.

— Il y a de l'espoir, dit Vernon en se levant et en sortant les clés de son camion de sa poche. À demain matin, mesdames.

Il fit un clin d'œil à Gil avant de s'adresser à lui.

— Tiens-toi bien, grand garçon.

— C'était une contradiction, Vern, répliqua ce dernier en lui souriant. Je ne peux pas être une dame et un grand garçon dans la même phrase.

— Sois réaliste, Gilbert. Tu gères ça tous les jours.

Gil lui fit un doigt d'honneur et Vern lui fit un clin d'œil.

— Bravo, mon garçon. Tu continues à nier encore et encore.

— Hé, Vern.

Michael sursauta et regarda Manny. Depuis six mois qu'il connaissait Manny, il ne pensait pas l'avoir entendu parler aussi fort.

— Oui, Emanuel ? répondit Vern en levant un sourcil poivre et sel et en attendant.

— Pourquoi est-ce que tu as parlé du canard apprivoisé de Jésus, bordel ? Est-ce qu'il en avait un ? Et si c'était le cas, comment l'a-t-il appelé ?

Gil éclata de rire et Michael renifla.

— Moïse lui en a probablement parlé. Vern et lui étaient de bons amis, paraît-il.

— Hé, j'ai été gentil avec toi toute la journée, hôtesse, répliqua celui-ci en le regardant, les yeux plissés.

— Hôtesse ? rétorqua Michael en lui jetant un regard furieux. Si quelqu'un ici était une hôtesse, c'était la mère de David.

Gil gloussa et il se tourna vers lui.

— Quoi ?

— Il ne parle pas de ce genre d'hôtesse.

Michael fronça les sourcils d'incompréhension.

— Twink, Michael, une hôtesse twinkie [7] ?

---

7 Twink : minet, Twinkie : est utilisé généralement pour décrire un jeune homme attirant, mince et légèrement musclé, avec peu ou pas de poils. C'est l'opposé d'un « ours ».

— Va te faire voir, vieux schnock, lança-t-il à Vern en le fusillant du regard.

— Je t'aime, petit garçon, répondit Vern en soulevant une casquette imaginaire avec un clin d'œil avant de sortir dans la nuit.

— On se voit demain, Vern, cria Gil.

— Pas si je te vois en premier.

—Je serai là à sept heures, assura Manny en souriant, sa casquette sur la tête.

— Merci, mec, dit Gil en se levant avant de lui serrer la main.

Michael ne put s'empêcher de remarquer la façon dont les muscles des épaules larges de Gil se déplaçaient sous le coton tendu. Il s'était apparemment rendu chez lui au cours de la journée et avait pris des vêtements de rechange. Le tee-shirt foncé qu'il portait s'accrochait à sa musculature de toutes les bonnes façons. Le jeune homme n'aurait pas pu l'ignorer s'il avait essayé. Il n'avait pas vraiment essayé très fort.

Manny lui fit un petit sourire et suivit Vern à l'extérieur, fermant derrière lui. Michael verrouilla la porte et programma l'alarme.

— Manny va tellement mieux que lorsque je l'ai rencontré.

— Oui, acquiesça Gil. Il s'améliore chaque jour. Il se rapproche du Manny qu'il était avant George.

— Je ne sais pas vraiment ce qui s'est passé, continua Michael en s'asseyant sur le canapé, ses jambes sous lui. En dehors de ce que j'ai lu dans les journaux locaux.

Gil soupira et vint s'asseoir à côté de lui, se penchant en avant, ses coudes sur ses genoux.

— J'ai rencontré Manny, il y a quatre ans ? Peut-être cinq ? La première fois que je l'ai vu, c'était au club, après qu'il est devenu ami avec Jackson. Il était l'homme le plus beau que j'aie jamais vu de ma vie.

— Plus que Jackson ? Je trouve ça difficile à croire.

— Oh, ne te méprends pas, Jackson était et est toujours peut-être le plus bel homme que je connaisse. Mais Manny ? Il était beau comme les statues antiques le sont. C'était sa peau, ses cheveux et ses yeux, il pouvait immobiliser une salle en y entrant. Il venait au bar et les hommes le fixaient, incapables de croire que quelque chose d'aussi joli puisse être réel.

— Il est toujours beau, commenta Michael, les sourcils froncés. Il n'a qu'une seule cicatrice…

— Celle qui se voit, répondit Gil en se relaxant dans le canapé. Il y en a d'autres.

93

— Je ne savais pas.

— Oui, eh bien, peu de gens sont au courant, expliqua Gil en soupirant. Nous étions tous au bar, la nuit où il a rencontré George Wilkerson. Le truc, c'est que Manny était si mignon que la plupart des hommes étaient intimidés par lui. Pas Wilkerson ; il s'est approché et a commencé à lui parler, à lui dire qu'il avait ce poste important et qu'il gagnait tout cet argent. Je pensais que c'était une forme d'approche.

— N'est-ce pas ce que font les hommes dans un bar ?

— Oui, mais pas comme ça. Il a vraiment tout étalé, tu vois. Et Manny, qui n'avait jamais compris pourquoi les hommes ne s'approchaient jamais de lui pour lui dire bonjour, a été charmé par lui. Ils ont emménagé ensemble quelques jours après cette soirée-là.

— Alors, Wilkerson avait-il dit la vérité ? Pour le boulot et l'argent ?

— Oh, oui. Tout cela était vrai. C'était un col blanc qui travaillait pour une société de courtage, avec des revenus à six chiffres. Il y a eu une période de lune de miel exagérée où il a offert beaucoup de cadeaux à Manny et l'a installé dans sa grande maison. Puis il a commencé à lui faire perdre son estime de soi.

— Perdre comment ?

— Il lui a fait ressentir qu'il se sentait mal à l'aise qu'il soit plombier, que c'était indigne de lui et qu'il était trop intelligent pour s'occuper, littéralement, des merdes des autres personnes. Manny est de loin le meilleur plombier que je connaisse. Il a des instincts étonnants sur ce qui ne va pas dans les tuyaux et comment le réparer. Jackson l'a si souvent taquiné sur le fait qu'il murmurait à l'oreille des pipes. Mais ce n'était pas suffisant pour Wilkerson, il voulait que Manny retourne à l'école, obtienne un diplôme, soit son égal.

Michael pinça ses lèvres, pensant à son propre diplôme durement gagné. Ses parents l'avaient payé, mais c'était grâce à son travail qu'il avait été inscrit sur la liste du doyen quatre années de suite.

— Est-ce une mauvaise chose ?

— Pas du tout. Cela montrait simplement à quel point il s'était peu donné la peine d'en savoir plus sur Manny.

— Comment ça ?

Gil prit une gorgée de sa bière, même si elle devait être chaude. Il grimaça, puis regarda Michael par-dessus le rebord de sa bouteille.

— C'est entre toi et moi, n'est-ce pas ?

— Bien sûr, acquiesça-t-il, espérant le rassurer.

— Manny n'aime pas que trop de gens soient au courant, mais il est dyslexique. L'école était un cauchemar pour lui. En plus, il aime ce qu'il fait, et il ne voulait pas retourner à l'école. Plus il refusait, plus Wilkerson insistait. Jackson et moi voulions qu'il le largue. Puis, tout d'un coup, Manny a cessé de traîner avec nous ou de nous parler. Vernon était le seul avec qui il restait en contact.

— Euh, dit Michael en pensant au vieux grincheux, c'était une surprise. J'aurais pensé à Jackson.

— Oh, ne te méprends pas. Jackson et Manny sont de bons amis. Mais quand cela a commencé à devenir bizarre, c'est vers Vern qu'il s'est tourné. Et Vern n'arrêtait pas de nous dire que quelque chose clochait, qu'il fallait intervenir. Nous avons essayé pendant longtemps, nous avons tenté de l'appeler simplement pour parler ou pour voir s'il voulait sortir, mais il avait toujours une excuse. Il était fatigué. George et lui avaient des projets. C'en était arrivé au point où il y a une limite à ce qu'on peut faire, tu vois ?

Il soupira et on aurait dit qu'il portait tout le poids du monde sur lui.

— Eh bien, c'est ce que je pensais à l'époque. Je vais te dire quelque chose, Michael : si tu as un bon ami qui se met brusquement à agir bizarrement, qui trouve des excuses pour ne pas traîner, ou dont l'amant semble étrangement possessif, ne l'ignore pas. Jackson et moi ne nous pardonnerons jamais de ne pas avoir été plus proches, de ne pas en avoir fait plus.

Michael regarda sans le voir le verre posé sur la table basse. Même s'il avait essayé de lui dire à quel point il était un loser, l'ex de David l'avait tellement traumatisé que ce dernier était toujours en convalescence. Le jeune homme se sentait coupable chaque fois que David affichait ce regard hanté.

— Oui.

— Et Vern…

Gil frotta une de ses grosses mains sur son visage.

— Vernon était convaincu que tout ce qui était arrivé à Manny était de sa faute parce qu'il ne l'avait pas revu.

Michael avait lu la description clinique du crime contre Manny dans le journal, mais il devait y avoir plus que ce qu'ils avaient rapporté.

— Manny sait-il ce qui a déclenché Wilkerson ce soir-là ?

— Honnêtement ? demanda Gil en soupirant. Le pressing.

— Quoi ? s'exclama Michael en fronçant les sourcils. Sérieusement ?

— Mortellement sérieux. Il était énervé parce que Manny n'avait pas pris ses chemises au pressing. Il lui a pris le chou encore et encore, et finalement, Manny lui a répondu d'aller se faire voir et d'aller chercher son putain de linge au pressing. Ce fils de pute a réagi en le frappant à la tête avec une batte de baseball.

— Putain, murmura Michael, le cœur douloureux lorsqu'il vit les yeux de Gil se remplir de larmes.

— La police a trouvé les informations dans le portefeuille de Manny et appelé Vernon pendant qu'il était transféré dans l'ambulance. J'ai récupéré Jackson et nous avons couru aux urgences. Ça grouillait de policiers et, au début, nous ne trouvions pas Vern. Quand nous l'avons trouvé, il était…

Il ferma les yeux et prit une grande inspiration avant de poursuivre.

— Ce vieil homme a un cœur d'or, et il a été brisé. Nous avons compris pourquoi une fois que nous avons vu Manny. Je n'arrivais pas à croire que quelqu'un d'aussi blessé puisse encore être en vie. Il n'y avait pas un endroit sur lui qui n'était pas traumatisé ou cassé. Et son visage… Disons que son chirurgien esthétique est un génie.

— Je suis désolé, dit Michael, parce qu'il l'était. Je n'aurais jamais dû demander.

— Non, si tu veux faire partie de nous, tu dois savoir, assura Gil en frottant sa main sur sa tête.

L'inclusion réchauffa Michael. Il n'avait pas été inclus dans beaucoup de groupes d'amis.

— C'est pour ça que nous vivons les uns sur les autres, que nous sommes si proches maintenant. Le journal peut te parler du nombre d'opérations chirurgicales et d'os fracturés, mais il ne peut pas te parler de l'oncle de Manny, qui a essayé de faire venir son père et sa mère à l'hôpital. Ils ont refusé, parce que son « style de vie de pêcheur » était la raison de son hospitalisation. Comme s'il le méritait. J'étais là lorsque Vernon a vu Manny pour la première fois, et qu'il n'y avait pas un centimètre carré de peau intacte sur son visage. J'ai tenu le vieil homme dans mes bras pendant qu'il pleurait, et ça m'a presque brisé le cœur. Vern passait presque toutes ses nuits dans l'unité de soins intensifs, passant ses journées avec lui, de dix heures du matin jusqu'à ce qu'ils le jettent dehors à vingt heures. Puis il se levait et recommençait. Jackson et moi avons commencé à rester le week-end pour que Vern puisse rentrer chez lui et dormir. Il a refusé de prendre du travail avec moi, il a dit que son travail était d'être là pour Manny, parce que son oncle devait travailler. Jackson et moi avons pris des boulots en plus pour garder Manny et Vernon à flot. Nous nous demandions si notre ami allait survivre la première semaine. Une fois que nous avons su qu'il allait survivre et qu'il n'avait pas de lésions cérébrales permanentes, nous avons trouvé comment faire pour l'aider.

— Je suis tellement désolé, chuchota Michael, le pensant. C'est… c'est horrible. Je ne peux même pas imaginer.

— C'était l'enfer, affirma Gil, une ombre passant sur son beau visage. Nous l'avons aidé à guérir ensuite et à se remettre sur pied, ce qui a nécessité six mois de physiothérapie intensive. Puis le procès a eu lieu. C'était le pire, ce foutu procès.

— Comment ? Wilkerson n'a pas été condamné ?

— Oh, si. Après six mois, pendant lesquels l'avocat de la défense a essayé de faire valoir que Manny avait demandé ça, qu'il aimait jouer durement et que Wilkerson s'était juste un peu emporté.

— Un peu emporté ? s'indigna Michael. Tu te fous de moi ? Tous ces os cassés et six mois de thérapie, et il s'est un peu emporté ?

— Doucement, tigre, dit Gil avec un sourire ironique. Je suis de ton côté, tu te souviens ?

— Ce sont des conneries, asséna Michael, encore fulminant.

— Tu as raison, ce sont des conneries. Et ça a fait des ravages sur Manny. Je ne suis pas sûr que ça finira un jour pour lui. Mais il va enfin mieux.

— Je suis content. Il mérite d'être heureux.

— C'est vrai, répondit Gil avant de l'étudier pendant plusieurs secondes, l'évaluant. Et n'es-tu pas une surprise ?

— Qu'est-ce que ça veut dire ?

— Toi, parlant de Manny qui mérite d'être heureux. Tu n'es pas le dur à cuire que tu veux que les gens pensent que tu es, n'est-ce pas ?

— Oh, la ferme, répliqua-t-il en détournant le regard. J'aime bien Manny.

— Moi aussi, répondit Gil en riant.

Le silence s'installa entre eux, mais il n'était pas gênant, ce soir. Gil appuya sa tête contre le dossier du canapé, levant ses grandes mains pour frotter son crâne avant de se retourner pour regarder Michael. Il lui adressa un léger sourire.

Le jeune homme nota les lignes autour de la bouche de l'autre homme, la fatigue dans ses yeux. Il avait l'air épuisé, et il se redressa, s'apprêtant à se lever.

— Tu as besoin de te reposer.

— Je vais bien, assura Gil en haussant les épaules. Il n'est même pas vingt et une heures. Nous pouvons regarder un film ou autre chose.

— À quelle heure dors-tu d'habitude ?

— Ça dépend.

— Ne sois pas stupide, dit Michael en lui jetant un regard assassin. Tu es resté debout la moitié de la nuit, puis tu t'es relevé à cinq heures. Les hommes seront de retour à sept heures. Tu n'as pas besoin de me divertir.

Il se leva.

— Et ce soir, tu dors dans le lit.

— Non, répliqua Gil en fronçant les sourcils.

— Gilbert, ne te bats pas avec moi. Nous avons besoin de quelques heures de sommeil, et tu dois admettre que je m'adapte mieux sur le canapé que toi.

— Tu prévois d'être ma mère maintenant, Michael ? grogna-t-il d'un ton sec comme la poussière.

— Va te faire voir, crétin, jura Michael en lui tendant la main. Allez.

— Tu vas me lever ? s'enquit Gil, un de ses sourcils arqués.

— Tu crois que je ne peux pas ? dit Michael avec un geste d'irritation. Donne-moi ta maudite main.

Gil avait l'air amusé, mais il prit la main tendue. Sa peau était chaude, sa prise ferme, le choc sur son visage valait les muscles tendus de Michael lorsqu'il tira Gil à ses pieds. Ils se retrouvèrent debout, poitrine contre poitrine, les mains liées, et Michael fixa les yeux écarquillés du grand homme.

— Merde alors ! murmura Gil en regardant le visage de Michael levé vers le sien.

Il leva sa main libre, hésitant simplement un instant, comme s'il donnait une chance à Michael de s'éloigner, puis prenant sa joue en coupe. Il passa son pouce sur la pommette de Michael.

— N'es-tu pas plein de surprises ?

Le cœur de Michael se brisa sous ses côtes.

— Que fais-tu ?

Il voulait sembler sévère, à tout le moins. Il ne voulait pas paraître aussi essoufflé. Mais il était à bout de souffle. Ils se dévisagèrent, le pouce de Gil bougeant de la pommette à l'arête du nez. Le contact fit frissonner Michael, et il essaya de cacher la réaction viscérale.

— Tu as des taches de rousseur, juste là.

— Je n'en ai pas.

— Si, affirma Gil, ses lèvres pleines se relevant sur un petit sourire. Quand j'étais petit, ma mère appelait les taches sur mon nez des « baisers d'ange ». Est-ce ce que tu as là, Michael Crane ? Des baisers d'ange ?

Michael cligna des yeux, pris au dépourvu par la douceur du toucher et du ton de Gil.

— Je doute qu'un ange s'en soucie.

— Oh, je pense que tu te sous-estimes, dit Gil en posant les doigts sur la mâchoire de Michael afin de lui relever la tête. Si j'étais un ange, je serais plus qu'heureux d'embrasser ton nez. Je serais heureux d'embrasser plein d'endroits.

Michael déglutit, sa gorge se desséchant soudainement. Les mois de taquineries, de désir et de combats s'effondraient autour de lui, et il ne resta que le désir.

— Heureusement pour moi que tu n'es pas un ange alors, n'est-ce pas ?

— Hum, marmonna Gil en inclinant la tête, ses yeux se posant sur la bouche du jeune homme. Sûr de ça ?

Une douzaine de réponses intelligentes traversèrent l'esprit de Michael, mais il s'étonna lui-même en étant honnête à la place.

— Je ne suis pas sûr de grand-chose en ce moment.

Gil nicha son nez sur le côté de son visage, sa mâchoire couverte de chaume, et Michael reprit son souffle.

— Tu peux être sûr de ceci. Je ne me moque pas de toi lorsque je te dis que je te veux. Et je ne te ferai pas de mal. Je le promets.

— Tu ne peux pas promettre ça.

— Regarde-moi.

Ils avaient partagé quelques baisers occasionnels, habituellement lorsque Michael avait bu et que sa résistance était faible, et une ou deux fois lors de bonjour ou d'adieux, lorsque les cocktails l'incitaient à se détendre et à flirter. Ceci était différent. La main qui glissait autour de la taille du jeune homme n'avait rien de décontractée, l'attirant plus près. Et une fois que Gil se fut installé sur sa bouche, le baiser n'eut rien de désinvolte non plus.

Le cœur de Michael prit un rythme rapide, tambourinant contre son sternum. Il eut l'occasion de s'éloigner, mais il n'en profita pas. Au contraire, il saisit le coton doux recouvrant les larges épaules de Gil, ses doigts se recourbant dans le tissu, et il s'ouvrit à l'autre homme avec un son doux, l'accueillant lorsque celui-ci fit glisser sa langue le long de la commissure de ses lèvres.

Michael adorait être entouré par la taille de Gil, et la sensation du corps dur sous le tee-shirt en coton était en passe de créer une dépendance. Il passa ses mains sur les monticules de muscles de la poitrine de Gil et fit un doux bruit en enroulant sa langue autour de la sienne. Il avait eu l'impression de rentrer chez lui, dans un endroit qu'il n'avait jamais visité auparavant, mais dont il avait toujours rêvé lorsque Gil l'avait tenu dans ses bras, la veille au soir. Il savait que c'était dangereux de se laisser aller, ce soir. Dangereux pour sa tranquillité d'esprit, pour sa détermination. En fait, il sentait sa volonté habituellement inébranlable en prendre un coup à chaque glissade de la langue du grand homme sur lui.

Gil recula et Michael fit un bruit de protestation qu'il aurait trouvé embarrassant s'il n'avait pas été tellement parti. Il était si dur que c'en était douloureux, pressant contre l'intérieur de son jean moulant. Gil posa son front contre celui de Michael, ses yeux se fermèrent et ses lèvres pleines s'entrouvrirent légèrement alors qu'il respirait profondément à plusieurs reprises.

— Michael, dit-il enfin. Je dois arrêter, maintenant.

— Pourquoi ? demanda ce dernier, s'étirant pour frotter son nez contre la peau sous le menton de Gil.

— Ne fais pas ça, grogna-t-il doucement.

— Pourquoi ?

Michael frotta ses mains sur la poitrine de Gil, s'émerveillant de nouveau de sa taille, de sa forme. Il était comme un terrain de jeu géant et musclé. Ses mamelons étaient durs et tendus contre le tissu et il les prit doucement entre ses doigts. Gil grogna et Michael recommença.

— J'en suis déjà au point où je ne veux plus m'arrêter, d'accord ? répondit Gil en lui attrapant les mains et en les tenant devant sa poitrine.

— Moi aussi, murmura Michael.

— Tu me repousses depuis des mois. Je ne…

Il appuya ses lèvres sur celles de Gil, arrêtant les mots. Il s'attarda, glissant sa langue le long de ses dents avant de reculer.

— N'est-ce pas suffisant que je ne te repousse pas maintenant ?

Il attrapa le tee-shirt, le souleva et se pencha en avant pour placer ses lèvres sur un petit mamelon aux tons cuivrés. Il en effleura le centre avec sa langue, puis le pinça avec ses dents, et Gil se cambra avec un léger sifflement.

— Comme ça ?

Il passa de l'autre côté et tira fortement sur le téton tendu. Gil leva la main, ses doigts s'emparant des cheveux noirs de Michael. L'une des mains vagabondes du jeune homme glissa vers le bas et trouva l'épaisse crête du sexe de Gil, coincé entre le denim usé et sa cuisse robuste. Il en sentit la taille et le poids, et il le serra.

— Merde, Michael, s'exclama Gil.

Il leva ses mains pour saisir la tête du jeune homme entre ses paumes. Puis il leva son visage jusqu'à ce que leurs yeux se rencontrent.

— Qu'est-ce que tu fais ?

Michael fit glisser ses paumes sur la peau douce des flancs et du dos de Gil avant de répondre.

— Je te veux, Gil, avoua-t-il en nichant son visage dans la paume de la main du grand homme. N'est-ce pas suffisant ?

Gil prit une grande inspiration avant de répondre.

— Oui, soupira-t-il. Si c'est ce que tu es prêt à donner, ça suffit.

Puis ils s'embrassèrent de nouveau. Michael, avec une intensité qui luttait avec la tendresse que Gil essayait de montrer. Finalement, le jeune homme saisit ses épaules, et sauta simplement en l'air, enroulant ses longues jambes autour des hanches de Gil et ses bras autour de son cou épais.

Gil grogna, ses doigts dans l'arrière des cuisses de Michael.

— Les choses que je veux te faire, petit homme.

Michael frémit, ses lèvres sur le lobe de l'oreille droite de Gil.

— Je ne suis pas si petit que ça, siffla-t-il alors que Gil l'emmenait par la salle à manger et le couloir jusqu'à la chambre.

Il le laissa tomber sur le lit surélevé, le tira jusqu'au bord et lui ôta son tee-shirt.

— Non, dit Gil en l'étudiant avec admiration. Tu n'es pas si petit que ça. Tu es parfait.

Michael, se sentant brûler partout où le regard de l'autre homme le touchait, s'agenouilla, en équilibre précaire sur le lit mou, et enleva le tee-shirt de Gil. Il savait que son corps mince n'était rien comparé à celui de Gil. L'homme avait des épaules musclées, des pectoraux larges et pleins, et un abdomen strié de plus de six « packs ». Il ne ressemblait pas à cela. Il était pâle et mince. Il avait des pectoraux sur lesquels il avait travaillé, mais peu importe le nombre de redressements assis qu'il avait faits, son ventre était plat, sans muscles saillants, et ses jambes étaient longues et sèches. Il pensait que son corps était mieux vêtu que nu, mais aucune de ses insécurités ne semblait déranger Gil. Il ouvrit le jean du jeune homme et le fit glisser sur ses hanches. Michael s'allongea et se souleva afin d'aider le tissu serré à descendre, puis il se débarrassa de son pantalon.

Gil s'immobilisa lorsque Michael se redressa, son regard avide alors qu'il passait ses paumes sur les poils doux recouvrant les cuisses du jeune homme. Michael frissonna, douloureusement conscient de l'érection appuyant avec insistance sur le devant de son caleçon gris.

Gil fit un bruit heureux dans sa gorge alors qu'il passait le dos de ses doigts sur la longueur de Michael. Ce dernier se poussa dans la chaleur accablante lorsque Gil tourna sa grande main et le saisit. Gil bougea ses doigts de haut en bas, expérimentant, et Michael s'agrippa à ses épaules pour se stabiliser. Ses genoux faiblirent à la sensation du grand homme caressant son sexe. Après plusieurs minutes de cette sensation presque retorse, Michael recula afin de s'allonger sur le lit, puis il repoussa son sous-vêtement. Son sexe se dressa contre son ventre et il le serra fermement autour de la base, retenant ce qui s'annonçait être rapidement un orgasme embarrassant. L'expression sur le visage de Gil alors qu'il le fixait n'aidait pas.

— Putain, tu es beau, dit-il, presque avec révérence en regardant Michael.

— As-tu l'intention de me rejoindre ? demanda ce dernier en tendant la main. Viens, Gilbert.

Il sourit en baissant son pantalon et son slip, son long membre se déployant, plein et épais, entre de grandes et solides cuisses.

— Waouh, siffla doucement Michael. C'est… proportionnel.

Gil monta sur le lit, levant une jambe épaisse pour chevaucher les hanches de Michael, se positionnant à quatre pattes sur son corps. Son sexe effleura la cuisse de Michael, un poids chaud.

— Merci, commenta Gil en lui adressant un sourire ironique. Je pense.

— Oh, c'est un compliment. Personne ne t'a jamais dit ça avant ?

— Pas que je me souvienne, dit Gil en se penchant, soutenant toujours son poids sur ses mains et ses genoux, et l'embrassant doucement.

— Viens ici, murmura Michael en passant ses bras autour du cou de Gil. Allonge-toi sur moi.

— Je suis trop gros.

— Gilbert, tais-toi et couche-toi sur moi.

Michael releva la tête et attrapa la lèvre inférieure de Gil entre ses dents, mordant doucement. Celui-ci grogna, le suivant lorsqu'il tira, baissant délicatement son corps.

Il était grand, il n'y avait pas de doute. Gros et lourd. Mais toute la force et la taille le couvrant étaient aussi chaudes, le pressant dans la douceur de la couette. Et lui donnaient la sensation d'être à l'abri. Michael soupira, se sentant plus en sécurité qu'il ne l'avait été dans sa vie.

— Trop ? demanda Gil, ses muscles se raidissant alors qu'il se préparait à se soulever.

— Non, affirma Michael en serrant ses bras autour de son cou, celui-ci se détendant avec précaution. J'aime ça.

— Tu peux respirer, n'est-ce pas ?

— Merde, Gilbert. Avec quel genre de salopes pleurnichardes es-tu sorti ?

Gil eut l'air surpris, puis il rit, et Michael sentit les muscles de l'estomac de l'homme fléchir contre lui à chaque fois à chaque rire.

— Très pleurnichardes, apparemment.

Il glissa ses bras entre Michael et la literie et roula. Le jeune homme se retrouva étendu sur le grand corps. Gil fit courir ses mains le long de la colonne vertébrale de Michael et celui-ci s'étira comme un chat, frottant son sexe dur dans l'espace chaud entre l'aine et la cuisse dure de Gil. L'homme gémit doucement, remplissant ses mains des fesses de Michael. Celui-ci ouvrit la bouche sur la gorge de Gil, ses dents marquant la peau bronzée.

— Ah, il mord, s'exclama Gil en riant à gorge déployée, et Michael le mordit un peu plus fort, en représailles.

Les mains de Gil s'approchèrent de ses flancs et il le chatouilla. Michael s'arqua, s'appuyant sur ses mains jusqu'à ce qu'il soit assis à cheval sur les hanches de l'homme allongé. Il posa sa main sur les pectoraux de Gil, remarquant à quel point elle semblait petite par rapport à tout le volume de Gil. Il attrapa quelques poils de sa poitrine et les arracha.

— Aïe !

— Me chatouiller ne t'aidera pas à baiser.

— M'arracher les poils du torse ne t'aidera pas non plus, répliqua-t-il en frottant l'endroit.

Michael lui sourit, se penchant lentement vers l'avant afin de poser un baiser sur la poitrine de Gil.

— Oh, je ne suis pas inquiet à l'idée de t'intéresser à nouveau.

— C'est vrai !

— Oui, oui.

Il recula, s'arrêtant à hauteur des genoux de Gil, puis il enroula ses longs doigts autour du sexe épais. Il le souleva, bougeant ses doigts sur la peau veloutée et le patchwork de veines gonflées.

— C'est assez incroyable, Gil.

Il fit glisser sa main vers le haut, en direction du gland, déplaçant la peau sur le membre durci. Il redescendit vers la base, son emprise se raffermissant. Il se pencha en avant, lançant un sourire taquin à son amant alors qu'il tapotait sa joue avec le gland enflé.

— As-tu l'intention de jouer toute la nuit là-bas ?

Le sourire de Michael s'élargit, puis il tira la langue, léchant la grosse tête.

— Tu penses que je te taquine ?

Gil baissa sa main, passant ses doigts dans les cheveux épais de Michael.

— Putain, j'espère que non, répliqua-t-il en fermant son poing sur les mèches sombres, essayant de faire descendre la tête de Michael plus bas.

— Ah, ah, ah.

Le jeune homme attrapa plusieurs touffes de poils pubiens bouclés et drus, les tirant, mais pas assez durement pour faire mal.

— Je fais ça à ma vitesse, Gilbert.

Il relâcha rapidement les cheveux de Michael, écartant les mains.

— Comme tu voudras.

— Il peut apprendre, plaisanta Michael en relâchant les poils pubiens, tapotant la cuisse de Gil. Maintenant…

Il tourna la tête d'un côté et de l'autre, étudiant la hampe dans sa main. Il la tint doucement, la lécha de la base à la pointe, puis enroula ses lèvres autour du gland et fredonna. Il sourit, la bouche pleine, lorsqu'il sentit les muscles de la cuisse de Gil se contracter. Il fit tourbillonner le bout de sa langue sur la fente et goûta une bouffée d'amertume salée. Michael recula, se léchant les lèvres.

— Miam.

Il vit les mains de Gil se recroqueviller sur la couette au lieu d'attraper ses cheveux, et il sourit, décidant qu'il l'avait assez taquiné. Ce n'était pas une fausse modestie de dire qu'il faisait des fellations de tueur, mais il n'était pas sûr qu'il pourrait faire passer tout cette longueur après son réflexe nauséeux. Il courba ses doigts autour de la base épaisse. Il baissa la tête et ouvrit la bouche afin de commencer à la prendre lentement.

— Oh, merde, oui, gémit Gil.

Michael remonta tout aussi lentement, sa langue pressant le dessous, tourbillonnant autour du gland jusqu'à ce qu'il s'en détache.

— Si tu promets de ne pas me tirer les cheveux, je vais voir jusqu'où je peux aller.

— Je serai sage, répondit Gil en levant les mains avec un sourire avant de les mettre sous sa tête.

— Alors, moi aussi.

— Oh, n'est-il pas mignon ?

Michael croisa son regard alors qu'il enroulait sa paume autour de la base, remarquant que ses doigts n'étaient pas près de se toucher. Il avait pris beaucoup de queues dans sa bouche, mais il ne pensait pas en avoir eu une de cette taille. C'était un défi qu'il releva avec brio. Il s'assura de couvrir ses dents de ses lèvres et abaissa sa bouche sur Gil, gardant sa bouche tendue, savourant le goût salé et musqué de sa peau avec sa langue. Ses lèvres sentaient l'afflux de sang dans les veines gorgeant l'épais sexe, le rendant plus gros, plus dur. Il desserra ses mâchoires et détendit sa gorge, agitant la langue aussi longtemps qu'il le put jusqu'à ce que sa bouche soit trop pleine. Il respira prudemment par le nez, jusqu'à ce que ses lèvres touchent sa main et que le gland du sexe de Gil caresse le fond de sa gorge. Une fois là, il se retira, utilisant sa bouche, ses lèvres et sa langue pour rendre fou son amant.

Les muscles abdominaux de Gil tremblèrent en quelques minutes et ses jambes étaient tendues. Michael les écarta, passant la base afin de saisir le lourd sac des testicules. Il les caressa doucement, tirant légèrement dessus, tout en abaissant de nouveau sa bouche sur toute la longueur de Gil. Il put aller plus loin cette fois sans s'étouffer, ayant plus de l'incroyable membre dans sa gorge, à tel point qu'il réussit à déglutir, bougeant les parois de sa gorge pour caresser le gland sensible. Gil haleta et une main atterrit sur l'arrière de sa tête, mais il n'attrapa pas ses cheveux et n'essaya pas de pousser sa tête plus bas. Il caressa simplement ses cheveux, passant ses doigts au travers, tandis que son dos s'arquait, ses hanches bougeant sans cesse. Michael le relâcha.

— Il y a du lubrifiant dans la table de chevet, si tu voulais bien me le passer.

Gil gémit. Michael continua de masturber son amant pendant que celui-ci roulait sur le côté et ouvrait le tiroir, fouillant sans pouvoir voir ce qu'il cherchait. Il grogna de satisfaction lorsque sa main se referma autour du tube.

— Merde, dit-il en étudiant un instant la bouteille qu'il tenait à la main. Jackson s'offre des trucs chers.

— Je suis presque sûr que David insiste là-dessus, commenta Michael en tendant la main.

— Avait-il prévu de baiser ce week-end ? J'aurais pensé qu'il l'emmènerait avec lui.

— Je suis presque sûr qu'il les achète par caisse.

Michael tendit la main et Gil le lui donna. Il ouvrit le couvercle avec son pouce et s'assit à califourchon sur les cuisses de Gil. Il enduisit ses doigts et sa paume de lubrifiant. Puis il ferma la bouteille et la laissa tomber sur le lit. Il se pencha ensuite vers le bas et prit le sexe épais de son amant de nouveau dans sa bouche. Il passa une main derrière lui et vit l'expression avide de Gil alors qu'il glissait deux doigts dans sa propre intimité, s'efforçant d'étirer l'anneau de muscles serré.

— Tu veux que je me retourne pour que tu puisses regarder ? demanda-t-il avec un sourire taquin.

Il hocha la tête et Michael se retourna, plongea la tête sur l'aine de Gil, puis se prépara avec ses longs doigts. Il entendit le souffle de son amant devenir superficiel, sentit sa hampe s'épaissir dans sa bouche alors qu'il retirait deux doigts avant d'en mettre trois lentement à l'intérieur.

C'était cochon et peut-être une des choses les plus salopes qu'il ait jamais faites. C'était aussi libérateur et excitant lorsque Gil frotta l'arrière de sa cuisse, puis caressa ses fesses presque avec révérence.

— Tu es si beau, Michael, murmura-t-il. Si beau, merde.

En réponse aux louanges, Michael poussa ses doigts vers la base, et il abandonna le sexe de Gil, faisant un détour provisoire pour prendre un des gros testicules dans sa bouche. Il le fit rouler et le suça pendant quelques minutes. Au moment où il retourna sur son sexe, les jambes de Gil bougeaient nerveusement sur la couette moelleuse et il avala une bonne dose de liquide pré-éjaculatoire.

— Tu me rends dingue, haleta Gil, frémissant. Tu le sais, n'est-ce pas ?

— J'espère, répliqua Michael en lui lançant un sourire par-dessus son épaule avant de revenir à sa longueur.

Il la prit cette fois jusqu'à ce que son nez touche la pointe des poils pubiens bouclés, respirant lentement par le nez. Il resserra de nouveau ses lèvres en remontant, laissant presque tomber la hampe épaisse de sa bouche, puis il redescendit. Sa salive dégoulinait sur le sexe de Gil et il utilisa sa main en harmonie avec sa bouche, glissant de haut en bas sur la chair durcie. Gil sortit la main du jeune homme de son canal et glissa l'un de ses doigts épais, puis un deuxième pendant qu'il les recourbait et pressait le point d'amour de Michael. Ce dernier laissa tomber la hampe de Gil, haletant.

— Comme ça, n'est-ce pas ? se moqua Gil.

Il avait l'air aussi essoufflé que Michael avait l'impression de l'être. Le jeune homme se retourna contre lui, le suçant durement et faisant tourbillonner sa langue autour du gland. Une autre giclée de liquide pré-éjaculatoire remplit sa bouche.

— Michael, prévint Gil, à bout de souffle.

— Humm, marmonna ce dernier, sans même ralentir, gémissant lorsque son amant bougea ses doigts en lui.

— Michael, répéta Gil, semblant plus résolu. Je suis proche, bébé. Très proche. Tu ferais mieux…

Michael le relâcha et se redressa pour faire face à Gil.

— Préservatif, Gilbert.

Même Michael pouvait reconnaître qu'il était essoufflé. Il était à bout de souffle. Gil n'avait pas refermé le tiroir et il remit sa main dedans. Il trouva un préservatif plus rapidement qu'il n'avait trouvé le lubrifiant. Il le donna au jeune homme.

— Extra large, s'exclama-t-il en souriant alors qu'il déchirait l'emballage de papier aluminium avec ses dents. Je ne sais pas si c'est un vœu pieux pour Jackson, mais pour toi, c'est la vérité.

Il se retourna sur les cuisses de Gil, posa le latex roulé sur le gland, puis il baissa la tête afin de le dérouler sur sa longueur avec ses lèvres.

— Oh, bon sang, gémit son amant. Il a de multiples talents.

— Oh, bébé. Nous ne faisons que commencer, assura Michael en se redressant en souriant.

Il se dressa sur ses genoux, s'avança et passa sa main derrière lui afin d'attraper la hampe de Gil. Il la maintint droite, en glissa la pointe derrière ses testicules, jusqu'à son anneau, puis se poussa lentement dessus en se baissant d'un centimètre à la fois.

Ce n'était pas facile. Il haletait, la sueur coulant sur son front, glissant sous ses lunettes alors qu'il était à mi-chemin.

— Tu es tellement magnifique, murmura Gil, ses mains glissant le long des cuisses, trouvant les points d'attache des muscles au-dessus des os de ses hanches avec ses pouces. C'est tellement bon, bébé. Si serré, si chaud.

C'était peut-être gnangnan, du moins c'était ce que Michael pensait, mais les mots chuchotés avec une telle adoration évidente firent toute la différence. Les muscles du jeune homme se détendirent et il glissa vers le bas, ses fesses venant reposer sur l'aine de son amant.

— Merde, Michael, gémit celui-ci, ses hanches se relevant légèrement.

Michael pensa que s'il bougeait beaucoup plus, il pourrait le sentir au fond de sa gorge.

— Mon rythme, Gilbert, l'avertit-il. Ce n'est pas une saucisse viennoise que tu as là. Si tu vas trop vite, je ne pourrai plus marcher demain.

Gil fit un effort visible pour rester allongé, ses mains accrochées à la couette.

— Prends-le, chéri. Je vais simplement rester couché là.

— Ça c'est mon grand et fort peintre en bâtiment, le taquina Michael.

Il monta délicatement vers le haut, puis se baissa, inclinant ses hanches et sifflant à chaque mouvement entraînant l'épais sexe en lui sur sa prostate. Il commença à se déplacer plus vite, poussant vers le haut, laissant la gravité le faire redescendre. Gil mit du lubrifiant sur sa main tremblante, puis il l'enroula autour de la hampe de Michael. L'érection de ce dernier avait faibli, prendre un membre de la taille de celui de Gil n'était pas facile, et la concentration nécessaire pour détendre les muscles clés, pour trouver le bon angle avait fait son effet.

Mais Gil le ramena à la vie avec la prise ferme et douce de sa main, et en quelques minutes, Michael se mit à pousser sur la longueur en lui, se jetant ensuite dans l'étroite emprise.

— C'est ça, bébé, gémit Gil en levant son autre main pour caresser le torse du jeune homme, la glissant de l'os pubien à ses pectoraux.

Il saisit un mamelon tendu et Michael sursauta lorsqu'une décharge de plaisir partit de sa poitrine vers son cul.

— Ça, gémit-il en rejetant sa tête en arrière. Ça.

— Ça ? répéta Gil en agrippant le téton dur et le tordant.

La sensation qui en résulta fut presque trop forte. Michael cria, pulsant dans la main de Gil et sur sa poitrine, son canal se serrant si fort qu'il pouvait à peine bouger.

— Oh, putain.

Michael planait sur le bord le plus exquis du plaisir et de la douleur, et il frissonna. Son corps convulsa, avant que tout ce qu'il avait en lui ne lâche prise, et il s'effondra sur la poitrine de son amant.

—Ça va ? chuchota-t-il à l'oreille de Michael en le prenant dans ses bras.

Le jeune homme était dans l'incapacité de mobiliser les muscles nécessaires pour hocher la tête.

— Oui, je suis… non, je suis mort.

Gil rit, et Michael réalisa qu'il était encore dur en lui.

— Tu n'as pas joui, gémit-il, enfin capable de commander à sa main de bouger.

Il l'écrasa sur l'épaule de Gil, puis sur son avant-bras.

— Je…

— Cela viendra. Dis-moi simplement que tu vas bien.

— Esprit… soufflé, murmura Michael.

Les mains de Gil se posèrent sur son dos, ses épaules, ses cheveux.

— Tu es tellement incroyable, murmura le grand homme. Tellement, foutrement, incroyable.

— Foutrement baisé, en fait, dit Michael en se forçant à déglutir. Je pense que mon cerveau est de retour.

— Es-tu assez relâché ?

— Je ne suis pas sûr qu'il n'y ait rien d'assez lâche avec toi, Gilbert, mais je ne suis pas aussi serré que je l'étais.

Gil leva ses hanches, le soulevant et enfonçant son sexe plus loin à l'intérieur. Michael gémit lorsque la hampe de son amant bougea contre sa prostate.

— Bordel !!

— Bordel bon ? Ou bordel mauvais ?

— Merde, ton père était un éléphant ?

Gil laissa échapper un rire étonné, puis il attrapa Michael par la taille et il les retourna. Le jeune homme fit un gargouillement choqué lorsque Gil saisit ses jambes et les poussa jusqu'à sa poitrine. Gil s'immobilisa.

— C'est douloureux ?

— Non, ça ne fait pas mal, répondit Michael. C'est juste… intense.

— Intense n'est pas mauvais, assura Gil en poussant peu profondément.

Michael reprit son souffle, ses yeux roulant en arrière dans leurs orbites.

— Trop ?

— Juste… arrête de parler, Gilbert, réussit à dire Michael, ses mains s'accrochant aux biceps de l'homme.

— Je peux faire ça.

Il se remit à bouger, ses poussées peu profondes, et Michael gémit. Son corps était tellement hypersensible, son canal tellement étiré, et sa prostate vibrait presque constamment. Il aurait pu penser que cela était impossible, mais il était redevenu dur et chacune des poussées de Gil envoyait une décharge dans son dos. Un second orgasme lent se mit à le secouer, le choquant, parce que cela ne lui était jamais arrivé auparavant. Il ne jouit pas beaucoup, mais fortement, la tête en arrière, la bouche ouverte sur un cri silencieux. Quelques instants plus tard, Gil se tendit, ses muscles se raidissant. Puis il s'effondra lentement au-dessus de Michael, et celui-ci entoura le grand corps avec ses bras et le retint contre lui, si envahi par la tendresse qu'il crut pendant un instant qu'il pourrait pleurer de joie pure.

Gil tourna la tête, sa mâchoire couverte de chaume s'appuyant contre la joue de Michael.

— Tu es incroyable.

Le jeune homme renifla, repoussant les sentiments plus doux.

— Tu viens de jouir, donc tout te semble parfait.

— Oh, tais-toi et accepte un compliment, morveux.

Michael rit, surpris par sa description.

— Tu as le meilleur des rires, Michael, assura-t-il en embrassant sa joue. J'aimerais juste l'entendre plus souvent.

— Continue de me donner des noms créatifs alors, je n'ai pas été traité de « morveux » depuis mes treize ans.

— Oh, je ne suis pas de cet avis, répliqua-t-il avant de se redresser sur ses mains. Je vais me retirer, d'accord ?

Michael essaya de rester détendu. Ce n'était pas facile, mais ce n'était pas aussi douloureux qu'il le pensait. Il resta mollement étendu sur le lit, peu motivé à bouger. Il entendit son amant se lever et marcher pieds nus, puis la salle de bains s'éclaira. L'eau coula et il entendit Gil parler à Scooter.

— Salut, princesse. Tu veux une gâterie, n'est-ce pas ?

Il se rendit dans la cuisine et Michael somnolait lorsqu'il revint. Gil lava son ventre avec un linge chaud et humide et le jeune homme fit un bruit de contentement du fond de sa gorge. Quelques instants plus tard, Gil s'allongea avec lui, remontant la couverture sur eux. Michael se blottit instinctivement contre la large poitrine chaude, calant sa tête sous le menton de Gil, gémissant presque de nouveau de pur délice à la sensation de son corps fort et dur. Le grand homme posa tendrement sa main sur la nuque de Michael.

— C'est bon, bébé, dit-il à son oreille. Je te protégerai.

Michael marmonna et s'endormit, sachant qu'il le pouvait.

VII

La sécurité et la douce chaleur l'entouraient, et Michael s'enfonça plus profondément dans la sensation, luttant contre la connaissance lointaine qu'il devrait se réveiller à un moment. Ce ne fut que la troisième fois qu'il remontait à la surface qu'il pensa à se questionner sur les bras épais qui l'entouraient ou, plus urgent le sexe imposant à moitié dressé dans le pli de ses fesses. Il se souvint à qui il appartenait et s'éveilla brusquement. Puis il se raidit.

— Oh, ne fais pas ça.

Il tourna lentement la tête et jeta un coup d'œil par-dessus son épaule. Le visage de Gil était juste là, si près qu'il pourrait l'embrasser. Et il désira le faire, juste une seconde. Il eut besoin de tout son self-control pour ne pas le faire.

— Quelle heure est-il? demanda Michael en remarquant que la chambre avait commencé à s'éclaircir, une douce lueur matinale pénétrant autour des stores.

— Un peu plus de six heures. Les hommes seront là dans quarante-cinq minutes.

— Je dois me lever, dit-il en essayant encore de s'éloigner, mais son compagnon ne le relâcha pas. Laisse-moi partir, Gilbert.

— Pas encore, protesta-t-il en enfouissant son nez dans sa nuque.

Tous les muscles du corps de Michael se tendirent, luttant contre le désir de se fondre à nouveau dans le corps large de son amant et sa bouche douce et chaude.

— Ah, Michael, tu ne vas pas rendre les choses bizarres entre nous, n'est-ce pas ?

— Comment ça, bizarres ? demanda-t-il, ses lèvres serrées et sa voix tendue.

— Bizarres. J'ai tenu un lapinou bien chaud toute la nuit…

— Un lapinou ? répéta Michael avec un bruit offusqué. C'est quoi ce bordel…

—… et maintenant, tu es raide comme une planche et je peux sentir la chaleur qui s'échappe de toi. Alors, parle-moi, Michael.

111

Le jeune homme roula sur le côté, ses paumes à plat sur la poitrine de Gil, plus que prêt à le repousser. Gil le laissa partir, à contrecœur, cette fois. Michael lui jeta un regard exaspéré.

— Lapinou ? dit-il, sa voix dégoulinante de mépris, et Gil sourit.

— Hé, si les chaussons lapin te vont, bébé, répliqua-t-il en écartant les mains.

Michael grogna et s'assit, repoussant ses cheveux, puis balançant ses jambes sur le bord du lit. Gil tendit la main et attrapa un de ses bras.

— Michael, dit-il en tirant sur son poignet. Regarde-moi, s'il te plaît.

Celui-ci soupira, mais se tourna afin de le regarder.

— Que se passe-t-il ?

Michael étudia les grands yeux noisette, le large et beau visage et une partie de sa raideur s'adoucit.

— Je ne veux pas que tu penses que c'était plus que ça.

— Ce qui veut dire ?

— Ce qui veut dire… je sais que tu souhaites trouver quelqu'un et t'installer définitivement, mais ce n'est pas moi, Gilbert. Je ne suis pas capable de ce genre d'engagement. Hier soir, c'était sympa…

— Sympa, répéta Gil, un de ses sourcils arqués. Juste sympa ?

— D'accord, soupira Michael en levant les yeux au ciel. Vraiment sympa.

— Merci, répondit-il en souriant.

— Mais ça ne veut rien dire de plus que ça. Je ne suis pas du genre à m'installer de manière permanente. Je ne veux pas que tu attendes plus que ce que je peux te donner.

— Comment peux-tu être sûr de ne pas être du genre à « t'installer de manière permanente » ? demanda Gil, son sourire s'affadissant légèrement.

— Je le sais, fais-moi confiance, soupira Michael avant de reculer et de se lever. Je t'aime bien, Gil. Mais tu ne peux pas t'attendre à autre chose. Je te l'ai dit hier soir…

— Je sais, dit-il derrière lui d'une voix grave et douce. Tu étais clair. Je ne devais pas m'attendre à plus que ce que tu étais prêt à donner.

Michael hocha la tête, incertain de pouvoir faire confiance à sa voix plus longtemps. Gil avait l'air triste et il détestait le blesser. Mais il lui avait dit…

Il se détourna, s'arrêtant assez longtemps pour séparer ses vêtements de ceux de son amant, puis il les ramassa. Il sentit le regard de Gil sur lui

112

jusqu'à ce qu'il sorte de la chambre. Il était difficile de rester digne alors qu'il était totalement nu, mais il pensa y être arrivé.

Il ne laissa pas tomber sa façade avant d'être derrière la porte fermée de la salle de bains. Puis il s'appuya contre le battant, la tête contre le bois, les yeux fermés. Il pensait qu'en grattant la démangeaison, cela la ferait disparaître, mais il savait à présent qu'il avait fait une énorme erreur. Cela n'avait fait qu'empirer les choses.

Qu'est-ce qu'il avait fait ?

VERNON ET Manny étaient à l'heure, et à ce moment-là, Michael s'était douché, avait lancé le café, nourri Scooter, rangé le salon et défait et refait le lit pendant que Gil était sous la douche. Il avait lancé une lessive avant de rejoindre les autres dans la cuisine.

— Eh bien, regardez-moi ce petit lapin Energizer, dès le matin, plaisanta Vernon lorsque Michael entra enfin dans la cuisine.

— Va te faire voir, rétorqua-t-il en se versant une tasse de café.

— Un lapin grincheux.

Michael lui lança un regard venimeux.

— Il vaut peut-être mieux laisser tomber les blagues sur les lapins, mon vieux, murmura Gil.

Il lança un regard désolé à Michael que celui-ci choisit d'ignorer.

— Je vais chez McDonald's chercher un Egg McMuffin, annonça-t-il en posant sa tasse sur le comptoir, suffisamment fort pour que du café fumant se répande dessus.

Il attrapa une serviette en papier avec un mouvement saccadé et l'essuya.

— Vous avez exactement deux minutes pour passer une commande. Après, je pars sans.

— J'aimerais un Breakfast Burrito, dit Manny en offrant un sourire hésitant à Michael. Pas de sauce piquante.

— Un mexicain qui n'aime pas la sauce piquante, commenta Vern en secouant la tête. Ce n'est pas naturel, mec.

— Je suis portoricain, espèce de Néandertalien, rétorqua-t-il. Et nous n'aimons pas tous la nourriture épicée, d'accord ?

Il regarda Michael et haussa les épaules.

— Ça me donne des brûlures d'estomac.

— Moi aussi, répondit Michael avant de se tourner vers les autres. Quelqu'un veut autre chose ?

— Deux McMuffin au bœuf, déclara Vern. Avec des potatoes.

— Bien.

Le jeune homme se tourna vers Gil, ne parvenant pas à croiser son regard.

— Gilbert ?

— Deux Egg McMuffin, répondit-il en fouillant dans la poche de son jean et en lui tendant ses clés. Prends le camion.

— Pourquoi ?

— Ton pare-brise est cassé, tu te souviens ?

— Oh, soupira Michael. C'est vrai. D'accord.

Il prit les clés, puis il se tourna et quitta la pièce.

— Merde, qui a chié dans ses Kelloggs ? entendit-il Vern dire derrière lui.

— Ferme-la, Vern, grogna Gil. Bois ton fichu café.

LES HOMMES avaient mangé et préparé les moulures avant l'arrivée des voisins et Michael était heureux de voir que la plupart d'entre eux semblaient plus que qualifiés avec un pinceau. La maison prit vie lorsque la couleur canneberge brillante trancha sur le beige et le vert mousse. Il sortit plusieurs fois sur le trottoir, blotti dans son épais manteau parce qu'il faisait vraiment froid. Il se souvint d'avoir entendu le père de David l'appeler une fois « un temps de boules d'un singe en laiton » et il sourit faiblement en se rappelant l'explication.

Ça veut dire qu'il fait assez froid pour geler les testicules d'un singe en laiton, Michael ! Mets plusieurs couches de vêtements.

Il avait envié son ami pour sa relation avec son père, jusqu'à ce qu'il partage son chagrin lorsque l'homme était mort. Peut-être que sa décision de garder ses distances avec les gens était sa seule façon de fonctionner.

Il garda ses distances avec Gil toute la journée, et lui fut reconnaissant lorsqu'il n'insista pas. Il peignit les moulures de l'autre côté de la maison où Gil dirigeait les troupes du quartier, et il discuta avec Beverley et Jordyn lorsqu'elles apportèrent des plateaux de sandwichs vers midi. Il distribua des canettes de soda et des petits sacs de chips et essaya d'être aussi amical que possible avec leurs bénévoles, parce que le travail semblait se faire presque par magie. À quinze heures, la maison était peinte et l'équipement avait été nettoyé et chargé à l'arrière du camion de Gil. Un employé d'une entreprise de remplacement de pare-brise utilisait un petit élévateur hydraulique et des ventouses à main pour remplacer celui de Michael et en poser un nouveau. Cela lui coûtait un peu plus de cent dollars, mais cela en valait la peine pour ne pas voir l'horreur sur le visage de David lorsqu'il verrait le pare-brise brisé. Jackson appela à seize heures et Michael fut soulagé de pouvoir lui dire que tout avait été fait.

— C'est vraiment super. Il va adorer.

— C'est bien.

Il y eut une pause à l'autre bout de la ligne, et ce fut comme si Michael pouvait entendre Jackson penser.

— Ça va, Michael ?

— Je vais bien, assura-t-il, allégrement.

Il y eut une autre pause.

— En es-tu sûr ?

— Oui, Jackson. Je suis sûr.

Il savait qu'il semblait plus irrité que de simples questions le méritaient, mais il ne pouvait pas s'en empêcher, semblait-il.

— Juste… ramène-le à la maison avant la nuit pour qu'il puisse voir à quel point la maison a l'air géniale, d'accord ?

Jackson marmonna et Michael détesta que même les murmures de ce dernier semblent trop entendus.

Les voisins partirent à la fin des travaux, mais Manny, Vern et Gil restèrent dans l'attente de l'arrivée de David et Jackson.

Soucieux de ne pas être pris au piège dans la maison avec eux quatre seulement, il proposa de courir au magasin chercher de la bière et des collations pendant que les autres se préparaient à regarder un match de football. Gil lui lança un regard entendu qui lui indiqua qu'il savait exactement ce que Michael faisait, mais celui-ci l'ignora, courant vers la porte d'entrée avec les clés de sa voiture à la main.

Il s'arrêta à l'épicerie, mais il n'avait pas assez de temps pour aller jusqu'au supermarché. Il acheta des Fat Tire, maintenant converti à la bière, et ajouta des chips et des bretzels. Il acheta même un bouquet de fleurs afin de le mettre dans un vase sur la table de la salle à manger de David. Mais, finalement, il dut retourner à la maison. Il se tenait debout dans la cuisine, arrangeant les fleurs printanières lumineuses dans un vase, lorsque de lourdes mains tombèrent sur ses épaules.

— Bordel, s'enflamma-t-il lorsqu'il se retourna et trouva Gil debout derrière lui. J'ai un couteau dans la main.

— Désolé, affirma le grand homme, même s'il n'avait pas l'air de le regretter particulièrement.

Il enleva le couteau de la main de Michael et le plaça à côté du vase en cristal sur le comptoir.

— Je dois finir ça, protesta Michael en croisant défensivement les bras sur sa poitrine.

— Tu as deux minutes pour me parler. Tu m'as fui toute la journée.

— Non, ce n'est pas vrai.

Mais il l'avait fait et Gil l'avait remarqué.

Gil le regarda d'un air ironique, sans même se donner la peine d'argumenter.

— Je voulais te dire que j'ai compris, d'accord ? Tu n'as jamais fait semblant d'être intéressé pour toujours. C'était sympa, mais c'est bon, d'accord ?

Il saisit Michael par le haut de ses bras et les serra.

— Juste… ne te comporte pas bizarrement vis-à-vis de moi, d'accord ? Nous devons pouvoir travailler ensemble.

Il étudia le visage sérieux de Gil, les muscles qui avaient été rigides depuis qu'il s'était réveillé ce matin-là commencèrent à se détendre lentement.

— Oui, d'accord.

— Voilà, ce n'était pas si dur, n'est-ce pas ? dit-il en souriant. Nous pouvons être adultes.

Il lui fit un clin d'œil et s'éloigna, aussi simplement que ça. Michael se sentit légèrement insulté que cela lui semble aussi facile. Il accepta que cela n'avait aucun sens et finit de préparer le bouquet en mettant de petits lys rouges dans le vase. Il le porta ensuite jusqu'à la table de la salle à manger. Il était en train de le poser lorsque Manny parla de près d'une fenêtre à l'avant.

— Ils sont là.

Ils échangèrent tous un regard, puis ils ouvrirent la porte et s'entassèrent tous sur le porche, Scooter, aboyant joyeusement en tête. David était déjà sorti du pick-up, debout sur le trottoir, les mains posées sur sa bouche. Il se pencha assez longtemps pour accueillir Scooter lorsqu'elle vint danser autour de ses genoux, ses cheveux blonds doux voletant dans la brise et ses yeux écarquillés derrière les verres de ses lunettes.

— Oh, bon sang, s'exclama-t-il en se redressant, fixant la maison.

Jackson sortit du véhicule et gratta Scooter derrière ses oreilles lorsqu'elle courut vers lui, souriant alors qu'il rejoignait son fiancé sur le trottoir.

— Ça te plaît ? demanda-t-il.

David se tourna vers lui, les mains sur les hanches.

— Tu as fait ça ?

— Bordel, s'écria Vernon, se renfrognant. Il était trop occupé à te baiser. C'est nous qui l'avons fait.

David regarda Jackson, puis les hommes sur le porche, puis il fit une petite danse, sautant sur place, couinant même un petit peu, les faisant tous rire. Il courut vers le porche d'entrée, les serrant dans ses bras, l'un après l'autre.

— C'est si beau, s'écria-t-il en jetant ses bras autour de Michael. As-tu choisi les couleurs ?

— Non, en fait, c'est Gil.

— Elles sont parfaites, se réjouit-il en passant à Gil qui le serra dans ses bras en riant.

Vernon se laissa étreindre en levant les yeux au ciel avec indulgence. Même Manny accepta un câlin de bonne grâce. Puis David dut faire le tour de l'extérieur de la maison. Le ciel était couvert et proche du crépuscule, mais il y avait assez de lumière pour qu'il puisse tout voir, et il était si excité que cela compensait presque les raisons pour lesquelles sa maison avait dû être repeinte au départ. Presque.

Ils se retrouvèrent finalement tous à l'intérieur, assis autour de la cheminée, le match de football silencieux sur le grand téléviseur. Michael offrit un verre de vin à David et une bière à Jackson. Ils posèrent des questions sur leur week-end, leur chalet et le lac, mais il savait qu'ils ne faisaient que gagner du temps. Il finit par lancer un coup d'œil à Gil, espérant qu'il lui dirait : *pouvons-nous juste le faire ?* Gil hocha la tête une fois et Michael ne put que supposer qu'il avait compris son intention. Puis David lui tendit une perche parfaite en ouverture.

— Aviez-vous déjà prévu de peindre la maison ce week-end ?

— Pas exactement, intervint Jackson en prenant la main de son fiancé. Je vais laisser Michael s'expliquer.

David se tourna vers lui, et Michael ressentit brusquement l'envie de dire « super, merci, mon pote » à Jackson. À la place, il se pencha vers l'avant, dans son coin de canapé. À l'insu des autres, Gil, assis à côté de lui, toucha fugacement son dos. Cela l'aida.

— Quatre heures après votre départ, vendredi soir, j'ai entendu un bruit dans l'allée et je me suis souvenu de ce que tu avais dit sur les ratons laveurs. Alors j'ai mis sa laisse à Scooter et je suis sorti pour les chasser.

Il s'arrêta, détestant devoir effacer le bonheur sur le visage de son meilleur ami.

— Ce n'était pas des ratons laveurs.

Comme il le craignait, plus l'explication qu'il obtenait avançait, plus David pâlissait. Ce dernier se couvrit la bouche avec sa main et Jackson encercla ses épaules d'un bras tendu, lorsque Michael parla de l'homme qui l'avait poursuivi jusqu'à la maison.

— Michael ! s'exclama David en tendant sa main et en l'enroulant autour de l'avant-bras de son ami. Oh, bon sang, Michael. Tu vas bien ?

— Oui, je vais bien.

— Il ne t'a pas fait de mal ?

— Non, j'ai réussi à rentrer dans la maison et j'ai fermé et verrouillé la porte.

David baissa les yeux vers son petit chien, qui était tout sauf assis sur ses pieds.

— Elle va bien aussi.

David leva une main tremblante pour la poser sur la tête de Scooter.

— Mais c'est tellement terrifiant. Mon Dieu !

Le pire fut lorsqu'ils lui parlèrent des graffiti. Il voulut les voir, bien sûr. Gil avait pris des photos avec son téléphone et il le lui tendit. Il regarda les images. Le cœur de Michael souffrit alors que les yeux de son meilleur ami se remplissaient de larmes.

— Je ne comprends pas, murmura-t-il. Qu'avons-nous pu faire à quelqu'un pour qu'il veuille faire ça ?

— Rien, chéri, et c'est la merde, répondit Vernon, sa voix grave déchirée. Tu n'as rien fait du tout. Tu es vivant, jeune et amoureux. Et pour certaines personnes, il suffit que nous soyons l'un des trois.

— Ils ont appelé la police, et Mitchell est déjà dessus, dit Jackson.

— Tu étais au courant ? demanda David en se tournant vers son fiancé.

— Nous n'allions pas peindre votre maison sans la permission de quelqu'un, plaisanta Gil. Vous devez aussi savoir que vous avez des voisins incroyables.

— Vraiment ? dit David alors qu'il passait ses doigts sous ses yeux.

Gil lui raconta comment les voisins s'étaient rassemblés, avaient offert leur aide et avaient créé un groupe de surveillance de quartier pour aider à veiller.

— C'est gentil.

Michael pouvait voir que David essayait de se ressaisir.

— Oh, et David… commença-t-il en se penchant vers son meilleur ami. Ce n'était pas Trevor.

David inspira, puis laissa son souffle sortir doucement.

— En es-tu sûr ?

— Oh, oui.

Michael n'oublierait jamais les yeux noirs si proches des siens. Cela aurait été plus facile s'ils avaient appartenu à Trevor Blankenship.

— J'en suis sûr.

— Je ne sais pas si cela rend les choses pires ou meilleures, dit David, reflétant la pensée de Michael. Il vaut mieux que ce ne soit pas quelqu'un que je connaisse. Tu crois qu'il pensait qu'il n'y avait personne ici ?

— J'y ai pensé, répondit Gil. Jackson gare habituellement son camion dans l'allée, et il n'était pas là. Il pensait peut-être que la maison était vide.

— Mais ma voiture était dans l'allée, répliqua Michael. David et Jackson n'étaient partis que depuis quelques heures lorsque j'ai entendu les bruits.

— Qu'est-ce que tu veux dire, Michael ? demanda Manny.

Le jeune homme regarda les visages rassemblés autour de lui, leurs expressions solennelles.

— Je pense que l'homme, qui qu'il soit, surveillait la maison, dit-il en pesant ses mots. Et il s'est dit que faire ça pendant que j'étais seul ici était plus simple que de se heurter à Jackson.

— Mais… pourquoi faire ça ? souffla David en s'affaissant contre le flanc de Jackson.

Personne ne semblait avoir la réponse à cela.

— La police le découvrira.

Michael aurait aimé en être aussi sûr qu'il en avait l'air.

VIII

Après une nuit d'insomnie presque totale, les muscles si tendus qu'ils devinrent douloureux à force de se réveiller à chaque bruit devant la fenêtre et dans le hall de son immeuble, Michael quitta son studio du centre-ville à huit heures quinze pour parcourir les six pâtés de maisons de sa marche habituelle vers A.F.I, se laissant le temps pour une petite excursion au Starbucks pour le café le plus grand qu'il pouvait prendre. Ce matin-là, il se demandait si un litre et demi suffirait. Il sortit par la porte principale du hall d'entrée et s'arrêta net lorsqu'il aperçut le grand homme, avec un bonnet de laine des Seahawks de Seattle et une veste noire, appuyé contre un pick-up bleu brillant garé le long du trottoir.

— Tu es en retard, dit Gil en l'étudiant avec amusement.

— Qu'est-ce que tu fais ici ?

— Je garde une place de parking, lui répondit Gil avec un sourire tordu. Que crois-tu que je fasse ici ?

— Je n'en ai aucune idée.

— Je vais te conduire au travail, Michael.

— Quoi ? s'exclama celui-ci en le fixant, horrifié. Ne dois-tu pas être au travail ? Je croyais que tu commençais la maison O'Banyon ce matin.

— J'y suis depuis six heures, mais je fais une pause. J'ai un accord avec le patron, dit-il son sourire devenant méfiant.

— C'est quoi ce bordel, Gilbert ? Je peux me rendre au travail à pied tout seul. Je suis un grand garçon.

— Je crois me souvenir, répliqua-t-il en remuant les sourcils.

Michael souffla d'exaspération, mais il avait très peur de rougir.

— Je peux parcourir les six pâtés de maisons jusqu'à mon travail sans escorte.

— C'est à toi de voir, répondit Gil en haussant les épaules. Je vais te suivre.

— Va-t'en. Loin, grogna Michael en lui jetant un regard furieux.

— Même pas en rêve, refusa le grand homme en secouant lentement sa tête.

Gil s'éloigna de son véhicule et se dirigea vers Michael, les mains dans ses poches. Sa voix était calme, mais emphatique lorsqu'il parla.

— Michael, celui qui a attaqué la maison de David et Jackson vendredi soir t'a vu. De près et en personne. Je serai ton nouveau meilleur ami jusqu'à ce que les policiers aient une piste sur lui.

Michael soupira fortement.

— Et s'ils ne trouvent jamais de piste sur lui ?

— Alors, autant se marier, bébé, parce que je serai toujours là, répliqua Gil en haussant paresseusement les épaules.

— Tu es un idiot, répliqua Michael en lui jetant un regard sardonique.

— Et tu gâches ma pause. Alors, tu viens avec moi, ou je te suis, parce que la lumière du jour brûle.

— Bien, accepta-t-il en se dirigeant vers la portière côté passager et en attendant que Gil la déverrouille.

À la place, il s'approcha de lui et ouvrit la portière, la tenant largement ouverte. Il fit un grand geste avec son bras et une révérence, puis il fit un clin d'œil lorsque Michael lui adressa un regard sinistre.

— Ma mère m'a toujours dit d'être poli. Comment je m'en sors ?

— Tu es un abruti, dit-il en montant dans la cabine.

— D'accord, je dois travailler, alors.

Il ferma la portière et Michael boucla sa ceinture de sécurité pendant que Gil trottait à l'avant du camion. Il ouvrit la portière et s'installa, tirant sur sa ceinture de sécurité avant de démarrer le moteur.

— Je m'arrête au Starbucks, lui indiqua Michael alors que la voiture s'éloignait du trottoir. Vas-tu me laisser sortir et y entrer ?

— Tu vois, je parie que comme tu marches toujours, tu ne t'es jamais rendu compte qu'il y a un service drive, dit-il en se tournant vers Michael.

— Tu es odieux, souffla celui-ci.

— On me l'a déjà dit, répliqua-t-il, son sourire s'élargissant.

Le service drive du Starbucks se trouvait à l'arrière du bâtiment, et, en vérité, Michael ne l'avait jamais remarqué auparavant. Il jeta un regard surpris à Gil lorsque celui-ci commanda son Ristretto Bianco.

— Comment sais-tu quel genre de café j'aime ?

— J'ai déjà pris des commandes de café.

Michael fronça les sourcils, essayant de se souvenir. Puis cela lui revint. C'était la première fois qu'ils tenaient une réunion sur la marche à suivre avec Delta Restauration, Rénovation et Design. Il regarda le fort profil de son compagnon.

— C'était en décembre.

— Oui, et alors ? demanda-t-il en lui lançant un rapide coup d'œil alors qu'il soulevait sa hanche pour sortir son portefeuille de sa poche arrière. Tes préférences auraient-elles changé depuis ?

— Non, je…

Il cligna des yeux, puis se détourna rapidement, regardant fixement par la vitre. Il n'aurait pas pu dire pourquoi il était ému que Gil se souvienne de sa commande de café des mois plus tard, mais il l'était.

— Voilà pour toi.

Il se retourna pour voir Gil tenant le grand café. Il le lui prit, reconnaissant de la chaleur du gobelet qu'il tenait à la main.

— Oh, tu ne peux pas payer… dit-il en prenant son portefeuille dans la poche de sa veste, mais Gil refusa d'un geste.

— Tu paieras la prochaine fois.

Michael se sentait encore décentré lorsqu'il sortit du pick-up devant A.F.I et ouvrit les portes d'entrée.

— Quoi ? demanda-t-il en se retournant, debout devant les portes entrebâillées.

— Nous nous retrouvons à seize heures trente, bébé.

Candy, de la réception, et Debra, du service d'achat des textiles, arrivèrent à ce moment-là, leurs têtes pivotant entre Gil dans le grand pick-up et Michael dans l'embrasure de la porte. Il s'écarta pour qu'elles puissent entrer tout en jetant un regard noir à Gil. Le temps qu'il monte, l'information qu'un homme dans un grand pick-up appelait Michael bébé se serait répandue dans tout l'étage, et il sentit le début d'un mal de crâne poindre derrière ses yeux.

— Tu es déterminé à me rendre fou, dit-il à Gil.

— Je suis simplement prêt à m'assurer que tu es en sécurité

Que devait-il faire lorsque Gil disait de telles choses ? pensa Michael. Il secoua la tête alors qu'il entrait dans le hall animé.

LES JOURS suivants furent une étrange combinaison de la présence rassurante de Gil et de la peur que Michael ressentait encore après sa rencontre avec le vandale. Les travaux commencèrent sur le manoir O'Banyon, la plupart du temps des préparatifs pour l'équipe et des recherches sur le Web pour les reproductions artisanales des différents matériaux anciens nécessaires du côté de la conception. Michael et David discutaient encore du meilleur moment pour quitter A.F.I et n'étaient pas parvenus à un consensus. Ils allaient gagner assez d'argent pour ne plus avoir besoin d'un emploi principal, mais il y avait plusieurs contrats en cours, et David n'était pas à l'aise de laisser l'entreprise en plan. Michael s'en moquait, mais il suivit l'exemple de son ami à cet égard. Il n'allait certainement pas abandonner et laisser David seul là-bas.

Michael passait des heures chaque nuit, blotti dans son studio, penché sur son ordinateur portable, à la recherche des tissus et papiers peints parfaits. Il allumait la télévision, mangeait quelque chose de rapide et facile, puis plongeait dans Internet. Il progressait bien dans l'approvisionnement, même s'il ne dormait pas beaucoup. Il restait intentionnellement occupé. Son lit étroit était froid et solitaire depuis qu'il s'était réveillé un matin, serré dans les bras de Gil, et il le détestait. Il rêvait invariablement qu'il était poursuivi par un homme masqué avec une pelle quand il dormait, et il se réveillait en tremblant, la tête douloureuse, avec un mal de tête aveuglant. Il avait commencé à prendre sa voiture pour se rendre au travail, et même s'il ne marchait plus, Gil était là, tous les matins et tous les après-midis, à le suivre dans son camion, jusqu'à ce que Michael entre chez A.F.I ou dans l'immeuble où se situait son appartement. Il se demandait comment Gil parvenait à être là deux fois par jour ; Vernon et lui et une équipe engagée travaillaient au manoir, supposément afin de préparer les murs et le plafond dans le hall d'entrée. Michael se sentait presque coupable que Gil passe autant de temps sur sa sécurité privée. Presque. Gil lui envoyait des textos tous les soirs, juste pour s'assurer qu'il allait bien, une fois chez lui. Les SMS étaient rassurants, mais l'élément flirt avait disparu. Il ne pouvait pas vraiment se plaindre, il avait été clair. Il ne voulait rien d'autre qu'un coup d'un soir, et ils l'avaient fait. Il vérifiait son téléphone plusieurs fois par jour, déçu lorsque les seuls messages qu'il recevait étaient de David.

Puis l'inspecteur Mitchell appela, voulant les voir tous à la maison le lendemain après-midi. Il avait interrogé David et Jackson, mais il n'avait pas parlé à Michael et Gil depuis le soir de l'incident. Maintenant, il voulait les voir tous, et Michael se résigna à une autre nuit d'insomnie. Il n'était pas le seul à ne pas avoir dormi. David avait l'air épuisé lorsqu'il arriva au travail le matin de la réunion. À tel point que Michael lui dit de rentrer chez lui et de faire une sieste. Il prit les deux réunions prévues à l'agenda de son ami ce jour-là. Après les réunions, où l'on discutait d'informations inutiles et où rien n'était décidé, Michael arriva avec vingt minutes de retard à la réunion avec Mitchell. Le camion de Gil était déjà garé lorsqu'il arriva. La neige avait disparu et la pelouse commençait à verdir. C'était la première fois qu'il voyait les nouvelles couleurs à la lumière du soleil. Il sourit malgré son épuisement. La maison semblait chérie. Il y avait aussi un panneau de surveillance de quartier à la fenêtre avant et le petit logo d'une compagnie de sécurité dans le parterre de fleurs. Jackson avait installé des caméras de sécurité sur le porche et au-dessus du garage, et Michael aurait aimé que toutes ces étapes permettent à David de se sentir plus en sécurité. Ce n'était pas le cas.

Il sonna et fut légèrement surpris lorsque Gil ouvrit la porte.

— Oh, bonjour.

— Tu es en retard, lui dit Gil en lui jetant un regard légèrement désapprobateur alors qu'il tenait la porte grande ouverte. Tu avais dit que tu serais là à quinze heures.

— J'ai été retenu à une réunion.

Scooter aboya joyeusement et vint à sa rencontre sur le seuil, l'arrière-train frétillant. Il se pencha et caressa son dos.

— Salut, jeune fille.

Il se redressa et s'adressa ensuite à Gil.

— Et ne m'enquiquine pas, lui murmura-t-il. Salut, Jackson.

Le fiancé de David était assis dans le rocking-chair et il lui fit un signe de la tête.

— Où est David ? demanda Michael en ôtant sa veste avant de l'accrocher au portemanteau.

— Il dort encore. Mitchell a été retenu et ne sera pas avant quelques minutes, alors je ne l'ai pas réveillé. J'aimerais croire que cette réunion l'aidera à se sentir mieux, mais j'en doute.

Michael ne put s'empêcher d'être d'accord. Il était assis dans le coin du canapé, conscient de l'attention que Gil lui portait.

— David n'est pas le seul à ne pas dormir, murmura le grand homme.

Michael pensait que les grandes montures de ses lunettes et l'utilisation judicieuse d'un correcteur avaient caché les cernes sous ses yeux, mais cela faisait huit heures qu'il l'avait appliqué. Il s'était dissipé, apparemment.

— Des cauchemars, la nuit dernière ?

Le jeune homme les sentait le regarder, voir plus que ce qu'il voulait qu'ils voient.

— Je vais bien, dit-il brusquement.

— Michael, insista Gil.

— Laisse-moi tranquille, Gilbert.

Celui-ci souffla. Ils furent sauvés d'une autre discussion lorsque la sonnette de la porte d'entrée retentit.

Gil ouvrit la porte.

— Monsieur Chandler, le salua l'inspecteur Mitchell avec un sourire pâle.

— Gil, s'il vous plaît, dit-il en serrant la main du policier. Entrez.

L'inspecteur entra et tendit la main à Michael, tandis que Jackson se levait.

— Je vais réveiller David. Il n'a pas dormi du tout et je voulais qu'il se repose aussi longtemps que possible. Je reviens tout de suite.

Le silence qui régna dans son sillage fut tout sauf confortable. Mitchell glissa ses mains dans les poches de son pantalon et se balança sur ses talons. Gil se retourna et regarda par la fenêtre, mais Michael doutait qu'il apprécie la vue. Des murmures de voix parvinrent de la chambre, puis Jackson revint.

— Puis-je offrir une tasse de café à quelqu'un ?

— Oui, répondirent-ils tous à l'unisson, échangeant ensuite des regards amusés.

— Crème ? Sucre ?

— Tout ce qui précède, répondit Gil.

— Je vais t'aider, dit Michael en se levant, essuyant ses paumes moites sur son jean.

Il ne savait pas pourquoi il était aussi nerveux. Il ouvrit le réfrigérateur en arrivant dans la cuisine et en sortit la crème.

— Il était plutôt énervé, commenta Jackson en prenant un plateau dans un placard haut, son ton doux.

Il y posa cinq tasses, puis ajouta un sucrier rempli de sachets d'édulcorant et versa la crème aromatisée dans un petit pichet.

— Il a besoin d'être traité comme un adulte, répliqua David en entrant dans la cuisine sur une vague d'air parfumé au gel pour cheveux.

Il s'était clairement recoiffé, et ses yeux étaient brillants et clairs, même si des cernes persistaient. Michael soupçonna des gouttes de Visine.

— Nous avons aussi besoin de sucre. Certaines personnes n'utilisent pas d'édulcorant.

— D'accord.

Jackson trouva un autre sucrier dans un placard, et David se rendit dans le garde-manger pour aller chercher le sucre. Il revint avec une petite

125

boîte de morceaux de sucre et Jackson la lui prit des mains, puis il glissa un bras autour de sa taille.

— Et je te traite toujours comme un adulte, assura-t-il en pressant un baiser insistant sur les lèvres de David.

Michael vit le stress de son ami commencer à diminuer, ses épaules se détendant. Il se détourna avec un léger sourire.

— Non, mais je sais que tu ne fais que penser à moi.

— C'est vrai, accepta Jackson.

Il y eut le bruit d'un autre baiser, et cette fois-ci, Michael grimaça.

— Pourriez-vous mettre un bouchon ? Au moins jusqu'à après le café ?

Il prit le pot de café et versa le liquide dans les tasses. Il avait taquiné David à propos de sa vieille machine à café, mais secrètement, il adorait l'odeur de la préparation du café. Il inhala avec plaisir.

— Comment s'est passée la réunion avec Snyderman ? demanda David en se penchant par-dessus le bras de Jackson afin de poser les deux sucriers sur le plateau.

— Bien.

Cela avait été agaçant du début à la fin, mais son ami n'avait pas besoin de le savoir.

— Menteur, répliqua ce dernier avec un regard sardonique.

— Alors, pourquoi demandes-tu ?

Il prit le plateau des mains de Jackson, y ajouta la crème et le porta au salon. Il le posa sur la table et commença à préparer son café.

Une fois que tout le monde fut installé, Mitchell sur une chaise de la salle à manger que Michael apporta et plaça près de la porte, l'inspecteur se racla la gorge. Il se pencha en avant, croisant ses mains sur ses genoux.

— J'aimerais pouvoir vous dire que nous avons un suspect, commença-t-il sans préambule en secouant la tête.

Michael fut frappé de voir à quel point il ressemblait à un chien de chasse.

— Nous n'en avons pas. Nous constatons toutefois une augmentation récente des crimes motivés par la haine. Et nous pensons qu'en ce qui concerne votre groupe d'amis, c'est peut-être le même agresseur.

— Qu'est-ce que cela veut dire ? demanda Gil.

Il ne s'était jamais assis et se tenait près de la porte, une expression renfrognée sur son visage.

— Nous pensions que c'était le même homme, jusqu'aux dégâts sur le camion de Jackson, expliqua Mitchell en se retournant pour le regarder.

David et Jackson échangèrent un autre de leurs regards, de ceux qui disaient qu'ils n'avaient pas besoin de parler pour savoir ce que l'autre pensait.

Michael détourna le regard.

— Il y a des caractéristiques, continua l'inspecteur. Des similitudes de style qui nous portent à croire que c'est la même personne. Des symboles presque comme une signature sur les graffiti. Nous avons obtenu le reçu d'un magasin du centre-ville, donc nous connaissons le point de vente. Malheureusement, c'est un magasin très fréquenté, et le caissier qui a encaissé la vente ne se souvient plus de qui l'a acheté. C'est une marque de peinture très répandue, de plus.

— Ils n'ont pas de vidéosurveillance ? intervint Michael, les sourcils froncés. Est-ce que tous les magasins n'en ont pas maintenant ?

— La caméra pointée sur ce comptoir ne fonctionnait pas, révéla Mitchell en grimaçant. Et c'est dans une vieille partie de la ville, les propriétaires des entreprises ont mis du temps à installer des caméras vidéo.

— Eh bien, merde.

— Le roi de la litote, c'est notre Michael, commenta David en le regardant avec un petit sourire narquois.

— C'est un sentiment un peu plus doux que celui que j'ai exprimé au propriétaire du magasin, dit Michell avec une grimace.

— Donc, en gros, vous n'avez rien ? demanda Gil.

Il avait l'air en colère. Michael leva les yeux et vit qu'il était empourpré. Il le fixa jusqu'à ce que Gil lui jette un coup d'œil, puis il se tourna vers les fenêtres.

— Je n'ai pas dit que nous n'avions rien, répliqua calmement le policier. La peinture ne correspond pas à votre voiture, David. Je n'ai encore rien vu de tel. Les échantillons correspondent à votre camion, cependant.

Il se tourna vers Jackson.

— Mais c'est une marque commune, non ? répondit celui-ci, les sourcils arqués.

— Oui, acquiesça Mitchell. Mais d'après mon expérience, les vandales et les tagueurs utilisent la même marque de peinture chaque fois. Ils ont tendance à signer leur travail. La signature était la même sur le camion de Jackson et la voiture de David. Nous pensons que la seule raison pour laquelle il n'a pas signé ce qu'il a fait ici est que Michael l'a interrompu.

— Donc c'est un type qui a explosé le camion de Jackson avec une batte, puis s'est occupé de la voiture de David et qui a fait les dégâts ici ?

dit Gil en fixant l'inspecteur en face. À quel point un homme peut-il être difficile à trouver ?

— Un homme est, en fait, plus difficile à trouver qu'un groupe haineux organisé, réfuta Mitchell en secouant la tête. La différence, cette fois, c'est que nous avons un témoin oculaire.

Il fit un geste de la main vers Michael afin d'appuyer ses dires.

— Donc, votre théorie est que c'est un… voyou homophobe ? s'exclama Gil, sa voix passant d'irritée à agressive.

— Gilbert, bon sang, intervint Jackson en se retournant pour le regarder. Donne-lui une chance. Ce n'est pas sa faute.

— Je sais que ce n'est pas sa faute, riposta Gil. Mais ce qu'il ne dit pas, c'est que qui que ce soit, il montre des signes d'aggravation.

David leva sa main, et Michael détesta voir qu'elle tremblait. Il posa sa main sur la cuisse de son ami, serrant doucement afin de le réconforter.

— Est-ce vrai ? demanda David, regardant le visage de chaque personne avant de s'arrêter à Mitchell. Il monte en puissance ?

— Oui, j'en ai bien peur, répondit Mitchell en pinçant ses lèvres. Au début, il semblait se satisfaire de méfaits malveillants et de dommages matériels, et cela peut simplement être dû au fait qu'il n'a pas été pris. Mais il a aggravé cela en prenant une pelle et en menaçant physiquement quelqu'un. Je pense qu'on peut dire que s'il avait attrapé monsieur Crane l'autre soir, il lui aurait au moins fait du mal.

Une vague de peur retourna l'estomac de Michael. Il l'avait vu dans ces yeux vicieux ; si l'homme l'avait attrapé, il aurait eu de la chance de s'en sortir vivant.

— La principale raison pour laquelle je voulais vous voir tous cet après-midi est pour vous conseiller d'être très prudents dans un avenir proche. Faites attention à ce qui vous entoure. Ne prenez pas de risques inutiles. J'ai vu que vous aviez initié une surveillance de quartier, qui est votre contact à la police ?

— L'officier Dwyer, répondit Jackson. Nous l'avons rencontré hier soir. David et ma mère ont été désignés pour être sentinelles, et croyez-moi, après le week-end dernier, personne ne leur échappera.

— C'est bien, approuva Mitchell, avec un léger sourire. Vous seriez surpris de voir combien de suspects ont été appréhendés par des groupes de surveillance de quartier. Quant au reste d'entre vous…

Il regarda Michael, puis Gil avant de poursuivre.

— Je ne peux que vous conseiller d'être vigilants. Il serait sage d'envisager d'avoir un colocataire si vous vivez seul.

Michael jeta un coup d'œil à Gil, puis se détourna rapidement. C'était tentant, mais c'était une mauvaise idée.

— Tu emménages ici, dit David en attrapant la main de Michael, et celui-ci flancha.

Les mains de son ami étaient gelées, et il les couvrit de deux siennes, les serrant l'une contre l'autre.

— Juste pour un moment. S'il t'arrivait quelque chose…

Michael n'allait pas chicaner. Honnêtement, il avait peur. Même avec Gil pour escorte pour se rendre à son travail et en revenir, il regardait par-dessus son épaule presque constamment.

—Merci, murmura-t-il.

— Gil, vois si Vern ne peut pas emménager temporairement avec toi, dit Jackson. Cette caravane dans laquelle il vit est aussi sûre qu'une boîte de thon.

— Je vais le convaincre, affirma Gil, la mâchoire tendue.

— De plus, vous avez une porte pour chien, n'est-ce pas ? dit Mitchell en regardant Scooter qui rongeait joyeusement un os pour chien dans son panier.

— Oui, répondit Jackson en regardant la chienne. Pourquoi ?

— Pensez à la condamner et à ne l'emmener qu'en laisse. Essayez de l'empêcher de manger tout ce qu'elle trouve dans la cour ou dans la rue. Gardez tous les nouveaux jouets ou balles qu'elle pourrait ramener et remettez-les à votre agent de liaison avec la police. Les animaux ont déjà été des cibles dans ce genre de situation.

L'emprise de David sur les doigts de Michael devint presque une punition.

— L'essentiel est d'être vigilant. Nous avons trouvé quelques indices ici. Il n'a pas été aussi prudent qu'avant parce qu'il a été interrompu. Il a payé comptant pour la peinture, et le secteur où il l'a achetée pourrait être important. Il y a un suspect possible sur une vidéo de surveillance, mais il savait où étaient les caméras et a réussi à couvrir complètement son identité avec des gants et un sweat-shirt à capuche, expliqua Mitchell en les regardant l'un après l'autre. Je souhaite juste vous le redire : vous devez être prudent dans un avenir proche. Nous l'aurons, mais nous ne voulons pas de dommages collatéraux en cours de route.

Le policier partit peu de temps après, et le silence qu'il laissa derrière lui était pesant.

Jackson tira David contre lui, frottant sa main de haut en bas sur le bras de son fiancé. David tenait toujours la main de Michael, mais celui-ci regardait Gil. Le grand homme s'appuyait contre la porte, l'expression de son visage résolue.

— Je suis là, dit-il, sa voix grave se déplaçant sur les nerfs de Michael, une présence qui s'installait, plus grande que nature.

Michael sentit son regard comme une étreinte féroce.

Gil opina du menton en signe de reconnaissance et Michael essaya de lui adresser un petit sourire.

Il échoua.

GIL ÉTAIT apparemment sérieux lorsqu'il avait dit à Michael qu'il était là. Il se rendit avec lui à son studio dans les minutes qui suivirent le départ de Mitchell et l'aida à charger la majeure partie de sa garde-robe à l'arrière de sa voiture. Il le taquina sur la quantité de produits de beauté qu'il possédait, mais il porta tout à la voiture sans se plaindre. Il déchargea tout avec le même bon esprit et installa tout dans le placard de la chambre d'amis.

Jackson avait condamné la porte du chien avec un bout de planche pendant qu'ils étaient partis, ce que Scooter n'approuvait pas du tout. David était maintenant terrifié que quelqu'un tente de l'empoisonner. En fait, il semblait plus effrayé et plus frêle qu'avant, et Michael s'inquiétait pour lui. Il promit de ne jamais quitter la petite chienne des yeux, et cela sembla apaiser quelque peu David. Mais on ne pouvait pas se tromper, il était secoué. Honnêtement, Michael aussi. Son petit appartement n'était pas grand-chose, mais il était proche d'A.F.I. et c'était chez lui. Il aimait David et Jackson et il appréciait la maison, mais il n'avait certainement pas prévu d'emménager avec eux. Trois hommes, dont deux étaient à cheval sur leur apparence, devant partager une maison avec une salle de bains et demie n'étaient pas une recette pour une cohabitation heureuse.

Il avait son ordinateur portable et son téléphone, mais ce n'était pas la même chose que d'être dans son propre espace privé, de faire ce qu'il voulait, de manger quand il en avait envie. C'était un peu comme s'il avait déménagé chez ses parents, bien qu'il y aurait eu tout un étage et que tout le monde se serait moqué qu'il soit là ou pas. Devoir s'adapter à l'idée qu'il y avait des gens qui se souciaient assez de lui pour l'étouffer était nouveau.

Michael raccompagna Gil à son camion lorsqu'il fut prêt à partir.

— Merci, dit-il alors que l'homme déverrouillait son pick-up Ford bleu.

Il était encore plus gros que le camion de Jackson, ce qu'il trouvait franchement ridicule. Il avait entendu, voire même fait, des blagues sur des hommes qui compensaient d'autres défauts possibles en achetant un énorme camion. Il pouvait attester que Gil n'avait certainement pas ce problème.

— Pour quoi ? demanda Gil en jetant sa veste sur le siège arrière de la cabine.

Le temps commençait lentement à se réchauffer, mais il pouvait recommencer à faire très froid du jour au lendemain. Mars entre comme un mouton et tout ça [8].

— Pour m'avoir aidé à récupérer mes affaires, dit Michael en jetant un coup d'œil à la maison. J'ai l'impression d'avoir emménagé chez papa et maman.

— Eh bien, j'ai eu l'impression de déplacer ma grincheuse tante Nancy, alors je te comprends.

Une brise balaya ses cheveux et Michael fourra ses mains dans ses poches.

— Je déteste vraiment ça, admit-il finalement.

Gil referma la porte du pick-up et s'approcha en contournant le capot.

— Quelle partie ?

— Tout. Abandonner mon intimité. Voir David si effrayé.

Il courba les épaules. Il était à bout de souffle et son cœur se mit à trembler dans sa cage thoracique.

— Être si effrayé moi-même.

Gil leva sa main énorme, il la posa sur la nuque de Michael et le tira à lui. Ce dernier se retrouva en contact avec le corps et la chaleur de Gil et il se sentit fondre contre sa poitrine. Le grand homme plaça la tête de Michael sous son menton et le tint, l'enlaçant simplement jusqu'à ce que la respiration du jeune homme s'équilibre et que son rythme cardiaque reprenne un tempo lent et régulier.

— Ça va, maintenant ?

Sa voix grave gronda à l'oreille de Michael et il hocha la tête. Gil appuya un baiser sur le dessus de sa tête, puis il recula.

— Je resterai ici jusqu'à ce que tu sois rentré dans la maison, d'accord ?

---

8 Si mars entre comme un mouton, il repartira comme un lion (dicton)

131

Michael hocha la tête, se retournant à contrecœur pour partir.

— Michael.

Celui-ci s'arrêta et se retourna.

— Que Dieu vienne en aide à quiconque serait assez fou pour te faire du mal, promit Gil d'une voix grave, rauque d'émotion.

— Pareil ici, grand homme, répliqua Michael, ressentant un élan de gratitude.

Gil sourit, et Michael sentit son regard sur lui sur tout le trajet vers le porche. Le moteur du pick-up ne démarra pas tant qu'il ne fut pas dans la maison, la porte fermée et verrouillée derrière lui.

VIVRE AVEC David et Jackson était… bizarre.

Ce n'était pas qu'ils étaient de mauvais colocataires ou qu'ils s'immisçaient dans sa vie. Au contraire, ils faisaient tout pour faire exactement le contraire. David l'emmena à l'épicerie le premier soir afin de s'assurer qu'il y avait de la nourriture qu'il aimait dans la maison. Il avait déjà une clé et les codes du système d'alarme, donc cela passa tout seul. Il vivait avec d'autres personnes pour la première fois depuis l'université, cela renforça sa conviction qu'il valait mieux vivre seul.

C'était de petites choses. Il était un noctambule, et Jackson, à cause de ses horaires matinaux de travail, était au lit à vingt-deux heures. Michael se retirait habituellement dans sa chambre, alors que dans son appartement, il s'endormait le plus souvent devant la télévision. Il se douchait le soir avant de dormir d'habitude, mais la salle de bains avait un mur mitoyen avec la chambre principale, et son bruit perturbait le sommeil de Jackson. David était franchement désolé lorsqu'il lui avait demandé de ne pas se doucher le soir, mais le faire le matin signifiait qu'il faisait la course avec David et Jackson pour obtenir du temps devant le miroir. Il en était arrivé au point où il se douchait en fin d'après-midi, en rentrant du travail, mais le lendemain matin, ses cheveux étaient impossibles à coiffer. Il savait que c'était un détail, et qu'ils étaient juste inquiets pour sa sécurité. Il était aussi un peu une prima donna pleurnicheuse, il pouvait admettre cela à son sujet. Après la première semaine, il voulait plus que tout rentrer chez lui.

Vivre avec des gens avec qui il travaillait était également problématique. Il n'y avait pas de temps « loin l'un de l'autre ». David et lui s'aimaient, mais c'était comme s'ils étaient des frères ; personne d'autre n'avait intérêt à critiquer quoi que ce soit, mais ils s'accrochaient plus que normalement. À un moment donné, Jackson leur avait dit qu'il allait les envoyer tous les deux dehors jusqu'à ce qu'ils découvrent comment s'entendre. Ils avaient ri, mais Michael savait que ce n'était qu'une question de temps avant qu'ils ne se disputent à nouveau.

Ils eurent une réunion frustrante sur Skype avec un client qui possédait une chaîne hôtelière de niveau intermédiaire. Il avait beaucoup d'argent et une vision proche du néant, et lorsque l'appel se termina, Michael était prêt à s'arracher les cheveux. Pour le sortir du bureau et éviter que sa tête n'explose, David l'envoya au Manoir O'Banyon avec les échantillons de couleur pour l'extérieur, afin que Richard puisse approuver la sélection finale et que Gil puisse commander la peinture. Le propriétaire avait vu les couleurs en ligne, mais David souhaitait qu'il voie les échantillons avant d'investir dans deux mille litres de peinture.

Le temps s'était réchauffé à la mi-mars, plus mouton que lion, et l'équipe avait décidé que la meilleure façon de faire connaître les travaux en cours sur le site très en vue, à part le panneau Delta de quatre mètres sur huit dans la cour avant, était de rénover et moderniser l'extérieur. Michael pensait que la nouvelle palette de couleurs... gris perle, gris anthracite et noir... serait théâtrale et rendrait l'ancienne maison plus large, plus haute. Cela s'harmonisait aussi avec les fondations en pierre et ne déparait pas avec les couleurs des mariées. Ils pourraient l'utiliser comme argument de vente jusqu'à ce que le vieux manoir devienne la destination de mariage de choix pour l'intérieur du Nord-Ouest. Michael ne doutait pas qu'une fois le travail terminé, ce ne serait plus qu'une question de temps avant que chaque mariage de Seattle à Butte ait lieu dans la grande et vénérable maison.

Il se gara dans la rue lorsqu'il arriva au manoir, heureux que la saison glaciale soit derrière eux. Il passa devant le pick-up bleu alors qu'il s'avançait sur la longue allée, mais il ne vit ni le grand homme ni Vernon nulle part. Sachant qu'ils devaient être quelque part sur le site, il monta le grand escalier qui menait au porche et sonna à la porte d'entrée.

Il dut attendre quelques minutes, mais Richard répondit finalement à la porte. Il portait un jean serré, un sweat à capuche et des baskets, et il arrivait à faire paraître des vêtements décontractés chers.

— Michael ! s'exclama-t-il en souriant, ses dents très blanches contre sa barbe poivre et sel et sa peau bronzée. David m'a appelé pour me prévenir que vous arriviez.

Il s'écarta et invita le jeune homme à entrer. L'odeur de la colle à papier peint et de la peinture humide le frappa instantanément et il pouvait voir que les murs avaient été finis. Il admira la pâle peinture céladon avec le bois sombre.

— C'est superbe, n'est-ce pas ?

— C'est vraiment le cas, répondit Michael en souriant joyeusement.

Il manquait quelques morceaux de boiseries, mais le sol donnait l'impression d'être à nouveau neuf. Michael leva les yeux et il put voir que le paon avait été repeint. Maintenant, au lieu d'une fresque murale d'apparence enfantine avec un oiseau souriant, c'était une représentation élégante d'un animal fier avec une queue qui semblait presque briller.

— Oh, dit-il en prenant une inspiration. Waouh.

— Il est beau, n'est-ce pas.

— Oui, il l'est.

Le fond du plafond était d'un bleu pâle, s'estompant jusqu'au blanc, les couleurs du lever de soleil se reflétant des nuages teintés de rose et de lavande. Le paon, qui avait semblé si ridicule auparavant, était maintenant l'incarnation de l'élégance, son corps incliné de sorte qu'il regardait par-dessus son épaule, sa roue captant la lueur du soleil levant. Le corps bleu vif descendait jusqu'à la large queue, avec de longues plumes et des ocelles iridescents distinctifs qui suivaient la ligne du mur, s'étalant le long de la courbe. C'était spectaculaire, et Michael reconnut la belle main qui avait peint les fresques murales de l'hôpital pour enfants. C'était fantaisiste sans être enfantin, et Michael soupira.

— Il l'a fait en deux semaines, s'exclama-t-il en secouant la tête et en s'avançant de quelques pas afin de regarder la fresque murale sous un autre angle.

— En fait, il l'a fait en une semaine, révéla Richard en étudiant lui aussi la peinture, les bras croisés sur sa poitrine. Il a dit qu'il voulait que Lyle et moi n'ayons pas à vivre avec des échafaudages bloquant la porte d'entrée. Nous entrons par l'arrière de toute façon, mais il a refusé d'en entendre parler. Il a travaillé pendant de longues heures, mais je ne pourrais pas être plus satisfait du résultat.

Michael bougea de nouveau, se dressant sur la pointe des pieds afin de pouvoir voir le plafond et les fenêtres Tiffany aux couleurs brillantes.

— Lorsque vous prévoirez un photographe pour faire de nouvelles photos, pourrez-vous vous assurer qu'il prendra le plafond et les vitraux sous cet angle, en une seule photo?

— Oh, je suis d'accord. À la façon dont Gilbert l'a aligné, l'oiseau a l'air de faire partie de la fenêtre et de s'envoler vers un nouveau perchoir, n'est-ce pas ?

Il avait raison, et c'était brillant.

— David a dit qu'il voulait que je vérifie les échantillons de couleur pour l'extérieur ?

— Oh oui, confirma Michael en les sortant de sa poche de poitrine.

Richard les prit et entra dans la salle de bal où la lumière était meilleure, et Michael le suivit. À travers les fenêtres allant du sol au plafond, il vit des échafaudages s'étendant à l'arrière de la maison.

— Oh, oui, c'est très bien. Vous ne croyez pas ?

Il se retourna et trouva Richard en train de l'étudier, ses sourcils sombres arqués.

— Je le crois.

— J'aime particulièrement la légère luminescence du gris perle. Ce sera ainsi sur la maison, oui ?

— Oui, nous l'avons déjà utilisé pour des travaux et il fait toute la différence entre le nacré et le gris plat. La couleur change selon la lumière. C'est très moderne, surtout lorsqu'on l'associe au noir.

— Charmant, s'exclama Richard en lui rendant les échantillons. Passons commande.

— Excellent, dit Michael avec un sourire. Je vais apporter ça à Gil.

Richard lui indiqua de passer par la cuisine, et Michael le quitta avec un léger sourire.

Il sortit par la porte de derrière et put entendre les hommes parler et les rires. Vernon était sur une échelle à poncer les boiseries autour des fenêtres de la salle de bal, et sur un échafaudage à un étage, deux hommes colmataient les fissures dans les stucs entre les poutres principales de style Tudor. Il fouilla et, plus loin, à l'arrière de l'immense maison, il vit Gil. Il était en haut, au niveau des fenêtres du troisième étage, debout sur une large planche de bois, renforcée d'acier avec de grandes jambes en contrevent. Il ponçait dans une zone qui avait été rapiécée sur l'une des poutres sombres. Il avait ôté sa veste alors que la journée s'était réchauffée et ses larges épaules tendaient le tee-shirt blanc qu'il portait, sa tête chauve luisant au soleil.

— Salut, hôtesse, appela Vern.

Il sourit, agitant la ponceuse dans sa main.

— Comment ça va, mon joli ?

135

— Salut, vieux schnock. Je vais parfaitement bien, répliqua le jeune homme avec un sourire faux. Je vois qu'ils t'ont laissé sortir de la maison de retraite aujourd'hui.

Les deux nouveaux gars huèrent, riant lorsque Vern lui fit un doigt d'honneur avec un sourire grivois de son cru.

— Quel genre d'exemple donnez-vous à notre client en agissant comme ça ? intervint Gil en les regardant d'en haut, les mains sur les hanches.

Mais un beau sourire barrait son beau visage.

Michael se dirigea vers la section de l'échafaudage où il se tenait, rejetant sa tête en arrière alors qu'il levait les yeux.

— Ça ne te dérange pas d'être aussi haut ? appela-t-il.

— Non, j'ai été plus haut.

— Voilà la vérité de Dieu, cria Vern, les nouveaux riant une fois de plus.

— Fais gaffe à toi, vieux schnock, répliqua Gil en jetant un regard grincheux à Vern, se tournant ensuite vers Michael. Qu'est-ce qui t'amène ici ?

— Les décisions finales pour l'extérieur, répondit le jeune homme en levant les échantillons de peinture. David m'a demandé d'obtenir l'accord final de Richard et de te les donner.

— Excellent, je descends tout de suite.

Il saisit les barres d'appui de l'échafaudage et Michael ne put s'empêcher d'admirer sa façon de se déplacer. Pour quelqu'un de sa taille, Gil était étonnamment gracieux et très agile. Il bascula sa jambe, inclinant son grand corps facilement vers le haut et au-dessus de la barre latérale afin de pouvoir descendre. Il avait descendu un échelon lorsqu'il y eut un grincement menaçant et il se figea.

La tour de trois étages de métal et de bois gémissait et tremblait. Michael fit instinctivement un pas en avant, les mains tendues comme pour la maintenir.

— Michael, recule, cria Gil.

Le jeune homme obéit en trébuchant dans sa hâte à suivre les instructions de Gil. Il faillit tomber, mais alors qu'il se stabilisait, la tour émit un autre gémissement et un bruit menaçant.

Il se retourna alors que toute la structure s'effondrait en un tas de métal tordu et de bois.

IX

LA TERRE sous les pieds de Michael trembla sous la force de l'effondrement. Un nuage de poussière explosa, obscurcissant sa vision. Il inhala les fines particules de saleté et se mit à tousser alors même que Vernon descendait de son échelle et le poussait hors du chemin.

— Gilbert ? cria Vern, cherchant dans le nuage. Bon sang, Gil, réponds-moi !

Les deux autres hommes descendirent aussi de leurs échafaudages, mais après cela, ils ne semblèrent pas savoir quoi faire. La poussière mit quelques secondes à se dissiper, et à ce moment-là, Vern ramassait les longues planches et les mettait de côté.

— Bougez vos fesses et aidez-moi, cria-t-il

Cela les incita à bouger. La tour s'était effondrée sur elle-même, et les lourdes planches étaient maintenant empilées comme des allumettes sur l'armature métallique. Pendant un moment, ce fut comme si Gil avait tout simplement disparu, mais Michael aperçut alors la semelle d'une de ses lourdes bottes de travail dépassant de sous les décombres.

— Là, Vern, cria-t-il en se faufilant entre les hommes et en leur montrant du doigt. Il est là.

Richard arriva par la porte arrière, un téléphone portable à l'oreille, et observa alors qu'à eux quatre, ils réussissaient à déplacer suffisamment de planches et de débris de métal pour révéler le haut du corps de Gil. Son bras était sur son visage et il était couvert de poussière fine. Les deux hommes que Michael n'avait pas encore rencontrés saisirent une planche et la jetèrent sur le côté, et Vern jura.

— Putain. Arrêtez. Arrêtez ! hurla-t-il. Michael, appelle les secours.

— Je les ai en ligne, les informa Richard en s'interposant entre eux, regardant la forme allongée de Gil. Est-il conscient ?

— Non, il n'a pas bougé, répondit Vern. Et nous venons de le trouver.

Michael ne voyait rien d'autre que la jambe déchirée du pantalon et le sang de Gil.

— Oh, mon Dieu, chuchota-t-il d'une voix instable.

Richard parlait, mais sa voix semblait lointaine. Michael continuait de fixer Gil, du bras recouvrant son visage jusqu'au pantalon déchiré et au sang qui se répandait sous sa jambe bizarrement pliée.

— Michael !

Il sursauta lorsque Richard secoua son bras.

— Quoi ?

— Pouvez-vous vous positionner à sa tête sans le bousculer du tout ?

Michael cligna des yeux, puis regarda l'armature métallique tordue et les planches autour de la tête du blessé.

— Oui, je crois bien.

— Faites-le et voyez s'il est conscient. Ne le touchez pas. Parlez-lui.

— D'accord, oui.

Michael étudia les décombres tordus, puis commença à se diriger vers la tête de Gil. Vern et les autres hommes mirent de côté tout ce qui n'était pas directement sur sa silhouette immobile, et cela aida. Il arriva enfin près de sa tête et s'agenouilla.

— Gil, dit-il se penchant plus près, ses mains douloureuses de vouloir le toucher. Gil, bébé, tu m'entends ?

Gil ne bougea pas, ne répondit pas. Et de cet angle, Michael pouvait voir une vilaine ecchymose s'étendre au-dessus de l'œil droit.

— Il s'est cogné la tête, apprit-il à Richard. Il a déjà un bleu.

Ce dernier relaya cette information au téléphone, mais Michael s'était déjà retourné vers Gil.

— Allez, Gilbert, poursuivit-il d'une voix plus forte. Personne n'est impressionné par ton interprétation de la mort du cygne. Allez, espèce de crétin. Réveille-toi !

Mais il ne le fit pas, et Michael commença à haleter, ses yeux piquant de poussière et de larmes menaçantes.

— Appelle Jackson, Michael, ordonna Vern, sa voix sévère coupant à travers sa panique naissante.

Le jeune homme leva les yeux vers lui.

— Appelle Jackson, il a sa procuration médicale.

Michael sortit son téléphone portable de sa poche arrière, les mains tremblantes. Il regarda l'écran, confus, puis réussit à ouvrir ses contacts. Il dut appuyer deux fois sur le bouton, mais il réussit finalement à obtenir une sonnerie.

— Salut, Michael, répondit Jackson, sa voix saccadée. Quoi de neuf ?

Une sirène gémit au loin.

138

— Jackson, dit Michael en sursautant. Jackson, c'est Gil…

Ce fut tout ce qu'il réussit à dire avant que sa voix lui fasse défaut.

— Michael ? Qu'est-ce qui passe avec Gil ? Michael ? Michael, réponds-moi.

Le téléphone fut arraché de sa main

— Jackson, c'est Richard Lawrence. Il y a eu un accident.

Michael écoutait Richard, mais il n'arrivait pas à comprendre ce qu'il disait. La sirène se fit plus forte, puis elle s'arrêta brusquement. Deux hommes en uniforme bleu apparurent au coin de la maison, l'un portant un grand sac rouge, suivi de trois autres hommes en lourdes vestes de pompier avec des bandes réfléchissantes autour des bras, de la poitrine et des hanches. Richard s'avança à leur rencontre. Vern et les deux autres hommes qui avaient poncé le stuc se tinrent à l'écart, sous le choc.

Les deux ambulanciers arrivèrent à côté de Gil. L'un d'eux s'agenouilla instantanément à ses pieds et arracha la jambe du pantalon déchiré. Le téléphone de Gil tomba de sa poche, et Michael se pencha, le ramassa et le mit dans la poche de sa veste. Il détourna le regard de la blessure à la jambe, il ne se sentait pas dégoûté, mais il y avait tellement de sang.

— Monsieur ?

Il leva les yeux vers l'autre ambulancier paramédical. Il avait l'air très gentil et très jeune.

— Je dois m'approcher. Je suis désolé.

— Non, non, c'est bon, assura-t-il en se levant, faisant quelques pas en titubant.

— Est-ce que ça va ? s'inquiéta l'ambulancier en prenant son bras.

— Je vais bien. Prenez soin de lui.

Il recula, regardant l'ambulancier près des pieds de Gil ouvrir le sac rouge et en sortir des gants stériles, les enfilant pendant que l'autre déplaçait prudemment le bras que Gil avait sur son visage afin d'étudier la contusion qui se formait au-dessus de son sourcil droit. Michael ne voulait pas voir les dommages à sa jambe, mais il était impossible de ne pas regarder. L'ambulancier en bas de son corps redressa la jambe déformée avec précaution et Michael grinça des dents, mais Gil ne broncha pas. Le jeune secouriste sortit autre chose de son sac, en retirant un pansement carré épais. Ses mains agirent efficacement, déchirant la pellicule de plastique du bandage, puis le plaçant sur la plaie et le pressant. Du sang coula sur les bords pendant qu'il utilisait du sparadrap afin de le fixer en place, puis il ajouta un autre bandage par-dessus. Michael ferma les yeux sur la vision maintenant imprimée sous ses paupières de la chair déchirée et de tant de sang.

Les trois pompiers déplacèrent le reste des longues planches et le métal tordu hors du chemin pendant que les ambulanciers paramédicaux s'affairaient fébrilement sur Gil. Celui qui était à ses pieds enroula d'autres bandages autour de sa jambe, puis attacha deux longues bandes de plastique rigide, l'une à l'extérieur et l'autre entre ses deux jambes, attachées à hauteur de son genou et de sa cheville. L'autre sortit du sac un autre équipement que Michael ne reconnut pas, puis il retourna à la tête de Gil.

— McCrory, appela-t-il d'un ton vif, et son collègue se déplaça afin de le rejoindre, son corps bloquant la vue de Michael.

Il se décala à temps pour les voir incliner la tête de Gil, l'un la maintenant en place pendant que le premier insérait quelque chose dans la bouche. Michael croisa les bras, ses ongles s'enfonçant dans sa chair. Il avait vu assez d'émissions médicales à la télévision pour comprendre que Gil était intubé.

— Je suis dedans, annonça le premier en retirant quelque chose du tube, et le second y relia un insufflateur.

Ils attachèrent un collier cervical autour du cou du blessé et l'immobilisèrent. L'ecchymose sur son front s'étendait et il y avait une bosse de la taille d'une balle de golf sous sa peau habituellement lisse.

Le secouriste qui avait enveloppé sa blessure parla dans une radio attachée à l'épaule de son uniforme, et Michael l'entendit dire… « fracture ouverte du tibia et péroné droit » et… « contusion au-dessus de l'œil droit avec perte de conscience ».

Il se retourna et leva les yeux sur Michael.

— De quelle hauteur est-il tombé ?

L'image de l'effondrement de l'échafaudage traversa l'esprit de Michael lorsqu'il répondit.

— Trois étages.

— La victime est tombée de trois étages avec un impact frontal au-dessus de l'œil droit, annonça-t-il dans sa radio. Il a été intubé. Demande de transport à l'unité de traumatologie du Sacré-Cœur.

La radio crachota et une voix répondit, mais Michael ne comprit pas ce qu'elle disait.

Un large bras s'enroula autour de la poitrine de Michael, et Vernon le tira en arrière contre son corps dur, le tenant fermement.

— Il va s'en sortir, le rassura-t-il en appuyant ses lèvres contre le côté de la tête de Michael. C'est le fils de pute le plus fort que je connaisse. Il va s'en sortir.

Michael regardait fixement l'ecchymose sur la tête de Gil, la façon dont le grand corps restait immobile alors que les cinq hommes travaillaient ensemble pour le rouler légèrement sur le côté afin de glisser une longue planche en plastique dur sous lui.

Michael se rendit vaguement compte qu'une autre sirène se taisait de l'autre côté de la maison. Quelques instants plus tard, deux autres ambulanciers paramédicaux apparurent, tirant un brancard roulant entre eux. Un des ambulanciers ramassa le matériel et fit signe à tous de se mettre en place autour de Gil.

—À trois, dit-il avant de compter doucement.

À *trois,* les hommes soulevèrent Gil et le transférèrent sur le brancard. Les ambulanciers l'attachèrent rapidement.

— Où l'emmenons-nous ? demanda l'un d'eux.

— Service de traumatologie du Sacré-Cœur. Ils l'attendent.

Ils relevèrent le brancard et commencèrent à s'éloigner. Michael se libéra de l'étreinte de Vernon et les suivit.

— Je viens avec vous.

Un ambulancier ouvrit les portes arrière d'une ambulance et les deux hommes chargèrent le brancard dans la cellule. Michael ne voyait que la semelle des grosses bottes de Gil.

— Je viens avec vous, répéta-t-il en essayant de monter par la porte.

Le secouriste attrapa son épaule, l'arrêta, et Michael se retourna vers lui.

— Vous ne pouvez pas monter à l'arrière, monsieur. C'est le règlement.

Il devait avoir l'air féroce, parce que l'homme leva les mains.

— Je me fous de vos règles, répliqua Michael d'une voix tremblante. Je vais avec lui.

— Vous pouvez monter avec moi à l'avant, proposa l'autre ambulancier. Mais il faut que nous bougions.

— Michael ?

— Je vais avec eux à l'hôpital, dit-il en se retournant vers Vern.

— On se retrouve là-bas.

Michael monta sur le siège passager et claqua la portière.

— Michael, se présenta-t-il au chauffeur en lui tendant la main.

— Blaine, répondit l'homme en lui serrant la main. Allons-y.

L'ambulancier démarra, mit la sirène et recula jusqu'à la fin de l'allée.

— Ceinture de sécurité, Michael.

Il s'empressa de l'attacher. Il y avait une petite fenêtre entre la cabine et la cellule arrière et il se retourna, regardant au travers. Gil était toujours immobile, même lorsque l'ambulancier lui posa une intraveineuse dans le bras.

— Il s'appelle Gil ?

— Oui. Gilbert Chandler.

— Vous êtes bons amis ?

Michael dut déglutir pour déloger la masse soudaine dans sa gorge.

— Oui. Très.

Blaine ne dit rien d'autre, ne dit pas que Gil irait bien. Une partie de Michael voulait entendre cela, même si les mots n'avaient aucun sens. La hâte avec laquelle ils avaient préparé le blessé à être transporté à l'arrière de l'ambulance avait été à la fois rassurante et terrifiante. Rassurante, parce que leur expertise était évidente, terrifiante par ce qu'ils ne disaient pas, mais qu'il avait pu voir dans leur vitesse.

— Il est dans un état critique, n'est-ce pas ?

Blaine le regarda, puis il se tourna vers le pare-brise, une expression stoïque sur son visage.

— Je ne suis pas médecin, Michael. Je n'ai aucun moyen de le savoir.

Michael inspira et se força à retenir son souffle pendant un moment.

— Oui, d'accord.

Il se lécha les lèvres, mais cela n'aida pas beaucoup.

— L'unité de traumatologie est-elle différente des urgences ?

Le chauffeur prit un moment avant de répondre.

— Oui, c'est spécifiquement pour les blessures plus graves.

Michael n'était pas stupide. Il le savait. Il devina qu'il avait juste besoin d'entendre quelqu'un le dire, afin de pouvoir se faire à l'idée. Gil, grand, puissant, joyeux et taquin, était grièvement blessé. C'était sérieux. L'homme qui l'avait suivi ce matin à son travail, puis lui avait souri et l'avait salué de la main avant de partir, était allongé à l'arrière d'une ambulance et il ne bougeait pas. Michael commença à trembler intérieurement.

Blaine conduisit l'ambulance dans un petit sas derrière l'hôpital.

— Restez sur le côté, dit-il en garant son véhicule. Si vous pouvez rester à l'écart, ils vous laisseront rester plus longtemps.

Il sortit de l'ambulance en même temps que Blaine, se précipitant vers l'arrière, mais il suivit ses instructions et resta hors du chemin. Gil fut sorti par les ambulanciers qui lui firent passer les portes de l'hôpital, puis le personnel médical commença à échanger des informations. Michael ne comprenait pas tout ce qu'ils disaient. Il entendit « TC » et quelque chose à propos d'une pupille dilatée et fixe, mais il n'était pas sûr de ce que cela signifiait. Ils firent rapidement entrer le blessé dans une grande pièce, brillamment éclairée et pourvue de nombreux rideaux. Le personnel, avec l'aide des ambulanciers, le transféra du brancard à un lit plus grand. Une infirmière commença immédiatement à découper ses vêtements sales. Michael apprécia que Blaine lui adresse un petit signe de tête lorsque son coéquipier et lui quittèrent les lieux. Il se tint à l'écart dans un coin pendant qu'ils déshabillaient Gil, ses énormes jambes et ses hanches apparaissant. L'attelle et le bandage furent laissés en place sur sa jambe, et Michael tenta d'ignorer le sang filtrant à travers les pansements.

— D'accord, qu'est-ce qu'on a ?

Une femme mince portant des lunettes à monture métallique dorée, ses cheveux bruns coupés dans un carré dégradé doux, entra dans la zone. Elle portait une blouse de laboratoire blanche par-dessus une blouse bleu pâle et son badge indiquait Dr Gail Shumway.

— Fracture ouverte du tibia et péroné droit et une contusion avec un gonflement au-dessus de l'œil droit, avec une possible LIC, répondit un homme. Il est inconscient depuis la chute, il y a au moins trente minutes et sa pupille droite est dilatée et fixe. TA à 156/95. Pouls soixante-cinq.

— Nous avons aussi une petite quantité de sang dans son oreille droite, annonça une autre infirmière qui se tenait près de la tête de Gil.

— Nous allons d'abord faire un scanner. Appelez Angelo en ortho pour une consultation sur la jambe. Nous ferons appel à la neurologie dès que nous saurons à quoi nous avons affaire.

Elle avait l'air si calme et compétente que certains des nœuds de l'estomac de Michael commencèrent à se défaire.

Ils coupèrent le tee-shirt de Gil, et Michael remarqua pour la première fois qu'il portait un simple slip ordinaire. Son sexe et ses testicules créaient un doux renflement entre ses cuisses et il souhaita qu'ils le recouvrent afin de préserver sa dignité. C'était tellement injuste de le laisser ainsi exposé alors qu'il était sans défense.

— Vous ne pourriez pas le couvrir, s'il vous plaît.

Toutes les personnes dans la pièce se retournèrent vers lui.

Un infirmier en blouse bleu foncé s'approcha de lui. Sa peau sombre brillait dans les lumières et ses yeux brun chocolat étaient doux.

143

— Vous n'avez rien à faire ici, monsieur. Laissez-moi vous accompagner jusqu'à la salle d'attente.

Il tint bon, cherchant le visage de la doctoresse.

— Couvrez-le, s'il vous plaît. Il va avoir froid. Et il ne serait pas à l'aise avec tous ces gens... le voir comme ça...

À sa grande horreur, sa voix se brisa et ses larmes brouillèrent sa vision.

Le docteur Shumway contourna la table et s'approcha de lui avant de lui tendre la main.

— Je suis Gail Shumway.

Michael dut déglutir plusieurs fois avant de pouvoir parler. Il lui serra la main.

— Michael Crane.

— C'est votre ami ?

— Oui, acquiesça-t-il. Il s'appelle Gil Chandler.

— Je vous promets que nous couvrirons Gil d'une couverture chaude dès que possible, mais c'est le moyen le plus facile pour nous d'évaluer ses blessures. Seriez-vous par hasard son représentant médical ?

— Non. Ce doit être un autre de nos amis. Jackson Henry. Je suis sûr qu'il est en route.

— Bien. Et maintenant, vous devez vraiment aller dans la salle d'attente. Gil va passer un scanner et je viendrai parler à monsieur Henry, dès que nous aurons des informations concluantes sur sa blessure à la tête, d'accord ?

— Vous n'allez pas soigner sa jambe ?

Elle glissa son bras derrière lui, le guidant doucement vers les portes.

— Dès que possible. Pour l'instant, sa blessure à la tête à la priorité.

Michael s'arrêta dans l'embrasure de la porte, regardant en arrière le grand homme gisant si inhabituellement immobile sous les lumières vives.

— Couvrez-le pour qu'il ne prenne pas froid.

— Sandy, s'il te plaît, prends une couverture chaude pour couvrir monsieur Chandler, dit-elle en se tournant vers un membre du personnel. Et maintenant, Lee va vous conduire dans la salle d'attente, d'accord, Michael ?

L'infirmier lui sourit, ses dents très blanches sur sa peau sombre.

Michael se retourna une dernière fois, espérant que le blessé lève la tête et ouvre les yeux. À cet instant précis, il aurait été heureux s'il avait bougé les doigts, mais il ne se passa rien.

— Par ici, dit Lee en attrapant son coude et en le tirant doucement hors de la pièce, empruntant avec lui un court couloir. Michael se laissa conduire vers une autre porte et l'infirmier appuya sur un gros bouton argent sur le mur. Les portes s'ouvrirent silencieusement et Michael se retrouva debout, dans une petite salle d'attente aux tons de vert.

— Nous y sommes, voilà. Il y a un petit café au coin et un autre au sous-sol.

— Pas de bar, murmura Michael, ne plaisantant qu'à moitié.

— J'aimerais bien, mais non, malheureusement, répondit Lee en riant.

Il se détourna afin de repasser les portes.

— Lee ?

Il s'arrêta, une expression d'attente sur son joli visage.

La gorge de Michael se coinça de nouveau, et il se battit pour faire sortir les mots.

— Il est important pour beaucoup de monde.

— Nous prendrons soin de lui, assura-t-il, son sourire s'élargissant. Et vous avez de la chance, le docteur Shumway est la meilleure. Elle est très consciencieuse.

— D'accord. Merci.

— De rien.

Il repassa les doubles portes avec un dernier sourire et Michael se retrouva seul dans la salle d'attente. Il trouva une rangée de chaises tapissées d'un tissu vert épicéa et s'assit lourdement, se frottant les tempes. Il ferma les yeux, mais ne les garda pas clos longtemps cependant, quand il le faisait, il continuait de voir l'échafaudage s'effondrer en boucle. Il gémit doucement, le cœur douloureux.

— Mon Dieu, s'il vous plaît, chuchota-t-il.

Il n'aimait pas beaucoup prier et les mots étaient étranges dans sa bouche.

— S'il vous plaît. S'il vous plaît.

Il n'était même pas sûr de ce pour quoi il priait. Il savait que Gil avait besoin d'aide, et que s'il y avait un Dieu et qu'il était juste, il écoutait.

LE TEMPS semblait avoir perdu tout sens pour Michael. Il ne savait pas depuis combien de temps il était assis là, répétant « s'il vous plaît » encore et encore dans son esprit. Des bruits de pas s'imposèrent finalement à lui, et il leva les yeux alors que David et Jackson arrivaient par le couloir. Il devait vraiment avoir mauvaise mine, car David se précipita en avant et s'agenouilla devant lui avant de le prendre dans ses bras.

— Oh, chéri, soupira-t-il en l'étreignant fortement. Je suis vraiment désolé de ce qui est arrivé.

Les yeux de Michael commencèrent de nouveau à piquer, mais il refusa de pleurer. Il avait peur de ne jamais s'arrêter s'il lâchait prise. Il pressa son front contre l'épaule de son ami, serrant ses bras. L'une des mains de David se leva vers ses cheveux, son autre bras enlaçant ses épaules.

Finalement, Michael se redressa et frotta ses mains sur son visage.

— Est-ce que ça va ? lui demanda David d'une voix douce en s'asseyant sur la chaise à côté de lui.

— Oui. Non. Je ne sais pas, répondit-il en passant ses doigts dans ses cheveux, ne se souciant même pas de l'apparence qu'il avait.

— Michael, je ne veux pas te pousser, intervint Jackson, donnant l'impression de regretter d'avoir parlé, mais le devant. Mais je dois savoir…

— Jackson, dit David. Pas déjà.

— Je dois découvrir ce qui n'allait pas avec l'équipement, bébé. Puis je dois appeler la famille de Gil, je dois savoir quoi leur dire.

— C'est bon, affirma Michael en étirant le cou d'un côté, essayant de soulager la douleur.

Cela n'aida pas.

— Que veux-tu savoir, Jackson ?

Il tira une chaise et s'assit en face de lui, ses yeux bleus extraordinaires rouges et solennels.

— Dis-moi juste ce qui s'est passé.

Michael inspira, puis il souffla bruyamment avant de parler.

— Je suis allé à la maison pour que Richard approuve les couleurs des peintures. Puis je suis sorti par la cuisine parce que l'échafaudage couvrait l'arrière de la maison. Vern ponçait les fenêtres au premier niveau et les deux nouveaux se trouvaient sur des échafaudages au deuxième étage, réparant le plâtre entre les poutres. Gil était sur une unité de trois étages sur le patio principal, ponçant les poutres de toiture de la maison. Je lui ai dit que Richard avait approuvé les couleurs et il a dit qu'il descendait tout de suite. Il s'est faufilé par-dessus l'échafaudage et…

Il se tut, revoyant la scène dans sa tête. David s'agrippa à sa main, l'ancrant. Michael ferma les yeux.

— Il y a eu ce bruit bizarre, comme si l'échafaudage gémissait. Puis ça a tremblé et j'ai tendu la main. Et Gil…

Il dut s'arrêter une minute et prendre plusieurs inspirations avant de pouvoir continuer.

— Gil m'a crié de reculer, et il y a eu un bruit de claquement…

— Un bruit de claquement ?

— Oui, comme si quelque chose s'était cassé.

— Métal ou bois ?

Michael fronça les sourcils. Il n'y avait pas pensé de cette façon, mais maintenant qu'il le faisait, il ne pouvait pas se tromper.

— Métal.

— Tu en es sûr ?

— Oui, je ne suis pas un expert, mais j'en suis presque sûr.

— D'accord, et qu'est-ce qui s'est passé ?

— Puis, tout s'est effondré… tout droit.

— C'est descendu tout droit ? le pressa Jackson, comme pour clarifier les choses. Il n'a pas penché ?

— Non, il s'est effondré sur lui-même. Ce gros nuage de poussière s'est levé, et quand il s'est dissipé, Gil était en dessous d'une partie…

Il s'arrêta, incapable de continuer. Il leva la main, secouant la tête.

— Ce n'est pas grave, dit David en lui serrant la main et en regardant Jackson. Ça peut suffire pour l'instant, n'est-ce pas ? Peut-être que Gil pourra compléter cela plus tard.

Jackson hocha la tête. Ils entendirent des voix, et quelques instants plus tard, Vern et Manny apparurent. Ils se hâtèrent lorsque Jackson se leva.

— Comment va-t-il ? demanda Vern.

Il avait l'air d'avoir vieilli d'une décennie dans la dernière heure.

— Nous ne savons encore rien, répondit Jackson en attrapant le biceps musclé et en le serrant. Mais il est fort comme un bœuf, mec. Tu le sais mieux que quiconque.

— Oui, soupira Vern en frottant une des mains noueuses et déformées sur sa mâchoire. Comment ça va, petit garçon ?

Michael haussa les épaules. Il ne pouvait pas dire pourquoi sa gorge se serra à cette question.

— Je dois passer deux appels, déclara Jackson. Je reviens tout de suite.

Les autres se regardèrent, puis ils s'installèrent pour attendre.

ILS S'ASSIRENT en groupe, rapprochant les chaises, comme si le fait de les rassembler pouvait les protéger de tout ce qui pourrait arriver de pire. David alla chercher du café pour tout le monde, mais après une seule gorgée, Michael ne toucha plus le sien : chaque fois qu'il regardait le gobelet, il pouvait voir la grande main de Gil s'enrouler autour de lui, le lui tendant avec un large sourire moqueur. Sa jambe droite tremblait sans cesse, mais il n'arrivait pas à l'arrêter, à moins de la tenir. L'après-midi s'allongea et le ciel à l'extérieur des fenêtres s'assombrit. Une femme qui avait des papiers autorisant les traitements à faire signer à Jackson fut la seule personne qui franchit les doubles portes menant à l'unité de traumatologie. Chaque minute qui passait semblait être une heure, et finalement Michael ne put plus rester assis. Il se leva de son siège, sentant les yeux de ses amis le suivre alors qu'il s'avançait vers les fenêtres. Il serra ses bras autour de lui, protégeant sa poitrine, et regarda le parking sombre. Des mains tombèrent doucement sur ses épaules, quelques instants plus tard.

— Il va s'en sortir.

Il regarda derrière lui et fut surpris de voir Manny.

— Comment le sais-tu ?

Les mains de Manny s'attardèrent une minute, puis il serra ses épaules avant de les laisser tomber. C'était la première fois qu'il le touchait.

— Quand j'étais à l'hôpital, celui-là en fait… se remémora Manny en haussant les épaules, Vern n'arrêtait pas de dire : ça va aller. Encore et encore. Un jour, alors que je m'apitoyais particulièrement sur mon sort, je lui ai demandé comment il pouvait le savoir. Je ne me sentais pas bien, merde. Et puis il m'a dit : je sais que tu te sens comme une merde, et je sais que c'est dur, mais cela n'ira jamais si tu continues à insister sur le fait que ça ne va pas. Cela a pris beaucoup de temps. Mais un jour, j'ai réalisé que j'allais bien. Et Vern a dit : tu vois, je te l'avais dit. C'est un vrai crétin.

— J'ai entendu, grommela Vern.

Il était toujours assis à côté de Jackson, les doigts liés sur son ventre et les yeux fermés.

— Cet enfoiré a l'ouïe d'une chauve-souris, murmura Manny.

Michael s'autorisa un petit sourire.

— Tu dois juste t'accrocher à l'idée, Michael, continua-t-il. Gil est un dur. Il va s'en sortir. Continue de penser à ça. Il va s'en sortir. Et lorsque tu ne le penseras plus, nous le penserons pour toi. Nous avons déjà géré pire que ça.

— Merci, dit Michael en prenant une grande inspiration.

— Nous te soutenons, assura Manny avec un petit sourire magnifique.

Michael regarda les hommes encore assis ensemble. Ils le surveillaient, même Vernon, qui faisait encore semblant de reposer ses yeux. Le visage de Jackson était solennel et les yeux de David brillaient d'un éclat suspect, mais leur soutien était indéniable. Il réalisa qu'il n'avait jamais eu d'amis comme ça dans sa vie.

Le grondement des portes électriques se fit entendre et Michael tourna sur lui-même, le cœur dans la gorge. Le docteur Shumway venait d'entrer. Elle avait l'air si calme, il respira enfin vraiment pour la première fois depuis des heures. Si elle avait eu de terribles nouvelles pour eux, elle n'aurait pas eu l'air si calme, n'est-ce pas ? Il s'avança rapidement alors que Jackson se levait.

— Monsieur Henry ?

— Je suis Jackson Henry.

Elle étudia les visages anxieux, puis fixa Jackson.

— Vous êtes le représentant médical de monsieur Chandler ?

— Oui.

— En fait, je suis censée ne parler qu'à vous, dit-elle avec l'air de s'excuser.

— Je ne ferai que leur répéter tout ce que vous me direz. Et Gil ne voudrait pas qu'on les laisse dans l'ignorance. Vous pouvez me faire confiance là-dessus.

— D'accord, je le ferai, alors, accepta-t-elle en glissant ses mains dans ses poches profondes. Comme vous le savez, monsieur Chandler souffre d'une mauvaise fracture de la jambe droite. Chaque fois qu'il y a une fracture ouverte, particulièrement dans un environnement comme un chantier de construction, il existe toujours un risque d'infection. Nous le traitons avec une série d'antibiotiques forts en intraveineuse dans l'espoir d'éviter ce genre de situation. Il s'est aussi cogné la tête lorsqu'il est tombé et c'est plus préoccupant que la jambe cassée.

— D'accord, dit Jackson en déglutissant nerveusement. Hauteur et impact… ça a fait beaucoup de dégâts ?

— Significatifs, oui. Les tissus entourant le cerveau ont subi une blessure, expliqua-t-elle patiemment. Il y a des couches entre le cerveau et le crâne. Lorsque le sang s'accumule dans ces zones, on parle d'hématome sous-dural. Parfois, ce genre de blessure peut se révéler relativement mineure et se résorber d'elle-même. Malheureusement, nous ne croyons pas que ce sera le cas de monsieur Chandler. J'ai consulté un neurochirurgien, le docteur Aadi Pillai, et il estime que l'accumulation de sang dans le cerveau de monsieur Chandler atteint des niveaux dangereux, et je suis d'accord avec lui.

— Alors, que se passe-t-il ensuite ? demanda David.

— Le médecin va intervenir et percer deux trous dans son crâne pour dégager l'hématome et soulager la pression, répondit-elle.

Michael gémit avant de réaliser qu'il avait fait du bruit. David glissa un bras autour de sa taille, le serrant fort. Le médecin s'adressa directement à lui.

— Nous devons soulager la pression, et c'est le moyen le moins invasif. Nous aspirerons le sang accumulé et insérerons un tube qui permettra un drainage continu jusqu'à ce que la blessure cesse de saigner, sans compromettre les fonctions cérébrales, espérons-le. Nous commencerons par cette approche dans l'espoir de ne rien avoir à faire de plus invasif.

— Ses fonctions cérébrales pourraient-elles être compromises ? demanda Michael, terrifié par cette idée.

— Il y a toujours le risque de dommages permanents avec une blessure à la tête, mais nous ne le saurons pas avant qu'il reprenne conscience, dit-elle en le regardant d'un air assuré. Et même là, il pourrait y avoir des effets persistants. Pour l'instant, c'est ce qu'il faut faire pour réduire cette possibilité.

Michael ressentit une sensation nauséabonde dans son estomac. La chirurgie du cerveau pourrait-elle jamais être considérée comme autre chose qu'une menace pour la vie ? Et s'il y avait des effets permanents ?

L'idée le rendait malade.

— Et sa jambe ? demanda Vern, aussi pâle que Michael se sentait.

— Cela nécessite également une intervention chirurgicale. Nous pensons qu'il est préférable de l'anesthésier une fois plutôt que d'attendre et de subir une deuxième intervention, de sorte qu'ils pratiqueront les chirurgies en même temps. Le docteur Scott Angelo et son équipe vont s'occuper de la jambe, et il n'existe pas de meilleur chirurgien orthopédiste parmi notre personnel. Ils sont en train de le préparer et ils vont bientôt l'emmener, expliqua-t-elle en les regardant, ses yeux doux. Il est jeune et en excellente condition physique. Ces deux faits pèsent lourdement en sa faveur.

— Merci. Devrions-nous rester ici ? demanda Jackson. Ou y a-t-il un endroit plus proche ?

— Je vous enverrai une infirmière pour vous accompagner en haut, dit-elle en caressant l'épaule de Michael avant de se détourner. Tenez bon. Ces chirurgiens sont les meilleurs que nous ayons.

Il respira profondément, se forçant à hocher la tête. *Tenez bon* et *il va s'en sortir*. Ce n'étaient que des mots.

Comment était-il censé s'accrocher aux platitudes alors qu'il était mort de peur.

X

COMME LE docteur Shumway l'avait promis, une jeune infirmière guillerette, blonde avec une queue de cheval, et nommée Hayley, sortit et les mena à l'étage, dans la salle d'attente du service de chirurgie. Elle fit preuve d'un peu de légèreté en essayant de flirter avec Manny, le faisant vivement rougir. Vernon profita de l'occasion pour le taquiner, une fois qu'elle lui eut envoyé un sourire séduisant alors que les portes de l'ascenseur se fermaient derrière elle.

— Elle était mignonne, Emanuel, commenta Vern en s'asseyant, levant un sourcil dans sa direction. Pense aux sauts périlleux que ta mère ferait si tu l'amenais à la maison pour dîner.

— Va te faire voir, Vernon, répliqua Manny en s'asseyant à côté de lui, le frappant à l'épaule.

— Attention, Manny, il est vieux, fit remarquer Jackson en faisant un léger clin d'œil à Michael tandis que David et lui prenaient place en face d'eux.

Vernon lui fit un doigt d'honneur, ce qui fit sourire Michael à contrecœur. Il se sentait totalement mal. Il semblait complètement anormal sur son visage et il se fana presque instantanément.

— Tu devrais appeler son frère, murmura David à son fiancé. Tu lui as dit que tu le ferais lorsque tu aurais des nouvelles.

— Oh, oui, répondit Jackson avec une grimace, mettant la main dans la poche de sa veste en jean pour prendre son téléphone.

— Il est meilleur que la sœur, lui rappela David avec une expression lugubre, comme si parler d'elle était désagréable.

— Ce qui ne veut rien dire, murmura Vern.

Manny frappa le bas de la chaussure de son ami.

— Quoi ? C'est la vérité.

— Ils sont si mauvais ? demanda Michael en jetant un coup d'œil entre Vern et Jackson alors que ceux-ci échangeaient un long regard.

— Ce n'est pas vraiment le cas, répondit finalement Jackson. Il n'est tout simplement pas gay friendly, ce qui fait de lui l'équivalent de la moitié

152

du pays. Sa sœur, quant à elle, veut mettre la main sur l'argent de leurs parents et ne se soucie pas vraiment de savoir comment elle l'obtient.

Il posa un baiser sur le dos de la main de David, puis il se leva et marcha jusqu'à la rangée de fenêtres. Sa voix se dirigea vers eux.

— Oui, Don. C'est Jackson…

— Parfois, je pense que je suis le seul d'entre nous à avoir une sœur ou un frère décent, déclara David, attirant l'attention de Michael.

— Mon frère est bien, grogna Vern. Tant que je n'ai pas à le voir.

— J'aime ma sœur, déclara Manny. Elle est plutôt cool. Elle habite juste dans l'Oregon.

— Et elle fait les meilleures *pasteles* que j'ai mangé de ma vie, acquiesça Vern. Je voudrais épouser Anitza pour qu'elle cuisine pour moi.

— Elle a un mari hétérosexuel et quatre enfants qui pourraient protester, dit Manny en souriant.

— Je suis enfant unique, intervint Michael en s'asseyant à côté de David. Et mes parents ont été si mauvais que c'est probablement une bonne chose de n'en avoir eu qu'un.

— Ils sont vraiment sans espoir, dit David en prenant sa main avec un sourire triste.

— C'est vraiment très gentil.

— Est-ce que ça va ? demanda David en passant son pouce sur les articulations de Michael.

— Je survivrai. Je déteste juste attendre. Tu sais à quel point je suis mauvais à ça.

— Chéri… murmura Vern, la voix rauque, je pense qu'aucun d'entre nous n'est doué pour ça.

Jackson termina sa conversation et revint à sa place.

— Eh bien ? demanda David en scrutant son visage.

— Il a dit de l'appeler dès qu'il y a du nouveau.

— Dieu le préserve de ramener son pauvre cul ici, commenta Vern, s'enfonçant plus dans son siège avec une grimace.

— Ils vivent à Moses Lake, Vern, et ils ont des enfants. J'imagine qu'il arrivera lorsqu'il le pourra.

Vern ne répondit pas, mais son expression rude en disait long. Après cela, ils s'installèrent dans un mode agité. Ils achetèrent un horrible café à un distributeur, puis ne le burent pas. Beverley et Shirley arrivèrent avec un panier de pique-nique rempli de sandwichs, de pommes et de biscuits, et deux thermos de café, heureusement vraiment excellent. Michael ne put se forcer à manger, mais le café de Bev était toujours le bienvenu. Les mamans ne restèrent pas longtemps. Elles partirent avec des câlins, une fois que leurs fils eurent promis d'appeler s'il y avait des nouvelles.

AU BOUT de deux heures, un homme de petite taille, à la peau couleur cannelle et portant une blouse rouge foncé, franchit les portes de la salle d'attente. Les hommes rassemblés restèrent immobiles, le regardant. Il les aborda et les étudia.

— Monsieur Henry ?

— Jackson Henry, dit celui-ci en se levant, la main tendue.

— Docteur Pillai. Je viens d'opérer votre ami, monsieur Chandler.

Il parlait parfaitement leur langue, même avec son accent indien perceptible.

— Comment va-t-il ?

— Il est stable. J'ai pu évacuer l'hématome sous-dural et la pression dans son cerveau est revenue à des niveaux presque normaux. J'ai posé un drain qui devrait empêcher l'hématome de se reformer. Si le saignement diminue ou s'arrête, son état devrait s'améliorer d'une manière spectaculaire.

— Et si ce n'est pas le cas ? demanda Jackson, qui frottait ses mains sur les coutures latérales de son Levi's, seule indication de sa nervosité. Si ça n'arrête pas le saignement ?

— Alors, il faudra probablement envisager une craniectomie, c'est-à-dire l'ablation d'une partie du crâne pour atteindre l'hémorragie. Je ne pense pas que ce soit nécessaire pour l'instant. Les prochaines vingt-quatre heures devraient nous le dire.

— Mais il s'en est bien sorti ? s'inquiéta Michael, sa voix tremblante et son diaphragme aussi.

— Vu ce qu'il a vécu aujourd'hui, il va plutôt bien. Sa tension artérielle et son pouls sont presque normaux et sa pupille droite réagit à présent à la lumière, ce qui est bon signe. Je pourrai vous en dire plus lorsqu'il reprendra conscience. Le docteur Angelo est toujours en cours d'opération sur sa jambe, mais il devrait bientôt venir vous voir tous.

Il leur adressa un petit sourire avant de repartir par la double porte.

— C'est bien, commenta Vern en les étudiant tour à tour. N'est-ce pas ?

— Ça l'est, affirma Jackson en s'asseyant, étirant ses longues jambes devant lui. Une opération de faite, plus qu'une.

Il était dix-huit heures passées et leur anxiété était revenue lorsque le docteur Angelo arriva par la porte. Il présenta ses excuses pour le retard.

— Il est grand et ses os sont lourds. Heureusement, les traits de fracture étaient nets, et les ambulanciers ont fait un travail formidable pour nettoyer la blessure, expliqua-t-il alors qu'il retirait sa calotte chirurgicale de sa tête, ses cheveux foncés tombant sur son front. Il déclenchera les détecteurs de métaux dans les aéroports à partir de maintenant, mais tant que nous réussissons à éviter l'infection, je suis optimiste quant à son pronostic. Il est en salle de réveil, puis ils le transféreront en soins intensifs.

— Les soins intensifs… n'est-ce pas mauvais signe ? demanda Michael, la bouche sèche.

Le chirurgien secoua la tête.

— Nous devons le surveiller de plus près parce qu'il n'a pas repris connaissance avant l'opération, c'est tout. Ne vous inquiétez pas. Il est dans une grande forme physique, ce qui aide.

— Je sais au moins où se trouvent les soins intensifs, marmonna Vernon en se levant, après le départ du chirurgien.

Manny donna un coup de coude au bras de Vern. Le regard affectueux et sans réserve que l'homme âgé lui retourna montrait précisément combien il tenait à ce dernier.

Ils reprirent l'ascenseur, puis se retrouvèrent dans la salle d'attente reliée à l'unité de soins intensifs du cinquième étage. Michael grimaça alors qu'il s'asseyait sur sa troisième chaise de salle d'attente dure et merdique de la journée.

Il n'était pas fait pour ça, pour cette veille assise, heure après heure. Il voulait voir Gil par lui-même, voir en personne s'il allait s'en sortir. Il avait besoin de le toucher, de voir les yeux noisette ouverts et le regardant. Son inconscience avait été la partie la plus effrayante de tout cela. Gil était tellement vivant, tellement plus grand que la vie. Et s'il ne se remettait pas ? Et si quelque chose n'allait toujours pas. Il devait se battre contre ces pensées avant qu'elles ne l'accablent.

Il baissa les yeux et remarqua pour la première fois que les genoux de son jean gris skinny étaient poussiéreux. Il les épousseta, ce qui ne changea presque rien.

— Je pense que tu vas devoir le laver, dit David en passant ses doigts sur le genou droit de Michael. Il a l'air bien attaqué.

—C'est charmant, répliqua-t-il en jetant un coup d'œil à travers la pièce à son reflet dans une fenêtre.

Ses cheveux étaient un désastre, une mèche pendouillant en un crochet bizarre au-dessus de son œil droit. Il essaya de la repousser, mais il ne pouvait pas y faire grand-chose.

— Eh bien, j'ai l'air d'une merde.

— Penses-tu honnêtement que s'il se réveille, il se souciera de ton apparence lorsqu'il te verra enfin ? le taquina son meilleur ami avec un petit sourire avant de secouer la tête. Tu ne comprends pas, n'est-ce pas ?

Michael gigota, mal à l'aise.

— Je ne comprends pas quoi ?

— Gil tient vraiment à toi, Michael. Cela fait un moment. Je pense qu'il t'aurait pris de n'importe quelle façon.

Ce que Gil voulait... était clair depuis le début. Le problème, c'était que Michael voulait garder ses distances, et il le savait. Mais il n'avait jamais imaginé le perdre complètement. Comment la mort pouvait fondre sur un homme aussi vital et s'emparer de lui pour toujours. Cela le rendit malade et le fit trembler.

— Vous êtes là pour monsieur Chandler ? demanda une infirmière inconnue portant une blouse imprimée de Mickey et Minnie à la porte.

— Oui, répondit Jackson en se levant vivement.

— Je suis Pam, son infirmière. Si vous pouvez tous faire le moins de bruit possible, je vous emmènerai le voir. Il est presque vingt heures, donc je crains que vous ne puissiez pas rester très longtemps.

— Nous pouvons tous y aller en même temps ?

— Théoriquement, non, mais je ne pense pas que vous allez me dénoncer, n'est-ce pas ? répondit-elle avec un sourire espiègle.

Michael n'arrivait pas à appréhender pourquoi il était nerveux, mais alors qu'ils marchaient silencieusement dans le long couloir des soins intensifs, ses paumes commencèrent à transpirer. Ils passèrent devant plusieurs pièces avec des murs de verre et des rideaux protégeant l'intimité, certains fermés, mais la plupart ouverts sur un mètre au moins. Il y avait des visiteurs autour des patients dans un grand nombre de chambres. Les grandes cabines ressemblaient à des chambres ordinaires d'hôpital, à part le volume impressionnant d'équipements. Il y avait aussi plus de bruit provenant de toutes les machines, des claquements, des vrilles et le bruit de ventilateurs. Ils arrivèrent en face du bureau des infirmières et Pam les dirigea vers une porte ouverte. Il faisait sombre à l'intérieur de la chambre et il y avait tellement de machines autour du lit qu'il était difficile de voir qui s'y trouvait. Le lit était légèrement surélevé, et Vern gémit douloureusement. Michael vit pourquoi lorsqu'il s'approcha.

Un bandage serré s'enroulait vers l'arrière sur la tête chauve de Gil, un tube venant de derrière son oreille et attaché à une machine.

L'ecchymose qui avait l'air énorme tout à l'heure englobait à présent la majeure partie du côté droit de son visage, et son œil était si enflé que Michael était incapable d'imaginer comment il pourrait l'ouvrir. Il était vêtu d'une de ces blouses d'hôpital s'arrêtant aux genoux, et son plâtre était visible d'un peu plus bas que son genou et jusqu'à sa cheville. Il avait des intraveineuses dans chaque bras et un tube dans sa bouche relié à un respirateur. Des ecchymoses marquaient son autre jambe et son autre bras, leur rappelant de quelle hauteur il était tombé. Il avait un air horrible dans l'ensemble.

— Essayez de vous rappeler que ce n'est pas parce que les ecchymoses et l'enflure semblent s'être aggravées que cela veut dire que son état a empiré, dit doucement Pam qui s'était avancée à côté de lui. Les bleus seront probablement à leur comble dans un jour ou deux. Mais ça va s'arranger.

Les gens n'arrêtaient pas de dire cela, ou une version de cela, et il voulait y croire. Vraiment. Mais il avait si peur. Peur que maintenant que quelqu'un avait réussi à passer ses défenses épineuses, maintenant qu'il se souciait de cette personne, il allait la perdre.

Chacun d'eux s'avança sur le côté du lit, se rapprochant le plus possible, se penchant pour murmurer quelques mots à son ami. Vern parla doucement, puis il posa un baiser sur le petit bout de front au-dessus de son œil gauche qui n'était pas meurtri. David recula et laissa Jackson s'avancer, et Michael craqua presque lorsqu'il entendit la voix de l'homme se briser et le vit essuyer ses larmes.

Quand ce fut enfin son tour, Michael se rapprocha, s'arrêtant à côté du lit. Il enroula ses doigts autour d'une des grosses mains de Gil et fixa le bas de son visage meurtri. Ses larges épaules tendaient le tissu de la blouse. Le jeune homme regarda Pam, qui se tenait toujours près de la porte par-dessus son épaule.

— Vous n'avez pas de blouse à sa taille ?

— C'est la plus grande qu'ils avaient aux urgences. Je verrai si je ne peux pas lui en trouver une demain matin.

— Merci, dit-il avant de se tourner vers Gil, passant sa main sur les bleus sur son bras. Tu es un désastre, chuchota-t-il. Tu es couvert d'ecchymoses, mais je suppose que c'est logique quand on tombe de trois étages.

Il se pencha en avant, jusqu'à ce que ses lèvres soient près de l'oreille de Gil.

— Tu m'as foutu la trouille, abruti. As-tu la moindre idée de ce que c'était de te voir tomber… ? dit-il se mordant la lèvre, refusant de pleurer. Tu dois te réveiller pour que je puisse te crier dessus, Gilbert. J'en ai gagné le droit.

Il ferma les yeux et appuya son front contre le tissu serré qui recouvrait l'épaule du blessé.

— Réveille-toi, Gil. J'ai besoin de toi.

Sa voix se cassa, et il fit une pause avant de faire une nouvelle tentative.

— J'ai besoin que tu reviennes.

— J'ai peur de devoir vous demander de partir, intervint Pam en ayant vraiment l'air de le regretter. Mais vous pourrez revenir demain matin à partir de onze heures.

— Vous avez mon numéro, dit Jackson. Je suis son contact médical.

— Je vous promets de vous appeler s'il y a du changement.

Les hommes quittèrent la pièce, Michael s'arrêtant à la porte, regardant le soufflet du respirateur monter et descendre, monter et descendre.

— Est-ce que cet appareil respire pour lui ? demanda-t-il impulsivement, espérant ne pas avoir l'air aussi effrayé qu'il l'était.

— Pas complètement, répondit Pam en secouant la tête, un sourire doux aux lèvres. Ça l'aide.

— D'accord.

— Essayez de ne pas vous inquiéter, dit-elle en appuyant brièvement sa main sur la sienne.

Michael jeta un dernier regard qui s'attarda sur Gil, et quitta la pièce.

Les cinq hommes marchèrent en silence jusqu'à l'ascenseur, et Michael se demanda s'ils se sentaient tous au même point que lui. Une tonalité d'un téléphone portable inconnue retentit et bourdonna dans sa poche et il baissa les yeux d'un air perplexe.

— C'est le téléphone de Gilbert, dit Vern.

Michael se souvint qu'il l'avait mis dans sa poche et il le sortit et regarda l'écran.

— C'est quoi Brookline ? demanda-t-il.

— Oh merde, s'exclama Vern en tendant la main. Je ferais mieux de prendre celui-là.

Michael lui donna le téléphone, puis regarda Manny.

— C'est quoi Brookline ? répéta-t-il.

— C'est l'endroit où vit son père.

— Oh.

Il regarda Vern prendre l'appel. Il put l'entendre dire à quelqu'un que Gil avait eu un accident, puis écouter sa réponse. La conversation ne dura pas longtemps.

— Je suppose que je vais devoir me rendre là-bas, annonça Vern en revenant vers eux. Gil senior n'a plus de savon et de glaces à l'eau.

— Vraiment ? demanda Jackson, alors que les portes de l'ascenseur s'ouvraient devant eux et qu'ils entraient dans la cabine. Ils appellent Gil pour des glaces à l'eau ?

— Et du savon. Écoute, son vieux a la maladie d'Alzheimer. Ce qui le rend heureux à ce stade vaut le coup de faire un tour à l'épicerie, dit Vern en regardant sa montre lorsqu'ils arrivèrent dans le hall. Je vais devoir aller nourrir Pixie aussi.

— Pixie ? répéta Michael en fronçant les sourcils.

— Pixie est un emmerdeur, répondit-il en fronçant les sourcils. C'était le chat de la mère de Gil, et il en a hérité.

— Elle a appelé un chat mâle « Pixie [9] » ? C'est tout simplement mal.

— Eh bien, mal ou pas, cette maudite bestiole doit être nourrie, et Gil senior a besoin de ses glaces à l'eau. Manny, je te ramène à ta voiture et je m'en vais.

— Laisse-moi t'aider, proposa impulsivement Michael en s'arrêtant devant lui.

— Quoi ? s'exclama Vernon en le regardant avec surprise.

— Laisse-moi t'aider. Je peux acheter des glaces à l'eau ou nourrir un chat. Je préfère faire tout cela que d'attendre que les heures de visite recommencent.

Vernon l'étudia, ses lèvres pincées avant d'acquiescer.

— Que dirais-tu de t'occuper de Pixie ce soir, et j'achèterai les glaces à l'eau.

— D'accord, dit Michael en fouillant ses poches à la recherche de ses clés, reconnaissant d'avoir quelque chose à faire.

---

9 Pixie se traduit par fée en français.

Il trouva ses clés dans son manteau.

— Je dois aller chercher ma voiture. Elle est toujours au manoir. Tu devras me dire où est la nourriture et tout…

Il leva les yeux et vit Jackson regardant Vernon d'un air irrité.

— Quoi ?

— Rien. Et nous allons t'emmener chercher ta voiture. Je peux te renseigner sur le chat, répondit Jackson en s'arrêtant aux portes du parking. Vern, veux-tu que j'arrête les hommes ? Je suis sûr que Richard et Lyle comprendront si nous devons retarder la peinture de quelques jours.

— Non, dit ce dernier en secouant la tête. Gil aura ma peau si nous prenons du retard simplement parce qu'il est hors-jeu.

— Tu sais que ça va prendre du temps avant qu'il ne revienne, n'est-ce pas ? commenta Jackson en mettant ses mains dans ses poches arrière.

— Oui, je sais. Nous nous débrouillerons.

— Je peux aider, proposa Manny. Mon planning est calme en ce moment.

— Nous pouvons aussi engager d'autres hommes, intervint David en jetant un coup d'œil rapide à son fiancé, celui-ci acquiesçant d'un signe de la tête.

— Prenons les choses au jour le jour, d'accord ? dit Vern en détournant le regard, les yeux sombres. Dès que Gilbert sera prêt à aboyer, nous ferons ce qu'il veut.

— Comme tu veux, mec, accepta Jackson en lui tapotant l'épaule. Nous pouvons être ici par roulement.

— Je passerai le voir demain matin, répondit Vern en sortant ses clés de la poche de sa veste. En plus, c'est toi qu'ils voudront voir s'il a besoin de quoi que ce soit.

— Tu as cette réunion demain matin, rappela David en lançant un regard acéré à Jackson.

— Oh, c'est vrai. Vern, laisse l'échafaudage qui est tombé où il est, d'accord ? Le gars de l'assurance doit le voir.

— Les pompiers l'ont déplacé, mais nous le laisserons où il est maintenant.

Ils entrèrent dans le parking et s'arrêtèrent à l'arrière de la Mustang 66 de Vern.

— S'ils t'appellent… commença Vern, ses yeux fouillant ceux de Jackson.

— Je t'appellerai. Essaye de ne pas t'inquiéter. Il est entre de bonnes mains.

L'homme n'eut pas l'air convaincu.

— C'est bon, vieil homme. Allons-y afin que nous puissions obtenir des glaces à l'eau, dit Manny en jetant son bras autour des épaules de Vern.

— Nous ? répéta Vern en arquant un sourcil.

— Oui, nous allons nous occuper de Gil senior, puis tu vas prendre des vêtements pour pouvoir rester avec moi.

— Tu crois que je vais dormir dans le garage de ton oncle ? s'exclama Vern en secouant la tête. Je ne crois pas, Emanuel.

— Je pense que c'est une bonne idée, s'écria David. Et le loft de Manny est très joli.

— Loft, répéta Vern en roulant des yeux. Joli.

Il fixa Manny dans les yeux.

— Monte dans cette foutue voiture.

XI

MICHAEL FIXA la note que Jackson avait écrite avec l'adresse de Gil et les instructions. Il ralentit afin de tourner. La maison de Gil n'était pas loin de celle de David, mais le quartier était très différent. Là où le quartier de ce dernier était composé de maisons du début du siècle et de quelques endroits datant de l'après-guerre, celui de Gil donnait l'impression d'avoir été construit surtout dans les années 50 et 60. Il y avait beaucoup de maisons de style ranch et de maisons à un étage. Il passa devant une école primaire qui semblait avoir été construite dans les années 70. Il revérifia l'adresse, puis essaya d'apercevoir les numéros sur le trottoir. Il était au niveau des 1200, et l'adresse de Gil était 1720, alors il accéléra légèrement, s'arrêtant brièvement dans le virage. Les réverbères brillaient à travers le dais des branches se rencontrant au-dessus de la rue. De nouvelles feuilles printanières se déplaçaient dans la brise et jetaient d'étranges ombres sur les numéros des maisons peints et usés. Il ralentit et s'arrêta lorsqu'il repéra finalement l'adresse sur le trottoir.

Il regarda et sursauta. La maison qu'il contemplait était totalement différente des autres constructions du quartier. Le toit faisait une longue et basse ligne en A, se rencontrant en un pic excentré et une lumière d'intérieur était visible à travers les grandes fenêtres à panneaux du plancher au plafond de chaque côté de la porte avant. Il sortit de sa voiture et la verrouilla sans quitter la maison du regard. La porte d'entrée, clairement visible dans la lumière claire du porche, était turquoise. Un ruisseau rocheux serpentait sous un pont construit avec de minces morceaux de bois laminés ensemble. Un aménagement paysager totalement soigné, presque comme un jardin zen. Il traversa l'espace entre le trottoir et le long et étroit porche avant. Deux grandes urnes en céramique bleue étaient posées de chaque côté de la porte, des fougères avec de nouvelles pousses tombant gracieusement vers le porche. L'extérieur était à peu près la quintessence d'un design moderne du milieu de siècle qu'il avait vu en ville et une bulle d'excitation flotta dans son estomac.

Il utilisa la clé pour déverrouiller la porte, puis il soupira d'un plaisir tranquille en franchissant le seuil. Il se trouvait dans un grand patio carré, fermé de la rue, mais ouvert sur le ciel, et au centre se trouvait une cheminée autoportante à combustion de bois. Il imaginait qu'il y aurait des meubles dans l'espace lorsque le temps se réchaufferait et qu'il planterait plus d'urnes en céramiques. Il pouvait presque le voir.

La porte coulissante en verre de l'entrée du salon se trouvait à gauche. Il monta trois marches et l'ouvrit. Le salon avait un plancher en bois massif, un tapis à motifs géométriques sous un long canapé bas tapissé d'un tissu couleur avoine. Michael reconnut le créateur et passa sa main sur le dos du canapé par plaisir. Il y avait deux fauteuils avec des accoudoirs et des pieds en bois, et un buffet en bois contre le mur du fond avec un énorme téléviseur à écran plat posé dessus. Tout était simple, masculin et impeccablement propre.

C'était aussi la maison de rêve de Michael, jusqu'à la table basse en verre et les lampes à pied de vase dans trois teintes précieuses différentes, arborant tous les mêmes tons de beige. Une horloge murale étoilée en métal ornait un mur, et il l'observa pendant plusieurs secondes. Il avait sa propre horloge étoilée, mais la sienne n'était pas aussi belle.

Il monta trois autres marches et traversa une salle à manger dans l'ombre, avec une longue table en bois blond et huit chaises. Cinq lampes avec des abat-jour beiges de différentes formes géométriques étaient suspendues au-dessus. Un comptoir séparait la cuisine et la salle à manger, trois tabourets simples accolés à sa surface en béton coulé, des placards en bois plus pâle le long d'un mur, au-dessus d'une cuisinière très moderne et à côté d'un réfrigérateur en acier inoxydable. La combinaison des époques était parfaite et sans défaut, et il passa sa main sur le béton lisse et poli, gémissant doucement de plaisir.

Il ne savait pas que Gil appréciait autant que lui le milieu du siècle dernier. Mais il ne savait pas grand-chose sur l'homme, point final. Il savait qu'il était beau, qu'il était malin et qu'il aimait s'amuser, mais il l'avait tenu à distance, ne l'avait pas laissé s'approcher suffisamment pour découvrir quelque chose sur lui. En gros, il avait refusé de discuter de lui avec David, il n'avait pas voulu savoir quoi que ce soit à son sujet.

Il regarda autour de lui l'espace impeccablement décoré, clairement révélé par la lumière qui brillait sous la hotte au-dessus de la cuisinière et secoua la tête. Il avait été si stupide.

Il y avait une fenêtre de jardin de l'autre côté de la pièce avec plusieurs photos encadrées, posées parmi des pots contenant des herbes, et il la traversa pour les regarder.

Il vit une photo de Gil, Vernon, Manny et Jackson, portant tous des tenues de ski et tenant des snowboards à la main. Cela devait être avant David, ou alors son meilleur ami devait avoir pratiqué sa version du « ski », s'asseoir dans le chalet avec un grog. Il y avait une autre photo d'un jeune Gil avec une tête pleine de cheveux châtain, posant avec un autre garçon qui lui ressemblait beaucoup et une très jolie fille aux cheveux blonds longs jusqu'à la taille. Michael se demanda si c'était son frère et sa sœur. Il vit aussi des portraits d'une belle femme avec des cheveux au carré et des bijoux à la Doris Day dans les années 50 et d'un bel homme avec un sourire semblable à celui de Gil dans un uniforme d'armée de la Seconde Guerre Mondiale. Gil ressemblait à ses parents, pensa Michael. Il avait la structure osseuse de son père, mais la bouche douce de sa mère. Il soupira et reposa les photos sur la fenêtre. Il se retourna afin de chercher le cabinet dans lequel était rangée la nourriture pour chat d'après les explications de Jackson. Et il se figea, son souffle coincé dans sa gorge.

— Bon sang, murmura-t-il.

En face de lui, sur le comptoir en béton, était assis le plus gros chat qu'il n'ait jamais vu. Il était blanc et fauve, avec un poitrail blanc, un museau et des pattes avant blanches. Une face caramel clair et une queue pleine et touffue. Des marques fauves s'enroulaient autour de son dos et il avait une énorme truffe rose. De grands yeux verts vifs l'étudiaient et les touffes de fourrure fauve dressées sur l'extrémité des oreilles pointues frémissaient. La bête faisait au moins quatre-vingt-dix centimètres de haut. Michael pouvait dire rien qu'en le regardant qu'il devait l'emporter sur Scooter.

— Ils t'ont appelé « Pixie », marmonna-t-il, les oreilles du chat bougeant à l'énoncé de son nom. Quelqu'un avait un sens de l'humour très tordu.

L'animal se leva et s'étira, puis il sauta du comptoir presque silencieusement sur ses énormes pattes avant de s'approcher de Michael.

— Si tu me manges, je ne peux pas te nourrir, prévint-il en se raidissant.

Le chat renifla ses jambes, et s'il voulait s'étirer un peu, l'entrejambe de Michael n'était pas hors de portée. À la place, il s'enroula autour de ses jambes, avec un bruit de gazouillis étrange.

— Vraiment, mec ? demanda-t-il, ses sourcils arqués. C'est tout ce que tu as ?

Les bruits émis par le chat devinrent plus forts, et Michael fut déchiré entre la surprise et l'envie de rire.

Il trouva le placard avec de la nourriture pour chat et consulta le mot de Jackson.

— D'accord, donc tu as une boîte pleine et un bol plein de trucs secs. Hum, je demande pourquoi Jackson sait cela.

Il sortit une boîte de conserve et les bruits du chat augmentèrent en volume.

— Oui, oui, j'ai compris.

Il trouva les bols dans un coin éloigné, posés sur un set de table avec le visage de Garfield dessus et les mots MANGEZ-MOI en lettres majuscules. Il rit en ramassant les deux grands bols en faïence. Il les reposa après les avoir remplis et le chat attaqua sa nourriture, comme s'il n'avait pas mangé depuis des semaines. Michael l'observa un moment, puis il décida de faire le tour du reste de la maison. Un long couloir le mena à une salle de bains, un bureau et une chambre d'amis. Au détour d'un virage, il trouva la suite principale avec un lit king size. Une tête de lit capitonnée en cuir blanc occupait la majeure partie d'un mur et des lampes étaient posées sur de petites tables de chaque côté. Le lit était recouvert d'un linge de lit à motifs circulaires répétitifs blancs et turquoise. La salle de bains attenante était magnifique, avec un dosseret de carreaux de verre clair et vert, des lavabos à l'ancienne et une immense douche à l'italienne en verre. Elle sentait Gil, et Michael remarqua qu'une serviette était accrochée à la porte de la douche. Il s'avança et la toucha, sentant la légère sensation d'humidité dans ses plis. Il ferma les yeux et y enfouit son visage, respirant l'odeur de la douche matinale de l'habitant des lieux.

Il étudia la chambre lorsqu'il sortit et remarqua que le lit était bien fait et qu'il n'y avait pas de vêtements jetés négligemment. Il était pointilleux au sujet de son environnement, mais Gil l'était aussi, apparemment. Michael ne laissait pas de désordre lorsqu'il quittait son appartement le matin parce qu'il détestait rentrer dans son appartement et le trouver en bazar. Il n'y avait rien d'anormal dans la grande chambre, ce qui l'amenait à croire que Gil était comme lui.

Il s'arrêta près d'un portrait accroché au mur. C'était la même femme qu'il avait vue dans la cuisine, mais plus âgée, un sourire doux sur son visage. Son image avait été rendue avec amour, son chemisier et le fond réalisé en vert tendre et bleu. Il reconnut la technique avant même de regarder la signature. Il ne fut pas surpris de lire G. Chandler.

Il retourna dans la maison, et, moins impressionné par le design et le décor, il porta une attention particulière aux œuvres sur les murs. Certaines d'entre elles avaient été réalisées par d'autres artistes. Gil s'intéressait aux œuvres modernes ou à la photographie en noir et blanc lorsqu'il achetait l'art des autres. Une série d'étonnants nus masculins décorait les murs du bureau et une représentation au pastel de fleurs stylisées ornait un mur d'une des chambres d'amis. Une autre pièce de Gil, une belle peinture d'un vieil homme, assis dans un gros pick-up Chevrolet cabossé, le bras tanné appuyé sur la vitre ouverte, une cigarette suspendue à sa bouche, se trouvait dans la salle à manger. Michael l'observa pendant plusieurs minutes. Qui que soit l'homme, Gil l'aimait clairement. Il avait rendu toutes les rides du vieux visage, toutes les coutures de la casquette abîmée des Seattle Mariners, les égratignures et les bosses de la peinture décolorée du véhicule. C'était un tableau époustouflant, et il se demanda pourquoi Gil n'utilisait pas son talent pour faire des portraits au lieu de peindre des maisons.

Il regardait encore le tableau lorsque Pixie entra dans la pièce et commença à se frotter contre ses jambes. Son ronronnement ressemblait à celui d'une petite voiture.

— Alors, je suis ton ami, n'est-ce pas ? demanda-t-il au chat en se penchant et en caressant doucement l'énorme tête léonine. Tu es énorme. Magnifique, mais comme un Labrador dans un corps de chat.

Pixie cogna sa tête contre le genou de Michael, puis se retourna et sauta sans effort sur la table de la salle à manger, s'étendant sur toute la surface.

— Pourquoi ai-je l'impression que tu n'es pas censé faire ça d'habitude? commenta-t-il en lui jetant un regard acéré.

Le chat lui retourna simplement un lent clin d'œil, puis il le fixa.

— Très bien. Puisque tu es assez grand pour manger mon bras, tu peux rester où tu es.

Il s'arrêta assez longtemps pour caresser la luxuriante fourrure fauve.

— Je parie que tu es aussi exigeant que moi. Et il est clair que ton homme a perdu la tête puisqu'il nous veut tous les deux.

Il hésita avant de poursuivre.

— Du moins, j'espère qu'il me voudra encore. Ne serait-ce pas l'ironie suprême ? Je décide que je le veux, et il en a eu assez de m'attendre ?

Il soupira doucement et quitta la maison après l'avoir soigneusement verrouillée.

Il se rendit chez David et Jackson en empruntant les rues résidentielles, l'esprit plein de la maison de Gil, de ses tableaux, de son chat. Le temps qu'il s'arrête devant leur domicile, il avait des douzaines de questions, dont aucune ne trouverait de réponse avant que Gil ne reprenne conscience. Il courut vers le porche et lorsqu'il déverrouilla la porte et entra, il trouva les deux hommes allongés sur le canapé. Jackson derrière, avec son bras autour de la taille de son fiancé. Ils regardaient un match de basket à la télévision. Michael savait que ce devait être ça l'amour ; il était vingt-trois heures et son meilleur ami, totalement ignorant en sport, regardait du basketball.

Il ferma la porte et fixa Jackson. Scooter courut vers lui et dansa autour de ses genoux alors qu'il se penchait pour la caresser. Elle s'arrêta pour renifler les jambes de son pantalon. Ses oreilles de chauve-souris s'aplatirent.

— Tu crois que je t'ai trompé, je sais. C'est parce que ton papa est un abruti.

— Qu'est-ce que j'ai fait ? demanda David.

— Pas toi, répondit Michael en pointant Jackson du doigt. Lui.

— Quoi ? demanda celui-ci en se redressant sur un coude, les sourcils froncés.

— Pixie ? Vraiment ?

Jackson lutta, mais finalement le rire l'emporta et il retomba, enfouissant son visage dans la nuque de David.

— Étais-tu au courant ? demanda Michael à David.

— Quoi ? C'est un chat.

—Un putain de gros chat ! Merde, cet animal aurait pu me manger s'il avait eu assez faim. Il a la taille d'un couguar.

— Oh, allez, Michael, réussit finalement à dire Jackson. N'exagère pas. C'est un gentil chat. En plus, si tu veux blâmer quelqu'un, tu vas devoir t'en prendre à Vernon. C'est lui qui t'a piégé.

— Oh, crois-moi, promit le jeune homme. Le vieil homme et moi aurons une discussion la prochaine fois que je le verrai.

Il regarda ensuite David.

— Et je n'irai pas travailler demain. En fait, en fonction de Gil, j'en aurai peut-être fini avec A.F.I.

— Pourquoi cela dépend-il de Gil ? demanda son ami sans avoir l'air surpris.

Michael détourna les yeux, son visage empourpré.

— Parce que selon le moment où il pourra rentrer chez lui, il ne pourra pas être seul, et je suis le plus sacrifiable.

— Qu'est-ce qui te fait dire ça ? dit David en se redressant assis, fronçant les sourcils.

— Je suis ton assistant, donc tu n'aimerais pas vivre sans, mais tu le pourrais. Et tout le monde doit travailler au manoir.

— Eh bien, tu es un peu plus indispensable pour moi que tu ne le penses, rétorqua son ami en se passant une main dans les cheveux. En fait, j'ai pensé que nous pourrions en avoir fini tous les deux.

— Quand est-il de ne pas laisser tomber les pauvres propriétaires ? demanda Michael en souriant.

— Tais-toi, grogna David. Les choses sont différentes.

— Oui, elles le sont, répondit le jeune homme, son amusement s'estompant.

Il s'éloigna de la porte.

— Je vais me faire un sandwich, puis j'irai me coucher.

David se leva et l'accompagna.

— Nous n'avons pas encore mangé, non plus. Je peux réchauffer des spaghettis ou commander une pizza.

— Vous n'aviez pas à m'attendre, protesta Michael en lui jetant un regard irrité.

—Eh bien, nous l'avons fait, répondit son ami en enroulant un bras autour de ses épaules. Allez, viens. Tu peux faire la salade.

— Oh, bien sûr, répliqua Michael en lui donnant un coup de coude. Je suis le meilleur pour ouvrir un sachet.

David lui adressa un petit sourire. C'était une faible tentative d'humour, mais c'était le mieux que Michael avait en réserve.

MICHAEL NE dormit pas bien. Chaque fois qu'il s'assoupissait, la vision de Gil en train de tomber lui revenait, encore et encore. Il réussit finalement à s'endormir à l'aube, puis se réveilla une heure plus tard, lorsque le camion de Jackson démarra dans l'allée devant sa fenêtre. Il s'assit, groggy, repoussant ses cheveux emmêlés de son visage. Il enfila une paire de chaussettes épaisses et ouvrit la porte de sa chambre. Il se glissa dans la cuisine, attiré par l'odeur du café. David était debout au comptoir, vêtu d'un joli pantalon et d'une chemise bien ajustée. Il s'était déjà douché et rasé, pourtant il avait l'air fatigué.

— Bonjour, murmura-t-il autour de la tasse qu'il tenait près de ses lèvres.

— Salut, dit Michael en se dirigeant vers le placard afin d'attraper une tasse et de se rapprocher de la cafetière. Tu es très beau.

Scooter vint s'appuyer contre sa jambe et il se baissa pour caresser sa tête.

— Je me rends chez A.F.I. afin de leur dire que nous partons, annonça David en se redressant et en prenant un Pop-Tart qui surgissait du grille-pain. C'est le moins que je puisse faire.

— Tu ne leur donnes pas un préavis de deux semaines ? demanda Michael en prenant l'autre Pop-Tart. Le département artistique va être dans la merde.

— Ils s'en remettront.

Michael s'appuya contre le comptoir, un sourcil arqué.

— Tu ferais mieux d'espérer que Delta décolle, mon grand. Sinon, tu n'obtiendras jamais de références de la part des huiles d'A.F.I.

— Il va décoller, rétorqua-t-il, parlant sur un ton décisif, comme s'il essayait de se convaincre lui-même. Et tu ferais mieux d'être gentil, ou je ne leur dirai pas que tu ne reviendras pas non plus.

— Je peux le faire, dit Michael en le fixant d'un air exaspéré.

— Pourquoi ? Je suis ton patron, je peux gérer ça. En plus, tu ne veux pas retourner à l'hôpital ?

— Eh bien, oui, répondit-il en fronçant les sourcils sur la mince pâtisserie dans sa main.

— Prends une douche, habille-toi et va à l'hôpital. Je peux m'occuper du reste.

— Ce n'est pas tout à fait juste, d'une façon ou d'une autre.

David haussa les épaules alors qu'il grignotait un morceau de son Pop-Tart d'une manière qui indiquait qu'il n'était pas très intéressé par ce produit.

— Comment allait Jackson, ce matin ? demanda Michael en prenant une bouchée plus franche du sien.

— Épuisé. Il a appelé l'hôpital toutes les heures, toute la nuit.

— Est-ce que tout… il a eu des réponses ? demanda Michael, son pouls s'accélérant lorsque ses nerfs se tendirent sous sa peau.

— Gil se débrouille bien, c'est le mieux que nous pouvons avoir maintenant, j'en ai peur.

— Donc, il est toujours inconscient, souffla Michael en essayant d'ignorer la déception qui l'envahissait.

— Pam, l'infirmière, a dit à Jackson que ça pourrait prendre quelques jours pour que l'enflure dans son cerveau disparaisse.

— Pensent-ils qu'il aura des lésions cérébrales permanentes ? demanda Michael en fixant le fond de sa tasse.

— Ils ne l'ont pas exclu, répondit son ami en enroulant sa main autour de son avant-bras. Mais ils n'ont pas non plus dit qu'il en aurait. Prenons les choses un jour à la fois et ne tirons pas de conclusions effrayantes, d'accord ?

— Oui, d'accord, soupira-t-il, voulant le croire, mais doutant de pouvoir le faire.

— D'accord, je vais y aller, dit David en entrant dans la salle à manger pour prendre une veste sur le dossier d'une des chaises.

Il fit un bruit d'irritation et prit un sac à déjeuner souple rouge sur la table.

— Jackson a oublié son déjeuner. Encore une fois.

— Il a beaucoup de choses en tête aujourd'hui.

Le froncement de sourcils de David passa immédiatement de l'irritation à la mélancolie.

— C'est vrai. Je passerai au manoir en allant au centre-ville.

— Pourquoi ne me laisses-tu pas le prendre ? proposa Michael. Je ne peux pas retourner aux soins intensifs avant onze heures de toute façon.

— Ça ne te dérange pas ? demanda David en se tournant vers lui. Ils n'auront pas encore déplacé l'échafaudage.

Ce fut un léger choc pour son organisme de comprendre ce que son meilleur ami ne disait pas. Ils n'avaient pas encore déplacé l'échafaudage. Ce qui voulait dire que la grosse tache rouge de la fracture de Gil serait encore là, sur le ciment. Il se força à ne pas réagir, du moins par son expression.

— C'est bon. Je peux déposer le déjeuner de Jackson.

— Tu es sûr ? s'inquiéta son ami, qui avait tout sauf l'air convaincu.

— Ne t'en fais pas, David, assura Michael en prenant le sac à déjeuner avant de retourner dans la cuisine.

David attrapa sa main et l'arrêta. Il se sentit comme un crétin lorsqu'il vit l'inquiétude sincère dans les yeux de son ami.

— C'est bon, répéta-t-il. Maintenant, à part si tu prévois d'appeler pour annoncer que tu seras en retard pour démissionner, tu ferais mieux d'y aller.

Il enfila son manteau, puis embrassa Michael sur la joue.

— Je te verrai à l'hôpital plus tard.

— Oui.

Michael l'observa jusqu'à ce qu'il quitte la maison, puis il retourna dans la cuisine pour jeter le Pop-Tart desséché. Il avait complètement perdu son appétit aussi. Scooter y jeta un coup d'œil et le jeune homme rompit un petit coin sans glaçage ni garniture.

— Tu peux avoir ceci, dit-il en le lui tendant avant de jeter le reste à la poubelle.

Puis il alla se doucher.

MICHAEL SE gara devant l'immense maison et remonta l'allée avec le sac à déjeuner de Jackson à la main. Le temps était devenu doux, avec ces températures dans les quinze degrés et un ciel bleu parsemé de nuages blancs. Il trouva qu'il y avait beaucoup de voitures dans la longue allée. Il reconnut le camion de Jackson et la Mustang de Vern, mais la jolie petite BMW rouge et une grande berline sombre n'appartenait à aucune des personnes qu'il connaissait.

Il vit des échafaudages en cours d'installation sur le côté de l'entrée de la maison, Manny et les nouveaux montant les étages alors que Vern les dirigeait depuis le sol. Michael s'approcha et les observa pendant plusieurs minutes avant de parler.

— Tu n'as pas peur que quelqu'un s'attaque à lui s'il est installé ici, à l'air libre, comme ça ?

Vern se tourna vers lui, les sourcils froncés sur ses yeux.

— Nous ne le laisserons pas monté ici, répondit-il d'une voix bourrue. Nous le démonterons tous les soirs et l'entreposerons dans la remise à voitures.

Il fit un geste en direction d'un garage, situé à l'arrière de l'entrée, ses portes ouvertes.

— Richard a dit que nous pouvions l'enfermer là-dedans.

— N'est-ce pas un énorme inconvénient ?

— On peut dire ça, répliqua Vern, sa bouche se tordant. Mais je ne prendrai plus de risques avec ces hommes.

— Vern, la chute de Gil n'est pas ta faute, dit Michael en l'étudiant, les sourcils froncés. Ce n'était la faute de personne.

— Oui, eh bien, nous allons attendre de voir ce que les flics ont à dire à ce sujet.

— La police ? s'exclama Michael en écarquillant les yeux. Qui a les a appelés ?

— Jackson. Quelque chose à propos de tout ça l'a alerté. Mitchell est dehors avec d'autres hommes et ils fouillent partout. Comme si je n'avais rien à faire sans les flics qui traînent dans le coin. Non ! cria-t-il.

Michael sursauta, puis il réalisa qu'il hurlait après les hommes qui installaient les échafaudages. Les goupilles vont à l'intérieur. Combien de fois dois-je vous le répéter ?

Un téléphone portable sonna et Michael reconnut la sonnerie de Gil. Vern sortit le téléphone de sa poche, regarda l'écran et jura.

— Bordel, soupira-t-il avant de répondre. Téléphone de Gil Chandler…

Il se tut pour écouter, et Michael vit son visage s'assombrir et ses narines palpiter.

— Elle n'a pas l'autorisation de le faire. Je vous le dis, bon sang. La seule personne qui a le droit de faire ça, c'est Gilbert. D'accord, d'accord. J'arrive dès que possible, dit-il avant d'appuyer sur le bouton d'arrêt de l'appel.

— Qu'est-ce qui se passe ?

Vern se tourna vers lui après avoir remis le téléphone dans sa poche.

— La sœur de Gilbert est à la maison de retraite et elle essaye de faire signer des papiers au vieux Gilbert.

Michael se souvint de la conversation à propos de la sœur de Gil, et la colère s'empara de lui.

— Laisse-moi y aller.

— Je m'occuperai de ça, Michael, répondit Vernon en grimaçant avant de secouer la tête.

— Vernon, tu ne peux pas tout faire. Il me faut deux heures avant de pouvoir entrer aux soins intensifs. Laisse-moi faire ça.

Verne le fixa pendant plusieurs secondes, les yeux plissés.

— Sais-tu au moins où il est ?

— Non, mais tu peux m'indiquer le chemin, vieux schnock.

Vernon posa ses mains sur ses hanches, mais Manny descendit en souriant.

— Brookline est sur la 66e, derrière l'épicerie. Il suffit de passer devant et de tourner à gauche aux portes, puis de suivre la route à travers tout le complexe. Les unités de soins de la mémoire sont au fond. Tu entres dans un petit hall et tu sonnes à la porte. Ils te laisseront entrer. Dis-leur juste que tu es là pour voir le vieux Gil.

— Merci beaucoup, Emanuel, dit Vern en le fusillant du regard.

— Quand tu veux, Vernon, répondit-il en giflant son aîné sur les fesses.

— Tu deviens un vrai casse-pieds, grogna Vern.

— Tu m'aimes, répliqua Manny en se tournant vers Michael. Prends des glaces à l'orange et à la vanille. Le vieil homme t'aimera, et tout le reste s'arrangera tout seul.

— Peux-tu donner ça à Jackson ? demanda Michael en tendant le sac à déjeuner à Vern.

— Je ne suis pas ton serviteur, se moqua ce dernier.

— Oh, bon sang, vieille bique odieuse, intervint Manny en le frappant, ses sourcils froncés.

Michael ne l'avait jamais vu aussi en colère.

— Nous sommes tous inquiets pour lui et nous nous sentons tous mal. Tu n'as pas le monopole du sentiment de culpabilité. Arrête de t'en prendre à Michael, le réprimanda Manny en tendant la main et en prenant le sac. Je le lui donnerai.

— Merci, dit-il avant de lancer impulsivement ses bras autour du cou de Vern, l'enlaçant avant de chuchoter à son oreille. Tu n'as rien fait de mal, Vern. Ce n'est pas de ta faute, d'accord ?

Vern l'étreignit férocement pendant un instant, puis il le repoussa, reniflant et semblant plus irrité que tout. Mais Michael savait qu'un grand cœur battait dans la vieille poitrine et il lui fit un petit sourire avant de se détourner.

— Orange et vanille, cria Vern alors qu'il marchait vers sa voiture.

— Compris, assura Michael en agitant la main sans se retourner.

IL S'ARRÊTA à l'épicerie, à moins d'un pâté de maisons, et acheta une boîte contenant douze glaces à l'orange et même un de ces sacs doublés d'aluminium pour qu'elles ne fondent pas.

Il suivit les instructions de Manny en quittant le parking. Il trouva les portes ouvertes et il les franchit. Des arbres bordaient chaque côté de la route et des pelouses verdoyantes entouraient joliment les bâtiments. L'ensemble ressemblait à un complexe d'appartements haut de gamme avec des immeubles d'un étage d'un côté et des duplex de l'autre. Il longea des bâtiments qui ressemblaient à un vague mélange entre le style Victorien et Craftsman, tous peints en jaune beurre, avec une bordure jaune plus foncé. Il trouva d'autres portes et, comme Manny l'avait dit, il y avait deux bâtiments au bout d'une voie sans issue. Ils ressemblaient à des résidences d'un étage, accueillantes, avec des parterres de fleurs et beaucoup de grandes fenêtres. Michael ne savait à quoi il s'attendait d'un centre de soins de la mémoire, mais ce n'était pas ça.

Il se gara et sortit de la voiture, nerveux pour la première fois. Le vieil homme ne l'avait jamais vu auparavant, et le personnel n'avait aucune raison de l'écouter ; il ne pouvait qu'espérer qu'on ne le jette pas dehors.

Il ouvrit la porte et signa le livre à côté de l'entrée intérieure verrouillée avant de sonner. Il était triste que le père de Gil soit obligatoirement dans une unité verrouillée. Des voix s'approchèrent de l'autre côté de la porte, puis elle s'ouvrit. Une très jolie femme asiatique, vêtue d'une blouse bordeaux avec un porte-nom indiquant Chow, répondit, lui adressant un sourire amical.

— Je suis ici pour voir Gilbert Chandler.

— Êtes-vous de la famille ?

— Non. Je suis un bon ami de Gil Junior.

— Nous avons entendu parler de son accident, dit-elle en le regardant avec compassion. Il y a des nouvelles ?

— Il résiste.

— Oh super, s'exclama-t-elle avec un sourire lumineux. J'apprécie Gil. C'est un bon fils.

Elle s'écarta de la porte.

— Entrez.

Il entra dans une pièce qui ressemblait au salon d'une maison confortable. Deux longs canapés occupaient les murs et quatre fauteuils cossus étaient posés en face d'eux. Plusieurs résidents plus âgés somnolaient ou regardaient ce qui ressemblait à un épisode de Gunsmoke à la télévision.

— J'ai apporté des glaces à l'eau, dit-il en levant le sac isotherme.

— Il va en avoir assez pour un mois, commenta-t-elle en riant. Vernon en a apporté hier soir. Monsieur Chandler est dans la salle à manger.

Elle commença à le guider à travers la pièce, puis elle s'arrêta, son sourire s'estompant.

— Sa fille est ici.

— Alors, je comprends.

— Vernon vous a dit que nous avions appelé ?

— Oui.

Ils échangèrent un regard complice.

— Allons voir si nous pouvons l'intéresser à une glace à l'eau.

Elle le précéda dans une grande salle à manger, avec plusieurs tables carrées recouvertes de tissu, de petits vases avec quelques fleurs printanières au centre de chacune. Un homme très âgé, ses cheveux blancs peignés en arrière et la bouche pincée en une ligne obstinée, était assis à l'une d'elles. Une femme se tenait à côté de lui, près de son épaule.

— Sottises ! dit monsieur Chandler en secouant la tête.

— Papa, juste ton nom. Juste là, insista la femme en pointant son doigt avant d'essayer de lui donner un stylo. Quelqu'un doit pouvoir s'occuper de toi, et Gil ne peut pas.

— Sottises ! répéta-t-il. Sottises, sottises, sottises, sottises !

— Il a vu le vice-président Biden à la télévision utiliser ce mot, et depuis c'est son mot favori, dit Chow en souriant.

— Et approprié, murmura Michael dans sa barbe, et l'assistante sourit.

— Monsieur Chandler, annonça Chow. N'êtes-vous pas populaire aujourd'hui? Vous avez un autre visiteur.

Le vieil homme ne se retourna pas, mais la femme le fit et elle fronça les sourcils en le regardant.

— Qui êtes-vous ?

— Michael Crane. Je suis un ami de votre frère.

Son regard froid se déplaça sur lui de sa tête vers ses orteils, puis inversement.

— J'en suis sûr, dit-elle avec un reniflement.

— Charmant, répliqua-t-il en lui retournant son regard avant de la contourner et de sourire à Gil senior. Bonjour, monsieur Chandler. Je suis Michael.

Ses yeux noisette, qui étaient tellement semblables à ceux de Gil que c'en était saisissant, le parcoururent.

— Sottises, répéta-t-il en croisant ses bras maigres sur sa poitrine.

À une certaine époque, il devait être de la taille de Gil ; Michael pouvait dire qu'il était grand, mais maintenant, son corps élancé était très mince. Il chercha quelque chose à dire. Il n'avait pas l'habitude de parler à quelqu'un de l'âge de monsieur Chandler, et encore moins avec ses problèmes. Finalement, l'inspiration lui vint.

— Balivernes, déclara-t-il clairement. Voulez-vous une glace à l'eau ? J'en ai apporté, et j'ai cru comprendre que c'était vos préférées. Orange et vanille.

— Glace à l'eau, s'exclama Gil senior, son visage s'éclairant.

175

Michael prit la boîte des mains de Chow et en sortit une glace. Il retira l'emballage et la remit au vieil homme.

— J'essaye de parler à mon père, intervint la sœur de Gil, il pensait qu'elle s'appelait Heidi, clairement ennuyée.

— J'ai remarqué, dit Michael en remerciant Chow lorsqu'elle tendit une serviette en papier à l'homme âgé. Mais votre père semble vouloir une glace.

Gil senior prit une bouchée de la glace à l'eau, puis il leva les yeux vers Michael. Puis il avala la glace.

— Fariboles, dit Michael en souriant.

Chow rit, le vieil homme sourit, et Michael décida qu'il voulait aussi une glace.

XII

MICHAEL PASSA environ quatre-vingt-dix minutes avec le père de Gil. Heidi s'énerva finalement et partit en trombe au bout d'une vingtaine de minutes, mais Michael découvrit, à sa grande surprise, qu'il aimait être assis avec le vieil homme. Ils mangèrent chacun deux glaces à l'orange et à la vanille, et trouvèrent des termes de plus en plus extravagants pour le mot sottises. Michael trouva une mine en ligne sur son téléphone portable. Son favori était *baratin*. Le vieux Gil porta son attention quelques instants sur *sarcasmes* et *fourberie*, mais il finit par revenir à *sottises*. Dieu bénisse Joe Biden.

Il quitta Brookline à dix heures trente et se rendit directement à l'hôpital. Il se gara dans le parking et prit sa sacoche. Il prit l'ascenseur jusqu'au cinquième étage, puis entra silencieusement dans l'unité des soins intensifs. De nouvelles infirmières étaient en service et Michael remarqua que quelqu'un avait enfin trouvé une blouse d'hôpital à Gil, mais il était toujours aussi immobile que le soir précédent et cela le préoccupait. Le docteur Pillai entra et vérifia les pupilles de Gil, indiquant que la pression dans sa tête était normale et que sa pression artérielle et son pouls étaient toujours bons.

— Quand va-t-il se réveiller ? demanda Michael en regardant le visage du blessé.

Les bleus étaient maintenant vraiment spectaculaires, verts et violets parmi les noirs et les bleus. Il ne semblait y avoir aucune tache sur son corps qui ne soit ni décolorée ni gonflée, aussi se contenta-t-il de toucher le dos de sa main.

— Cela ne devrait pas être trop long, répondit gentiment le médecin. La tomodensitométrie de ce matin semble prometteuse et le drainage donne peu de résultats. Toutes les blessures à la tête sont uniques et chaque patient réagit différemment.

Il tapota l'épaule de Michael avant de poursuivre.

— Toutes les indications sont positives à ce stade. Essayez de ne pas vous inquiéter.

Il quitta la pièce et Michael souffla d'irritation.

— Essayez de ne pas vous inquiéter, marmonna-t-il en étudiant la moitié du visage enflé de Gil, le pansement sur sa tête, le tube venant de derrière son oreille et qui était attaché à une machine.

Ils avaient retiré le tube respiratoire ce matin-là et lui avaient dit qu'il respirait tout seul, mais il restait inconscient.

Michael ressentait toujours une souffrance dans la poitrine alors qu'il regardait le grand homme allongé, mortellement immobile. Comment pouvait-il faire autre chose que s'inquiéter ?

Vernon et Manny arrivèrent vers dix-huit heures, entrant tranquillement dans la chambre.

— Salut, petit garçon, dit Vernon en parlant doucement, puis se dirigeant vers le bord du lit afin de regarder son ami. Merde, j'espérais qu'il serait déjà réveillé.

— Moi aussi, avoua Michael en fermant son ordinateur portable et en le glissant dans son sac.

Il avait passé l'après-midi à travailler sur des échantillons pour le manoir et à échanger des SMS avec David. Le fait qu'ils démissionnaient tous les deux d'A.F.I. avait été reçu comme ils s'y attendaient : pas bien du tout. David avait donné son préavis de deux semaines et informé la direction que Michael ne reviendrait pas du tout. Heureusement, le chantier O'Banyon leur permettait de verser un salaire au jeune homme, afin qu'il puisse au moins payer ses factures.

— Le docteur est venu ? demanda Manny, debout près de la porte, les mains dans ses poches avant.

Il observait le visage contusionné de Gil, l'air malheureux.

— Le neurologue a dit que ses tests étaient bons. L'orthopédiste a indiqué qu'il n'y avait aucun signe d'infection. Tout semble vraiment positif. Il ne s'est juste pas réveillé.

— Eh bien, il a toujours été un enfoiré contrariant, alors j'imagine qu'il le fera lorsqu'il sera bien et prêt. Quant à toi, hôtesse, tu as besoin d'un bon repas et d'une bonne nuit de sommeil. Emanuel et moi resterons ici jusqu'à ce qu'ils nous jettent dehors à vingt heures. Tu es resté assez longtemps dans ce fauteuil pour aujourd'hui.

— Tu m'appelleras s'il se réveille ? demanda Michael en regardant de nouveau Gil.

— En premier, chéri. Maintenant, sors d'ici.

La nuit était tombée lorsque Michael se dirigea vers sa voiture. Les jours commenceraient à s'allonger bientôt, mais pour l'instant, alors qu'il traversait le parking à pied, il avait l'impression qu'il était minuit. Et il était fatigué. Le trafic était horrible, se traînant vers le haut de la colline. David lui envoya un texto et lui demanda s'il pouvait prendre du café, ce qu'il était plus qu'heureux de faire, mais cela le retarda encore plus. Le temps qu'il entre dans la maison, portant un sac avec du café, des bananes et une pizza congelée, il était prêt à tout pour un repas et un lit.

David et Jackson étaient assis sur le canapé, face à face. Michael s'arrêta avec la porte ouverte et étudia leurs visages. Ils avaient l'air si sombres, surtout quand ils se tournèrent vers lui.

— Qu'est-ce qui ne va pas ? demanda-t-il, la peur remontant sa colonne vertébrale, son souffle se bloquant. Que s'est-il passé ? C'est Gil ? Vern a appelé ?

David se leva et s'avança rapidement vers lui, les mains levées.

— Détends-toi. Nous n'avons pas eu de nouvelles. Pour autant que nous le sachions, Gil est dans le même état.

— Alors… hésita-t-il en les regardant l'un après l'autre. Qu'est-ce qui ne va pas ? Parce qu'il y a quelque chose.

David regarda Jackson, qui s'adossa au canapé avec une expression pensive avant de parler.

— À toi de voir, bébé, dit-il à son compagnon.

— Viens ici, dit David en saisissant la main de son ami, le tirant dans la pièce avant de le pousser à s'asseoir dans le rocking-chair. Si nous en discutons avec toi, tu dois promettre de ne pas réagir d'une manière excessive.

— Réagir de manière excessive à quoi ? demanda Michael en les regardant.

David s'assit à côté de Jackson, se tournant vers lui.

— Tu as parlé avec l'inspecteur Mitchell. Dis-lui toi-même. Je vais me tromper sur les détails.

Jackson étudia son fiancé pendant un long moment avant de répondre.

— D'accord, accepta-t-il en se tournant vers Michael qui le regarda, le cœur battant, mal à l'aise. Je viens d'avoir Mitchell au téléphone. Tu sais que j'ai rencontré la police ce matin sur le site.

— Oui.

— J'ai beaucoup travaillé avec Gil et Vern. Je les ai même aidés à monter des échafaudages plus d'une fois. Il n'existe personne de plus prudent que Gil dans leur assemblage. Il teste tout lui-même, passe en revue

179

chaque planche pour s'assurer qu'il n'y a pas de points faibles. Et s'il en trouve un, il le répare.

— D'accord, dit Michael en fronçant les sourcils. Et alors ?

— Il semble peu probable que Gil raterait un élément qui fait tomber un échafaudage entier.

— Mais il est tombé. Je l'ai vu.

Michael se tut, ayant brusquement l'impression que quelqu'un l'avait frappé en pleine poitrine.

— Oui, approuva Jackson. Il est tombé tout droit. S'il s'agissait d'un défaut structurel, il n'aurait pas dû tomber comme ça. Un seul point de rupture n'aurait pas tout fait tomber. Même s'il y avait eu plusieurs pièces défectueuses, il aurait dû pencher, puis basculer.

— Tu penses que quelqu'un l'a trafiqué ? demanda Michael, l'estomac retourné.

Jackson hésita, puis il acquiesça, son expression solennelle.

— Nous savons que quelqu'un l'a fait.

Le jeune homme cligna des yeux, enregistrant l'accent de Jackson.

— J'ai parlé à Mitchell de ta description de la chute de l'échafaudage. Ça ne me paraissait pas normal. J'ai confiance en ton sens de l'observation, et je suis sûr que c'est arrivé comme tu l'as dit. Ils l'examinent toujours, mais il semble que la structure ait été intentionnellement endommagée.

— Intentionnellement endommagée... comment ?

Jackson se pencha en avant, les mains croisées entre ses genoux.

— C'est difficile à expliquer si tu n'as pas construit d'échafaudage, mais ils ont deux zones de connexion. Une tour glisse dans le haut d'une autre, créant un joint, puis il y a des traverses qui se connectent à des broches à l'intérieur des poteaux latéraux.

— J'ai regardé Vern superviser les autres hommes pendant quelques minutes ce matin. Je sais de quoi tu parles.

— D'accord, bien. Une fois que les tours sont stables, les planches peuvent être mises en place, je sais de source sûre que Vern et Gil ont monté les échafaudages à la première heure, avant-hier matin. Quand tu m'as dit que tu avais entendu un claquement, on aurait dit qu'une des broches s'était cassée, mais une goupille cassée n'aurait pas fait tomber la totalité de l'échafaudage.

— Dis-le-moi, c'est tout, dit Michael en mettant ses mains brusquement gelées sous ses bras. Je sais que tu prépares le terrain.

Jackson soupira et David caressa le bras de son fiancé.

— C'est bon, murmura-t-il

— Les experts légistes ont découvert que les supports de l'échafaudage avaient été coupés en plusieurs endroits, tous du côté où Gil a essayé de descendre, révéla Jackson en se tournant vers Michael, les commissures de ses lèvres tendues. Personne n'aurait remarqué les dommages s'ils n'avaient pas spécifiquement été recherchés. Tu n'as jamais travaillé sur des échafaudages auparavant ; les barres se chevauchent suffisamment pour qu'à moins de savoir où chercher les coupures, tu ne les voies pas. Tout avait été mis en place la veille. Aucun des hommes n'aurait pensé qu'il avait été trafiqué du jour au lendemain. Il n'y avait personne sur place après la tombée de la nuit et les bruits de la circulation couvraient le bruit d'une scie. Selon Vern, Gil n'était dessus que depuis quelques minutes et il avait grimpé par le côté qui n'avait pas été trafiqué. Lorsqu'il est passé par le côté qui avait été scié, son poids l'a décentré et l'un des points faibles s'est rompu. Cela a augmenté le poids sur les autres. Il a craqué et entraîné les autres.

— Ils sont sûrs ? demanda Michael, sa voix sonnant creux. Que quelqu'un a fait ça… exprès ?

— Oui. Il y avait des traces de sciage dans l'acier. Richard et Lyle ne vivent pas dans la maison, mais ils ne l'auraient pas entendu de toute façon. Qui que ce soit, il a utilisé une scie à main. Avec le bruit du trafic dans le secteur et l'arrière de la maison non visible de la rue…

Il secoua la tête.

— Ils n'ont pas de caméras ? demanda-t-il en regardant David et Jackson.

— Non. Ils prévoient d'en installer, mais le travail n'a pas encore été fait, répondit Jackson, ses lèvres se resserrant en une ligne dure. Celui qui a fait ces conneries n'est pas stupide. Mitchell a dit qu'il avait dû surveiller le manoir avant cette nuit-là et qu'il savait qu'il n'y avait pas de caméras. La lune était pleine et sans couverture nuageuse. Il a pu voir sans même avoir besoin d'une lampe de poche.

Le niveau de sophistication était intimidant. Ce n'était pas un simple vandale.

— Pense-t-il que c'est le même type qui a vandalisé cette maison ? s'inquiéta Michael, son cœur battant à toute allure, la peur et l'adrénaline serrant sa poitrine.

— Mitchell pense que c'est probable, répondit Jackson avec une expression neutre.

181

Michael se leva, fouilla ses poches, trouva ses clés et les sortit.

— Où vas-tu ? demanda son ami en fronçant les sourcils.

— Je retourne à l'hôpital, répondit-il en se dirigeant vers la porte.

— Michael, arrête. Qu'est-ce que tu vas faire ?

— Je pourrai garder un œil sur lui, dit-il en se tournant vers David. Vous venez de me dire que quelqu'un avait essayé de le tuer hier, n'est-ce pas ? Le même homme qui m'a couru après avec une pelle ?

— Il a essayé de blesser quelqu'un de notre équipe. Nous ne savons pas s'il visait Gil.

— Même s'il ne le visait pas, il essayait de blesser l'un de nous et il a réussi. C'est pour cela que j'y retourne.

— Ils ne laisseront pas quelqu'un entrer dans l'unité de soins intensifs, Michael. En outre, ils ne te laisseront pas rester à l'étage, protesta David. Les heures de visite se terminent à vingt heures, et il est dix-neuf heures quarante-cinq.

— Alors je m'assiérai dans la salle d'attente à regarder cette fichue porte. Mais j'y vais. Je ne le laisserai pas seul et sans défense.

— Merde, Michael, s'exclama son ami, tellement en colère qu'il tapa du pied. Aucun de nous n'a dormi la nuit dernière et je sais que tu es épuisé. Tu dois dormir.

— Je ne dormirai pas.

Il savait qu'il paraissait déraisonnable, et il s'en moquait. Il se sentait un peu sauvage et son corps tremblait.

— Je dois m'assurer que personne ne l'atteigne.

— Ils ont un service de sécurité à l'hôpital. Nous pouvons appeler.

— Arrête, grogna Michael en le regardant. J'y retourne, alors arrête de te disputer avec moi.

Il se précipita vers la porte d'entrée, la claquant derrière lui, tellement en colère qu'il ne remarqua même pas que personne ne l'avait suivi jusqu'à ce qu'il soit dans sa voiture et en route vers l'hôpital.

IL ÉTAIT vingt heures vingt lorsque Michael entra de nouveau dans l'hôpital. La plupart des piétons quittaient le hall au lieu d'y entrer, ce qui était un soulagement, mais il était tellement déterminé à se rendre au cinquième qu'ils auraient dû l'attaquer pour l'arrêter. Il commença à reconnaître la faille dans son plan lorsqu'il arriva dans la salle d'attente des soins intensifs.

Tout d'abord, il n'avait aucun moyen d'entrer dans une chambre se trouvant directement en face du poste des infirmières sans que quelqu'un ne le remarque. Il jeta un coup d'œil au fond du couloir. Les lumières étaient tamisées et l'étage était silencieux, en dehors du bruit des machines. Rien n'avait changé. Une femme aux cheveux foncés se tenait derrière le bureau des infirmières, et il ne voyait pas comment se faufiler devant elle. Il tourna en rond dans la salle d'attente, finissant par se jeter sur l'une des chaises inconfortables. Il avait dit à David qu'il surveillerait la porte si c'était tout ce qu'il pouvait faire. Apparemment, c'était tout ce qu'il pourrait faire.

Il regretta vite que, dans sa hâte de s'y rendre, il ne se soit pas au moins arrêté dans un drive pour prendre un hamburger sur sa route vers le centre-ville. Il n'avait pas mangé depuis les glaces à l'eau ce matin-là, tellement occupé sur son ordinateur portable au déjeuner qu'il n'avait même pas remarqué sa faim. Il prit une autre chaise et posa ses pieds dessus. Il aurait bien envoyé un texto à David afin qu'il passe au drive pour lui demain matin. Si son meilleur ami lui parlait encore, après son départ précipité de la maison.

Il appuya son coude sur l'accoudoir de la chaise et se frotta le front, essayant de réfléchir à ce qu'il pourrait écrire pour aider David à lui pardonner.

— Bonsoir.

Il leva les yeux et sursauta en voyant l'infirmière blonde, Pam, de la veille, debout sur le seuil de la porte.

— Oh bonsoir, répondit-il en laissant tomber ses pieds sur le sol. Désolé.

— Vous croyez vraiment que vos pieds peuvent blesser une de ces chaises ? plaisanta-t-elle avec un sourire.

— Je doute que la troisième guerre mondiale puisse blesser ce siège.

— Alors, après l'apocalypse, il y aura des cafards et ces chaises ?

— Et Cher.

Elle rit.

— D'accord, alors qui est David ?

— David… Snyder ? demanda-t-il en clignant des yeux, surpris.

Elle hocha la tête, ses yeux bruns scintillants.

— Mon meilleur ami.

— Je m'en doutais, en fait. Je viens juste de raccrocher avec lui, vous voyez. Il m'a dit que vous veniez ici et que vous étiez déterminé à passer la nuit assis ici à regarder la porte du couloir. Donc, vous comptez rester ici jusqu'à demain matin, n'est-ce pas ?

— Quelqu'un lui a fait du mal, chuchota-t-il, sentant son visage s'empourprer.

— À Gilbert ?

— Oui, exprès. Ils ont saboté une partie de son équipement, c'est pour cela qu'il est tombé. Et je ne peux pas rester à la maison… pas en le laissant seul ici.

Il dut s'arrêter de parler. Sa voix s'était épaissie, et il avait peur de finir par s'effondrer s'il continuait.

— Pensez-vous vraiment que si quelqu'un venait ici et s'en prenait à lui vous pourriez l'arrêter ?

Sa voix était douce. C'était presque pire que si elle s'était moquée de lui.

— Je n'en ai aucune idée, dit-il en redressant les épaules. Mais j'essayerai vraiment.

Elle l'étudia pendant un long moment.

— Je vous aime bien, Michael. C'est Michael, n'est-ce pas ?

Il hocha la tête.

— Je pensais que c'était ce que David m'avait dit, mais je préférais m'en assurer. Quoi qu'il en soit, comme je vous ai apprécié lorsque vous étiez là tout à l'heure, j'ai été voir ma responsable et j'ai obtenu que vous puissiez rester dans la chambre de Gil.

Michael la fixa, sentant ses yeux s'écarquiller.

— Vous m'appréciez ? Pourquoi ?

— Vous me rappelez mon frère, répondit-elle en souriant. Bref, elle a dit que vous pouviez rester.

— Elle peut faire ça ?

— La direction n'apprécierait pas, mais ce qu'ils ne savent pas ne leur fera pas de mal, répliqua-t-elle en haussant les épaules. Et c'est à notre discrétion. Notre service est plutôt calme en ce moment. Si nous recevons un nouveau cas, vous devrez revenir ici. Ou si, pour une raison quelconque, l'état de Gil s'aggravait, mais ça n'arrivera probablement pas.

— Vous semblez si sûre.

Il savait qu'il devait avoir l'air quémandeur, mais il n'y pouvait rien.

— Presque sûre. Je fais ça depuis longtemps, et Gil tient sans problème.

— Mais il n'est pas encore réveillé.

— Il le fera. Laissez-lui le temps, Michael. Il est tombé de trois étages. Il faut du temps au cerveau pour se remettre d'un tel choc, mais ça viendra.

Il prit ce qui semblait être sa première vraie respiration depuis des heures.

— Merci.

— De rien. Venez, avant que ma patronne ne change d'avis.

Il se leva et la suivit. Ils passèrent tranquillement les portes ouvertes vers les autres pièces. Il y avait eu au moins six patients dans l'après-midi, mais seulement trois chambres étaient occupées à présent, et c'était beaucoup plus calme qu'auparavant. La femme aux cheveux foncés au téléphone leva les yeux lorsqu'ils arrivèrent au poste des infirmières, et elle lui fit un léger signe de tête.

— Merci, chuchota-t-il, espérant qu'elle pouvait voir son appréciation sur son visage.

Pam le fit entrer dans la chambre de Gil avec un petit sourire.

Il entra, étudiant toutes les machines. Le soufflet du ventilateur montait, puis descendait avec un sifflement rythmique, et il regarda les chiffres sur l'écran en face du lit. Tout semblait exactement comme il l'avait laissé lorsqu'il était parti, et il souffla lentement.

Pam arriva derrière lui, poussant le fauteuil inclinable du coin jusqu'à ce qu'il soit à côté du lit.

— Tenez, voilà. Et je vous apporte une couverture et un oreiller.

— Merci, dit-il sincèrement.

Son estomac gronda, et il le couvrit de sa main, l'air penaud.

— Et peut-être un sandwich à la dinde ?

— Ce serait génial.

Elle lui fit un clin d'œil et se dirigea vers les portes, faisant une pause avant de sortir.

— Je ne sais pas si quelqu'un vous l'a dit tout à l'heure, mais parlez-lui. Je ne peux pas vous dire le nombre de personnes qui révèlent aux médecins qu'ils pouvaient entendre leurs proches pendant leur coma. Il se sentira mieux lorsqu'il saura que vous êtes là.

Michael enroula avec précaution sa main autour de celle de Gil, et se percha sur le bord du fauteuil.

— Je suis là, murmura-t-il en serrant la main du blessé. Juste ici. Et il est temps pour toi de te réveiller.

Pam revint avec la couverture et l'oreiller promis et un sandwich à la dinde accompagné de blé et d'un sac de chips. Son estomac commençait

185

à sonner creux au moment où il attaqua le plat. La nourriture le cala bien. Il ajusta le fauteuil jusqu'à ce qu'il soit au plus près du lit, ôta sa veste et ses chaussures, puis se couvrit les jambes avec la couverture. Il lui était toujours impossible de se détendre.

Il était là depuis environ une heure et il se rendait compte qu'il était fatigué et nerveux à l'idée que quelqu'un à l'extérieur ait blessé intentionnellement Gil. Il s'avança sur le bord de son siège, une main enroulée autour des doigts de Gil, l'autre se déplaçant sur la peau meurtrie de l'épais avant-bras de Gil. Il se pencha en avant, brusquement épuisé, appuyant avec précaution son front contre le mur solide de l'épaule de l'homme allongé.

— Pam a dit de parler, commença-t-il, mal à l'aise. Je pense qu'elle a voulu dire plus que ce que j'ai fait, te répétant encore et encore que j'étais là.

Il releva la tête et étudia le front noir et bleu de Gil, le bandage dont la gaze arborait maintenant une tache rosâtre. Ils lui avaient percé deux trous dans le crâne : l'idée le faisait trembler. Il voulait le réparer, l'améliorer avec la caresse de ses doigts. C'était stupide, mais c'était ce qu'il ressentait.

Il se concentra sur les longs cils brun foncé de Gil.

— Ça a été une foutue longue journée et demie, Gilbert, commença-t-il en essayant de lui parler comme s'il était réveillé. Et au fait, j'ai un truc à te dire. Quelle personne saine d'esprit a appelé ce tigre à dents de sabre avec lequel tu vis « Pixie » ? C'est comme les voisins de David appelant leur pauvre corgi, Bootsy. Il devrait y avoir une loi vous interdisant d'humilier vos animaux avec des noms stupides. Ce chat pourrait te manger dans ton sommeil, Gil. Tu aurais dû être gentil et l'appeler « Butch », comme Clint Eastwood ou Bruce Willis.

Il sourit.

— Bien que Pixie puisse être un bon nom de drag queen. C'est comme s'il portait son propre boa avec sa queue touffue. Alors peut-être que le nom n'est pas si mal, après tout.

Il tourna son regard vers la main sous la sienne, étudiant les ongles de Gil. Il y avait une tache de peinture grise sur l'ongle de son pouce.

— Alors de quoi d'autre devrions-nous parler ? demanda-t-il en grattant la petite tache grise. C'est plus facile lorsque tu fais le malin, tu sais. Je n'aime pas trop les monologues.

Il renifla doucement avant de continuer.

— J'imagine ce que tu dirais de ça. « Tu racontes n'importe quoi, Michael », divagua-t-il alors qu'il glissait ses doigts entre ceux de Gil, plus épais et plus costauds. Je dis n'importe quoi, parfois. Et tellement de bêtises. Tu devais être inconscient pour que je le reconnaisse.

Il appuya son autre coude sur le bord du lit et appuya son front sur sa main.

— Je vais te dire quelque chose que tu ne pourras pas utiliser contre moi après, d'accord ? Je suis désolé de t'avoir continuellement repoussé. Je ne voulais pas. Mais tu me fais peur, Gil. Vraiment, avoua-t-il en serrant ses deux mains autour de la sienne. Je suppose que je dois expliquer ça, n'est-ce pas ?

Il pensa au matin où il s'était réveillé en sécurité dans les bras de Gil. Combien cela lui avait semblé normal. Comment il avait été terrifié. Comment il était terrifié depuis cinq ans.

— Je suis allé à l'université de Washington. Je ne crois pas te l'avoir déjà dit, n'est-ce pas ? Je suis un de ces gosses de fraternité, riches et morveux. Et je suis en fait le pire des pires ; je suis un morveux en héritage. Mes deux parents sont allés à Washington. Ma mère était même présidente de sa sororité. Et si tu la rencontrais, tu pourrais le voir partout sur elle, jusqu'au caillou de quatre carats sur sa main et ses perles de culture, dit-il en riant, mais sans humour. Je pense que c'était la seule chose que mes parents attendaient de moi dans ma vie, que j'aille à l'université, que je fasse partie d'une fraternité, que j'obtienne mon diplôme avec mention. Deux sur trois, ce n'est pas mal, non ?

Son sourire s'estompa et il fixa le motif sur la blouse de Gil, laissant ses yeux se perdre.

— Du moins, c'est ce qu'on pourrait croire.

Son esprit revint à une journée d'automne trop brillante et à la paire d'yeux bleus qui lui avait coupé le souffle.

— J'ai adhéré à une fraternité. J'ai même prêté serment à la fraternité du vieil homme, même si je n'avais pas l'intention d'être avocat. Puis, j'ai rencontré un homme, révéla-t-il en laissant échapper un soupir haletant. Quel cliché, honnêtement ? On change de matière, de vie à cause d'un mec.

Sa voix s'adoucit.

— Il s'appelait Evan Coldwell, et je l'ai rencontré à une fête pendant le rush de première année. Je suis tombé amoureux de lui avant même qu'il ait ouvert la bouche.

Evan lui avait dit qu'il n'avait pas voulu assister à cette stupide fête et qu'il avait englouti un verre de bière Solo après l'autre sans jamais se saouler. Michael avait été tellement impressionné par sa maîtrise de soi.

Cette soirée-là avait été un tournant à bien des égards. À dix-huit ans, Evan était le premier homme avec qui Michael avait eu des relations sexuelles. Il avait pratiqué assidûment le pelotage et batifolé. Mais c'était du sexe et c'était assez spectaculaire. Cela avait changé sa vie. C'était ce qu'il avait pensé, du moins.

— Evan vivait dans un appartement en dehors du campus, et je n'ai jamais emménagé dans la fraternité. Heureusement pour moi, la fraternité s'est mise elle-même en probation le premier week-end et n'a pas été autorisée à recevoir des premières années. C'était comme un cadeau. Soit j'emménageais avec Evan, soit dans un dortoir. Et mes parents étaient beaucoup plus disposés à payer un loyer que pour un dortoir minable. Dieu nous en préserve, le fils qu'ils avaient passé dix-huit ans à ignorer risquait de ternir le nom de la famille en vivant dans un dortoir.

Il poussa un soupir tremblant.

— Waouh, Michael. C'est amer ? Je suppose que c'est l'autre chose que tu devrais savoir à mon sujet. Ma relation avec mes parents est nulle, et je suis une salope pleurnicheuse. Bref, Evan, poursuivit-il en passant délicatement ses doigts sur les bras de Gil, grimaçant de nouveau en voyant les bleus. J'étais jeune et extrêmement stupide, et je lui ai donné… tout ce qu'il voulait. Il s'était trouvé un ticket restaurant avec un fond en fidéicommis, et je pensais qu'il était aussi amoureux de moi que je l'étais de lui. Je n'ai jamais remis en question le fait qu'il refusait de parler de sa famille ; après tout, j'avais des problèmes avec mes parents. Je n'ai pas eu de mal à croire qu'il avait des soucis avec les siens. Nous avons vécu ensemble pendant deux ans, nous avons fait tous ces plans quant à ce que serait notre vie lorsque j'aurais fini mes études. Il était à l'école de droit lorsqu'il a obtenu son diplôme, et je trouvais ça hilarant que mon père ait un avocat dans la famille, même si ce n'était pas moi. Bref, le week-end où il a eu son diplôme, j'avais prévu une fête pour lui. Il m'a dit que sa famille ne viendrait pas, et j'ai eu pitié de lui.

Il secoua la tête.

— Stupide. Tellement stupide. J'ai assisté à la remise de son diplôme, si fier lorsqu'il a traversé la scène. Il était si beau avec son chapeau et sa robe. Il m'a dit que nous nous retrouverions à la maison, qu'il ne voulait pas se battre contre la ruée de gens pour essayer de m'atteindre dans la foule une fois la cérémonie terminée. J'avais prévu d'aller chercher son cadeau de fin d'année et quelques affaires pour la fête et que nous nous retrouvions ensuite à l'appartement. J'ai pensé que nous pourrions peut-être faire une petite fête privée avant que nos amis n'arrivent.

Il laissa son front reposer doucement sur l'arrière du poignet de Gil, prenant une inspiration tremblante.

— Ai-je assez répété que j'étais stupide ? Je suis rentré chez moi avec des sacs remplis de bretzels et de chips et une petite boîte-cadeau en velours, contenant une bague de classe de l'Université de Washington vraiment horrible, avec des améthystes et un seul diamant. En y repensant, c'était tape-à-l'œil, pas du tout le style d'Evan, mais alors, je suppose que je ne l'étais pas vraiment non plus. J'ai déverrouillé la porte de notre appartement.

Il se souvenait du choc, de l'incrédulité, du froid qui s'était propagé depuis son visage…

— Tout avait disparu, je veux dire, tout. Les vêtements d'Evan, ses photos, son bureau, tout. Il y avait des traces dans le tapis à l'endroit où se trouvaient les meubles, mais il avait disparu comme s'il s'était volatilisé dans l'air. Même les assiettes, les couverts et les serviettes dans la salle de bains. Quatre heures avant, tout était là, et maintenant, il n'y avait plus rien. Au début, c'était surtout tout à lui, mais… je n'avais pas les idées claires. Je pensais que nous nous étions fait cambrioler. Je suis allé voir le gestionnaire immobilier sur place, hystérique, et il m'a dit qu'Evan s'était arrangé afin qu'il laisse entrer l'équipe. Il a simplement supposé que nous déménagions.

Michael leva la tête en reniflant. Il n'avait pas remarqué les larmes, jusqu'à ce qu'elles glissent le long de ses joues et de son menton. Il les essuya avec irritation.

— J'ai même pensé que c'était peut-être une sorte de surprise. Qu'il nous avait peut-être trouvé un plus bel appartement sans me le dire. Mais j'ai trouvé mes affaires dans le placard et entassées dans un coin de notre chambre. J'ai tenté de l'appeler, mais je suis tombé sur un enregistrement disant que son numéro de téléphone n'était plus attribué. J'étais frénétique. Je n'avais aucune idée de l'endroit où il était ou de ce qui s'était passé. Nous avions fait l'amour ce matin-là et il était bien, même si avec le recul, il semblait être d'une douceur inhabituelle.

Il se racla la gorge rudement.

— J'ai découvert plus tard qu'il n'avait pas du tout rompu sa relation avec sa famille. Je n'en faisais pas partie. Je suis resté avec des amis, ce soir-là, essayant toujours de lui trouver des excuses, pour trouver des raisons rationnelles pour qu'il m'abandonne ainsi. J'étais tellement bouleversé que ma meilleure amie, Hayley, s'est connectée à Internet et a fait une recherche sur le nom d'Evan, ce que je n'aurais pas pensé à faire. Il m'avait dit qu'il venait de Champaign, dans l'Illinois, mais il n'y avait aucune trace de son nom de famille. Hayley est très pointilleuse. Elle l'a finalement trouvé à Oklahoma City.

Il était si fatigué que son corps lui donnait l'impression que ses os étaient en train de se dissoudre. David était la seule autre personne à qui il avait raconté ça, et se souvenir des détails du jour où sa vie s'était effondrée l'épuisait toujours.

— Plus Hayley découvrait de détails, plus les choses commençaient à prendre un sens horrible. Sa famille occupait un rang important dans la politique de l'Oklahoma. Son père était conseiller municipal et sa mère, comme la mienne, dirigeait une douzaine d'organismes de bienfaisance. Evan n'avait jamais fait son coming out à sa famille. Pour autant qu'ils le savaient, leur grand fils aîné était allé à l'Université de Washington pour quatre années de liberté avant de retourner dans la famille et de faire ce que tous les bons fils font : terminer leurs études supérieures, s'inscrire au barreau pour pouvoir entrer dans l'entreprise familiale, se marier et commencer à œuvrer sur ces deux petits-enfants et demi. Il a épousé sa petite amie du lycée dans les semaines qui ont suivi son retour chez lui. L'Evan que je connaissais était un mensonge, comme tout le reste de sa vie.

Michael eut brusquement froid et il enveloppa ses mains dans la couverture.

— J'ai pris une décision après ça. J'ai décidé que si je pouvais vivre avec un homme pendant deux ans sans savoir que j'étais son sale petit secret, je ne pouvais pas me fier à mon jugement. Je ne laisserais jamais personne m'approcher pour me ridiculiser de nouveau. Et je ne l'ai pas fait. À part David, mais il n'y a jamais rien eu de romantique, depuis le début. Nous nous sommes regardés et nous étions simplement les meilleurs amis. Quoi qu'il en soit, j'ai obtenu mon diplôme universitaire en beaux-arts et j'ai vu une annonce sur une page Web de l'entreprise pour le poste où j'ai rencontré David. ... Cela m'a permis de faire deux choses que je devais faire... cela m'a donné un revenu, et cela m'a permis de quitter Seattle et de m'éloigner de mes parents. Et ça, comme on dit, c'est de l'histoire.

Il prit une grande inspiration, la tint un moment, puis la relâcha lentement.

— Alors maintenant, tu sais pourquoi je ne voulais pas te laisser t'approcher de moi. Tu me fais peur, Gilbert. Je me bats contre mes sentiments depuis le jour où nous avons déménagé les affaires de la maison de ton père. Mais…

Il frotta le dos de son bras contre les yeux.

— Je ne pense pas que je peux encore le faire. Te voir tomber comme ça, te voir aussi blessé, c'est juste que….

Ses émotions devenaient incontrôlables au fur et à mesure que ses yeux se remplissaient à nouveau, et les larmes qu'il ne pouvait s'empêcher de pleurer striaient son visage.

— Je t'aime, Gil, affirma-t-il en touchant le visage contusionné avec des doigts doux. Tu dois ouvrir les yeux. Tu dois te réveiller pour que je puisse te gronder de m'avoir fait peur comme ça. Parce que, écoute-moi, enfoiré. J'ai besoin de toi. J'ai besoin que tu…

Il interrompit sa litanie lorsqu'il vit un mouvement derrière la paupière gauche de Gil. La droite était encore trop gonflée, mais sa paupière gauche tremblait, ainsi que ses cils. Le cœur de Michael s'emballa dans sa poitrine, martelant abruptement à la base de sa gorge.

— Gil ? Bébé, tu m'entends ?

Les bras de Gil bougèrent et il fit un bruit étrange, comme le croisement entre un souffle et un gémissement. Puis il toussa et sa jambe gauche se déplaça sous les couvertures.

— Gil ? Oh, mon Dieu. Gil.

Des larmes coulèrent sur les joues de Michael. Son regard était fixé sur le visage du blessé, et lentement l'œil gauche de celui-ci s'ouvrit. Il roula comme s'il fouillait la pièce, puis il s'arrêta sur Michael.

Le jeune homme sourit.

— Hé, chuchota-t-il, sa voix se brisant.

— Hé.

La voix de Gil semblait à vif, comme si quelqu'un avait frotté l'intérieur de sa gorge avec du papier de verre. Il ferma les yeux et Michael se sentit paniqué tout à coup. Ça ne pouvait pas être ainsi, Gil ne pouvait pas s'évanouir de nouveau, pas alors qu'il venait de revenir à lui.

— Gil !

L'œil de Gil s'ouvrit immédiatement et les commissures de ses pauvres lèvres gonflées se relevèrent.

— Tu ne peux pas le reprendre, dit-il de sa voix rauque.

— Reprendre quoi ? demanda Michael en prenant la main de Gil entre les siennes.

191

— Je t'ai entendu, Michael. Tu as dit que tu m'aimais, tu ne peux pas le reprendre.

Le sourire du jeune homme trembla et il pressa ses lèvres contre les articulations de Gil, ses larmes mouillant la peau meurtrie.

— Je ne le reprendrai pas, bébé. Je passerai une annonce dans le journal si tu veux.

La prise de Gil était faible lorsqu'il tourna sa main et attrapa les doigts de Michael entre les siens, mais elle était présente.

— Dimanche, le jour de plus grande diffusion.

— C'est d'accord, s'exclama Michael avec un rire haletant.

— Et je t'aime aussi, dit-il, ses lèvres se retroussant sur un léger sourire.

Michael embrassa de nouveau ses pauvres articulations meurtries, puis laissa tomber son front sur la main de son compagnon.

XIII

Finalement, Michael se leva de sa chaise pour alerter Pam, puis il y eut une ruée d'activité et il dut quitter la pièce. Des médecins différents de ceux qu'il avait vus entrèrent et sortirent de la chambre, et il observa tandis qu'il appelait David et finissait par parler à Jackson.

— Il est réveillé ? demanda ce dernier, semblant aussi anxieux que Michael l'avait été.

— Oui.

— Il va bien ?

Michael savait ce qu'il demandait. Ils avaient parlé de tout à part ça, mais à partir du moment où le docteur Shumway leur avait dit que la blessure à la tête pourrait avoir des répercussions, ils avaient eu peur de ce que cela pouvait signifier. Il savait qu'ils n'étaient pas sortis d'affaire.

— Il avait l'air d'aller bien. Il savait qui j'étais, et il m'a parlé.

— Dieu merci, s'exclama Jackson, Michael pouvant entendre le soulagement dans sa voix.

— Oui. Je ne suis pas trop prières, mais j'en ai fait beaucoup. En fait, je dois peut-être mon premier-né à Dieu.

— Bonne chance avec ça, répliqua Jackson avec un rire rauque.

Ils transférèrent Gil hors de l'unité de soins intensifs cette nuit-là, et le lendemain matin, il se trouvait dans une chambre de l'étage inférieur et qui avait au moins une vue sur le centre-ville. Michael les accompagna pendant son transfert et la rencontre avec les infirmières qui s'occuperaient de lui dans le service orthopédique. Les heures de visite étaient beaucoup plus souples à l'extérieur des soins intensifs, et ils ne semblaient pas avoir de problèmes à ce que Michael passe la nuit dans un autre fauteuil inclinable.

Une fois le transfert effectué, Gil était épuisé et plus endormi qu'éveillé, mais lorsqu'il ouvrait les yeux, il cherchait Michael. Ce dernier somnola, tenant la main de son compagnon, se réveillant chaque fois que les infirmières venaient vérifier les signes vitaux du blessé ou lui apporter des médicaments. Elles lui assurèrent que l'épuisement de Gil était tout à fait normal et le soulagement qu'il ressentait chaque fois que Gil se réveillait était si complet qu'il en était presque étourdi.

Vern et Manny arrivèrent à dix-huit heures trente, et le soulagement se refléta sur leurs visages lorsque Gil les reconnut clairement.

— À quoi pensais-tu, Gilbert ? demanda Vern.

Il avait l'air sévère, mais Michael savait que c'était juste Vern qui était Vern.

— Je pensais pouvoir voler, répondit son ami.

— Eh bien, j'espère que cela t'a découragé de cette idée. Parce que je peux te garantir que ton gros cul n'a rien fait d'autre que tomber. Et autre chose, crétin, tu m'as fait perdre dix ans de ma vie. Tu dois commencer à mieux me payer.

— Ne l'écoute pas, intervint Manny en prenant la main de Gil en souriant. Il est simplement énervé parce que tu prends des vacances et que son vieux cul fatigué doit réparer l'extérieur de la maison O'Banyon.

— Tout à fait d'accord, grogna l'intéressé. Cet endroit est énorme.

— Je serai de retour avant que tu t'en rendes compte, dit Gil, ses yeux se fermant. Après une sieste.

Manny et Vern partirent peu de temps après, et en moins d'une heure, David et Jackson entrèrent. David attira Michael dans le couloir tandis que Jackson s'asseyait à côté de Gil, lui parlant doucement.

— Comment va-t-il ? demanda-t-il en attrapant la main de Michael et en la serrant.

— Il dort. Je suis tellement soulagé qu'il soit réveillé…

— Je sais. Écoute, nous devons parler du temps que tu vas passer ici.

— La police a-t-elle trouvé l'homme qui a fait ça ? demanda Michael en se raidissant.

— Non, pas que nous sachions, répondit David avec un soupir.

— Alors je reste ici.

— Michael…

— David. Tant que quelqu'un est prêt à saboter son équipement…

Michael termina sa phrase à travers ses lèvres tendues.

—… et qu'il est aussi impuissant qu'il l'est en moment, je ne vais nulle part. Je peux continuer à travailler sur les achats depuis mon ordinateur portable…

— Stop, le coupa David, qui leva la main et attrapa son épaule. Tu me laisses parler ?

Le jeune homme pinça ses lèvres, mais il se calma.

— Et donc ? Parle.

— Jackson et moi en avons discuté, tu ne peux pas rester ici toute la journée, tous les jours.

— Tu m'en diras tant.

— Oh, merde, tu es exaspérant. Tais-toi.

Michael arqua un sourcil, attendant.

— Tout ce que je veux dire, c'est que nous sommes assez nombreux pour… le faire par roulement.

— David, les autres hommes travaillent sur le manoir. Nous ne pouvons pas repousser les travaux de Richard et Lyle.

—Nous ne le ferons pas, lui assura son ami. Mais tu ne peux pas t'épuiser en restant ici, à ne jamais avoir une bonne nuit de sommeil. Et tu ferais aussi bien de te résigner à ce que les autres viennent périodiquement te jeter dehors. Jackson insiste là-dessus.

Michael étudia le visage résolu de David.

— Gil m'a dit qu'il m'aimait.

Il n'était pas sûr d'où cela venait, il n'était même pas sûr d'avoir eu l'intention de le dire, mais c'était sorti.

— Vraiment ? s'exclama David, son froncement de sourcils s'estompant et ses yeux s'adoucissant. Et qu'as-tu dit ?

— En fait, je lui ai dit en premier, révéla-t-il, sentant son estomac papillonner un peu. Je ne savais pas qu'il était éveillé et m'entendait.

— C'est vrai ? s'exclama David, son sourire s'élargissant.

— Pam, l'infirmière, m'a dit de lui parler, que les gens qui se réveillaient d'un coma disaient aux médecins qu'ils pouvaient entendre. C'était bizarre au début, tu vois ? Mais… dit-il en prenant une grande inspiration, je lui ai parlé d'Evan.

David serra son bras.

— Je ne sais pas s'il a entendu cette partie, mais je la lui ai racontée. Je suppose que j'ai réalisé quelque chose.

— Quoi ?

— Que pour aimer quelqu'un, il faut le laisser entrer. Je l'ai repoussé depuis… probablement ce jour-là, chez son père, parce qu'il m'a fait peur. Evan m'a tellement blessé que ne pas me permettre de m'en préoccuper était la seule protection que j'avais. Puis il est tombé.

Michael frémit, la gorge serrée, et son ami passa sa main sur son bras.

— Ça devait être effrayant.

— Ça l'était. Mais sais-tu ce qui m'a plus effrayé que de le voir tomber ? L'idée que j'avais passé des mois à le repousser et que je n'aurais peut-être jamais la chance de lui dire que je l'aimais. Mais il m'a entendu. Il m'a dit que je n'avais pas le droit de le reprendre, avoua-t-il en riant, se sentant vaciller. Il veut que je mette une annonce dans le journal, le dimanche, parce que plus de gens le lisent ce jour-là.

David fit un doux bruit, puis il enroula ses bras autour de Michael, l'étreignant avec force.

— Je suis si content, murmura-t-il contre l'oreille de son ami.

— Je l'aime tellement, chuchota le jeune homme en serrant David contre lui. Donc, lorsque tu m'as dit que tu étais amoureux de Jackson et que ça t'effrayait ? Je comprends maintenant, bon sang.

— Te souviens-tu aussi que je t'ai dit que ça t'arriverait un jour ? ajouta David en reculant en souriant.

— Je savais que ça viendrait, gémit doucement Michael.

— C'était sûr. As-tu la moindre idée de combien c'est agréable pour moi de pouvoir dire « je te l'avais dit » ? dit-il en riant doucement. Plus que tout, je suis tellement content.

— Moi aussi, répondit Michael en souriant faiblement. Je me fais pipi dessus, mais je suis content.

David rit et l'étreignit de nouveau.

Au fil des jours, Gil devint de plus en plus lucide. Les kinésithérapeutes le firent s'asseoir dans son lit dès le deuxième jour, puis le déplacèrent avec précaution vers le fauteuil inclinable le lendemain. L'orthopédiste était convaincu que sa numération globulaire indiquait qu'il avait réussi à éviter l'infection, et le neurochirurgien vint et retira le tube de sa tête le troisième jour, satisfait de son amélioration. Il changea également le pansement, et Michael se sentit écorché intérieurement lorsqu'il vit les deux petites incisions fermées par des agrafes. Cet homme avait percé des trous dans le crâne de Gil. Il était tellement content que le médecin ait su ce qu'il faisait qu'il était incapable de l'exprimer. Le docteur Pillai était très satisfait de la façon dont les incisions guérissaient et que l'enflure ait diminué. Il termina le bandage en posant du sparadrap, indiquant à Gil qu'il devrait venir dans son cabinet afin de se faire enlever les agrafes. Il le prévint également qu'il pourrait y avoir certains effets secondaires, mais que leurs effets restaient à évaluer.

— Quel genre d'effets secondaires ? s'inquiéta Michael, ses mains s'enroulant autour de la barrière du lit de Gil jusqu'à ce que ses articulations blanchissent.

Le chirurgien s'installa sur un tabouret au pied du lit, posant le dossier de Gil de côté.

— Eh bien, tout d'abord, permettez-moi de redire à quel point Gil a été incroyablement chanceux pendant tout ceci. Une chute de trois étages directement sur du béton aurait pu être mortelle. Je vois remarquablement peu d'indications de problèmes à long terme. Mais il faut que vous compreniez : son cerveau a rebondi dans son crâne, et penser qu'il n'y aura pas d'ecchymoses est naïf, expliqua-t-il en étudiant le visage du blessé. Je m'attends à ce qu'il y ait encore des maux de tête. S'ils s'aggravent, vous devez revenir ici. Vous continuerez probablement à être fatigué. Vous remarquerez peut-être que votre équilibre n'est plus bon, ce qui est embêtant lorsque votre jambe est cassée. Mais comme vous ne montrez pas d'autres signes de lésions plus étendues dans la partie où se trouvait l'hématome, je dois dire…

Il secoua la tête avant de conclure.

— Vous êtes un homme très chanceux.

— Oui, je le suis vraiment, confirma Gil en regardant Michael avec un doux sourire.

Cinq jours après la chute de Gil, le téléphone de Michael sonna, affichant un numéro local qu'il ne reconnut pas. Gil faisait la sieste, donc il sortit dans le couloir.

— Allô ?

— Michael Crane ?

— Oui ?

— Michael, c'est l'inspecteur Mitchell. Nous nous sommes rencontrés chez David Snyder.

— Oh, oui. Bonjour, inspecteur.

— Comment va monsieur Chandler ?

— Il va bien, répondit-il en s'adossant au mur. Ils parlent de le faire sortir demain.

— C'est une bonne nouvelle.

Mitchell se tut un instant et Michael put entendre le bruissement de papiers.

— Michael, nous aimerions que vous passiez pour un moment à seize heures cet après-midi.

— Pourquoi ? demanda-t-il en fronçant les sourcils.

— Nous avons arrêté un suspect pour le vandalisme du domicile de monsieur Snyder.

— Vraiment ? demanda-t-il en se raidissant.

— Oui. Un officier en patrouille l'a en fait surpris en train de taguer un pont en ville, la nuit dernière. Nous avons trouvé d'autres preuves dans le sac à dos en sa possession, ce qui nous porte à croire qu'il pourrait avoir été impliqué dans votre attaque. Nous aimerions procéder à une identification.

— Il portait un masque de ski, Inspecteur. Comment pourrais-je l'identifier ?

— Vous avez dit que vous pensiez que ses yeux étaient distinctifs.

Les yeux noirs pleins de colère scintillèrent dans son esprit, la tache rougeâtre sur sa paupière droite. Pouvait-il identifier l'homme à partir de cela ? Il pensa qu'il le pourrait peut-être.

— Qu'en est-il du vandalisme sur l'échafaudage ?

Il y eut une pause.

— Nous n'avons pas encore réussi à le lier à cela, mais croyez-moi, nous y travaillons.

Gil était réveillé et il regarda Michael avec un doux sourire lorsque celui-ci revint dans la chambre. Son visage était toujours noir et bleu, plus de vert et de jaune se glissant dans les vives contusions. Mais le gonflement avait suffisamment réduit pour qu'il ressemble davantage à l'homme dont Michael était tombé amoureux.

— Hé.

— Hé, toi-même, répondit Michael en s'asseyant à côté de lui et en attrapant sa main.

— Je m'habitue à ça, dit-il en pressant les doigts du jeune homme. Lorsque je me réveille maintenant et que ta main n'est pas à portée de la mienne, c'est bizarre.

— Je viens de recevoir un appel intéressant, lui apprit Michael en soulevant la grande main.

— Ah oui ? De qui ?

— L'inspecteur Mitchell, dit-il en voyant le regard de Gil s'aiguiser. Ils ont arrêté quelqu'un en relation avec le vandalisme chez David.

— Pensent-ils qu'il a pu trafiquer l'échafaudage ? demanda le grand homme, sa main tremblant dans celle de Michael.

Ce dernier passa son pouce sur les articulations abîmées avant de répondre.

— Ils n'en sont pas sûrs, mais il a dit qu'ils y travaillaient, répondit-il avant de détourner son regard de l'examen minutieux de Gil. Ils veulent que je vienne pour voir si je peux l'identifier au milieu d'autres hommes.

Un silence lourd s'installa entre eux.

— Es-tu d'accord avec ça ?

— Honnêtement ? dit Michael en serrant la main de son compagnon. Ça me fait un peu peur. Mais est-ce que je veux qu'ils puissent l'arrêter ? Oui, c'est vrai.

— J'aimerais pouvoir t'accompagner, soupira Gil.

— J'aimerais aussi que tu le puisses. Je dois appeler David. Je suis peut-être prêt à faire leur identification, mais je ne te laisserai pas seul.

— Je vais bien, bébé, assura Gil en entrelaçant leurs doigts. Que veux-tu qu'il se passe si je reste allongé ici et que je fais une autre sieste ?

Il était adossé à sa tête de lit surélevée, et Michael se pencha sur lui jusqu'à ce que leurs visages soient à quelques centimètres l'un de l'autre.

— Je ne te laisserai pas seul ici, Gilbert. Suis-je trop prudent ? Peut-être.

Il passa son doigt sur les lèvres pleines de Gil et elles se séparèrent légèrement.

— La seule chose pire que de te voir tomber aurait été de te perdre, juste alors que je réussissais à dépasser ma merde. J'ai peur que tu doives vivre avec le fait que je sois un peu surprotecteur pendant un moment, dit-il avant de franchir la distance entre eux afin d'embrasser Gil.

Il avait prévu un baiser court et doux, mais Gil avait apparemment d'autres projets. Il posa une de ses mains sur la nuque de Michael et encercla ses épaules avec son autre bras. Il fit glisser sa langue le long des lèvres du jeune homme, n'exigeant pas, mais demandant, et Michael s'ouvrit à lui avec un doux soupir.

Sa main se déplaça sur la joue de Gil, la touchant à peine, son pouce le caressant sous le menton. Il inclina légèrement la tête, approfondissant le contact entre leurs lèvres. Les doigts de Gil glissèrent dans ses cheveux, et il suça sa langue, la piégeant contre son palais.

— Oups !

Michael se retourna et regarda par-dessus son épaule le visage très rouge de la femme qui s'était occupée des factures de l'hôpital en lien avec l'assureur de Gil.

— Je peux revenir, s'excusa-t-elle.

— Non, ce n'est pas grave, assura Michael en se rasseyant, sachant que son visage devait être aussi empourpré que le sien.

Gil prit tout en main, signant les formulaires qu'elle lui tendit et lui adressant un joli sourire lorsqu'elle ramassa ses affaires pour partir. Michael pensait qu'elle avait le béguin pour son compagnon ; elle avait dû comprendre.

— Eh bien, il y a une chose que j'ai découverte grâce à ce petit exercice avant qu'elle ne l'interrompe, murmura-t-il.

— Qu'est-ce que c'est ?

Gil attrapa sa main, la tirant sous la couverture sur ses genoux. Sa main atteignit l'aine de Gil et il rencontra la preuve tangible de son excitation. Son sexe épais était à moitié en érection.

— Tout fonctionne encore, dit-il avec un sourire malicieux.

Michael enroula ses doigts autour de l'épaisse hampe juste au moment où une infirmière entrait. Il retira sa main, sentant le bout de ses oreilles brûler. S'il n'était pas prudent, il allait se transformer en David.

Gil rit, visiblement content de lui.

JACKSON ARRIVA à l'hôpital pour tenir compagnie à Gil pendant que Michael s'absentait et celui-ci sortit en plein jour. Il était un peu plus de quinze heures et le soleil n'était pas encore couché, la meilleure indication que le printemps était enfin installé pour de bon. Il n'avait pas quitté l'hôpital avant la tombée de la nuit depuis des jours, et il mit des lunettes de soleil en sortant du parking. Il mit vingt minutes pour se rendre en voiture au bureau de police principal, situé près du palais de justice et de la prison du comté. Il se gara devant et prit une grande inspiration avant de passer la double porte. Il y avait un officier assis à la réception, et Michael s'approcha de lui.

— Je suis ici pour voir l'inspecteur Mitchell, dit-il lorsque l'homme le regarda. Il m'attend.

— Votre nom, monsieur ?

— Michael Crane.

— Un instant.

L'agent décrocha un téléphone, et Michael s'éloigna légèrement, regardant par la fenêtre la vue sur le palais de justice gothique. Il ressemblait, plus que tout, à un château écossais avec ses tours rondes et ses tourelles, et même s'il en appréciait l'architecture, il pariait qu'il serait effrayé d'y être emmené à l'arrière d'une voiture de police. Il se détourna et glissa ses mains dans les poches de sa veste.

Une porte s'ouvrit à droite du bureau et l'inspecteur Mitchell entra. Son costume sombre était fripé et sa cravate à motifs bleus portait une petite tache.

— Venez, Michael, dit-il en lui adressant un sourire fatigué.

Il tint la porte ouverte, lui permettant d'avancer, puis il passa devant lui. Michael le suivit à travers ce qui ressemblait à un dédale de bureaux et de téléphones sonnant à tout va.

— Leo, Carell, lança Mitchell avec un geste de la tête.

Deux des personnes occupées se levèrent, une femme en jupe crayon et veste boxer et l'autre un homme d'âge moyen aux cheveux roux vif. Mitchell les conduisit dans un bureau et ferma la porte derrière eux.

— Mike Leo, Clare Carell, voici Michael Crane. Il est là pour une identification concernant un suspect appréhendé hier soir, les informa-t-il en ouvrant un dossier sur le bureau en bois usé. Il s'appelle Brent Wiley. Il n'est pas dans le système, mais j'ai l'impression qu'il est responsable d'une partie de l'art le plus créatif de la ville.

— Où l'ont-ils attrapé finalement ? demanda l'inspecteur Carell.

Mitchell appuya sa hanche sur le bureau et décrocha le téléphone. Il appuya sur plusieurs boutons et attendit.

— Il s'est fait prendre en train de taguer le pont en face de l'église méthodiste, à côté du McDonald's.

— Il faut lui reconnaître le mérite d'avoir des couilles, commenta la femme officier en riant.

— Eh bien, oui. Mais ils réclament des dommages et intérêts. Ce pauvre bâtard est dedans jusqu'au cou. Oui, aboya Mitchell au téléphone. Préparez l'alignement, s'il vous plaît. Merci.

Il regarda ensuite Michael.

— Ils appelleront lorsqu'ils seront prêts.

— Vous étiez chez David Snyder la nuit du vandalisme, donc vous avez vu cet homme, n'est-ce pas ? demanda l'inspecteur Leo, l'étudiant d'un œil attentif.

— Eh bien, autant que vous pouvez voir lorsqu'un homme porte une cagoule de ski, répondit-il, se sentant nerveux de l'attention que lui portait l'homme.

— Mais vous pensez qu'il avait quelque chose de distinctif ?

201

— Il a une marque sur la paupière, répondit-il en frottant nerveusement ses doigts sur les coutures latérales de son jean. Je pense que je le reconnaîtrais si je le revoyais. J'aimerais juste qu'il y ait un moyen de le relier à l'acte de vandalisme qui a failli tuer Gil Chandler.

— L'effondrement de l'échafaudage ?

Le téléphone sonna et Mitchell répondit et grogna une réponse.

— Bien. Nous arrivons tout de suite. D'accord, les amis, fit-il en raccrochant. Allons-y.

Un homme en costume luxueux les attendait devant la porte.

— Inspecteur, salua-t-il Mitchell sur un ton moqueur.

— Maître. Que faites-vous ici ?

— Je crois que vous prévoyez une identification, y compris avec mon client.

— Et comment l'avez-vous découvert ?

— Maintenant, pour tout dire, répliqua l'homme avec un sourire mielleux.

Mitchell se renfrogna et se détourna.

— Par ici, Michael.

Ils entrèrent dans la salle d'identification. C'était petit, et ce fut bondé une fois la porte fermée derrière eux. Une grande fenêtre sans tain leur permettait de garder l'anonymat alors qu'ils regardaient tous une zone adjacente. Mitchell appuya sur un bouton et six hommes entrèrent, s'alignant contre le mur du fond.

— Ils ne peuvent pas vous voir ni vous entendre, alors n'ayez pas peur de vous approcher.

Les hommes étaient tous relativement jeunes, les cheveux foncés, et ils se tournèrent vers l'avant lorsqu'ils s'arrêtèrent.

Michael pouvait voir qu'ils avaient tous des yeux noirs. L'éclairage n'était pas très bon, et il lui était presque impossible de dire si celui qui l'avait terrorisé était là.

— Je ne sais pas. Je ne peux pas en être sûr.

— Prenez votre temps, Michael, le rassura Mitchell. Nous ne sommes pas pressés.

Il prit son temps, examinant chaque visage. Au bout de quelques minutes, l'avocat fit un bruit exaspéré.

— Il ne peut pas le reconnaître. En avons-nous fini ici ?

— Attendez, intervint Michael, qui s'était concentré sur un visage, celui de l'homme au bout à droite. Le numéro six peut-il se rapprocher ?

Mitchell appuya de nouveau sur le bouton.

— Numéro six, approchez-vous, s'il vous plaît.

Il ne sembla pas en avoir envie, mais il fit quelques pas en avant.

— Plus ? demanda Mitchell.

Michael acquiesça.

— Plus, ordonna l'inspecteur.

Et puis, ce fut assez près. Le froid s'insinua dans la colonne vertébrale de Michael.

— C'est le numéro six, annonça-t-il en prenant un peu de recul.

À cette distance, il n'y avait pas à se tromper sur la rage et la petite tache rougeâtre sur la paupière de l'œil droit.

— Merci, messieurs, dit Mitchell en appuyant sur le bouton avant de se tourner en souriant vers l'avocat. On dirait que votre client va traîner un peu dans le coin, après tout, Maître.

Les autres se dirigèrent vers la sortie, mais Michael hésita. La plupart des hommes dans l'autre pièce étaient sortis, mais celui du bout, celui qu'il avait identifié, n'avait pas bougé. Il fixait la vitre, presque comme s'il pouvait voir à travers. Michael recula d'un pas.

— Vous êtes sûr qu'il ne peut pas me voir ?

— Absolument.

Mitchell le vit debout devant la vitre et appuya sur le bouton.

— Vous pouvez y aller.

Mais Wiley ne bougea pas. Il regarda juste fixement, les yeux noirs remplis de rage. Michael fit un pas de plus et sentit le mur derrière lui. Un officier en uniforme entra, il tendit une note à Mitchell et adressa un léger sourire avec un hochement de tête en repartant.

— Michael.

— Ils ont trouvé sa voiture garée dans un parking en ville. Il y avait une scie à métaux sur le siège arrière.

Michael cligna des yeux, son cœur commençant à battre très fort. Il regarda l'homme en colère dans l'autre pièce, juste à temps pour voir les yeux noirs luire d'une fureur à peine contrôlée. Wiley se tenait devant le miroir sans tain, les commissures de ses lèvres se relevant dans un sourire sardonique, presque animal, qui envoya un frisson dans toute la colonne vertébrale du jeune homme. Un autre officier en uniforme arriva derrière lui et toucha son coude. Wiley sursauta et se détourna.

— Il pouvait nous entendre, dit Michael en regardant Mitchell. Pour cette dernière partie, à propos de la scie à métaux. Vous avez vu son visage ?

Pour la première fois depuis qu'il l'avait rencontré, il vit une expression authentiquement satisfaite sur le visage fatigué de Mitchell.

— Oui, c'est sûr.

XIV

GIL SORTIT de l'hôpital le sixième jour suivant l'accident. Il avait fait des allers et retours dans le couloir avec des béquilles, et le gonflement avait beaucoup diminué sur son visage, lui permettant d'ouvrir son œil droit. C'était encore une merveille de technicolor de meurtrissures, cependant.

Michael le ramena chez lui dans sa petite voiture, ce qui était presque impossible. Ils durent déplacer le siège baquet avant presque jusqu'à la banquette arrière, mais ils réussirent finalement à lui donner suffisamment d'espace pour ses jambes. Michael lui avait acheté un bas de survêtement, mais ils durent couper la jambe droite à hauteur du genou afin de pouvoir le faire passer sur son plâtre. Gil s'en moquait. Il était plus que prêt à quitter l'hôpital, et Michael avait hâte de le ramener chez lui.

Ils s'arrêtèrent dans l'allée et la porte d'entrée de la maison de Gil s'ouvrit, tous leurs amis sortant sur le porche. Même Shirley et Beverley étaient là. Cela rappela à Michael le week-end où ils avaient repeint la maison de David. Il y avait un repas complet de poulet et toutes les garnitures et trois sortes de tartes différentes, sans doute une intervention gracieuse des mères. La bière était évidemment le fait des hommes, mais Michael décida que si Gil en voulait une, ce n'était pas grave. Même s'il n'était pas censé le faire. Une grande partie des médicaments qu'il devait prendre chez lui portait la mention « Ne pas prendre avec de l'alcool » sur l'étiquette.

Mais Gil but du thé glacé avec ses analgésiques, et une fois que le repas tapageur devant le match de l'équipe de basket de sa ville natale se termina, les hommes partirent. Shirley et Beverley s'attardèrent, rangeant la cuisine, tandis que le convalescent s'assoupissait sur le canapé.

Michael n'avait pas vraiment eu l'occasion de parler avec Gil pendant que leurs amis étaient là, et il s'approcha de lui maintenant, étudiant le visage encore abîmé, profitant du fait que sa bouche était ouverte pour se pencher et l'embrasser.

— Humm, marmonna Gil en ouvrant les yeux, avec un sourire endormi. Salut, beau gosse.

— Tu n'es pas mal, non plus.

— Je ressemble à la Nuit étoilée de Van Gogh, répliqua-t-il avec un reniflement. Tous ces bleus et ces verts.

— Ce n'est pas si mal, protesta Michael en touchant son visage.

— Ça me fait peur, tu sais. Que tu sois un si bon menteur.

— Pfff. Prêt pour ton lit ?

— Oh oui, si prêt.

— D'accord, laisse-moi prendre tes béquilles.

Michael alla les chercher alors que les mamans sortaient de la cuisine.

— Nous rentrons chez nous, Gil, annonça Beverley en s'approchant de lui. Écoute tes médecins et Michael, ils n'ont que tes intérêts à cœur.

— Oui, madame, répondit-il avec un salut paresseux, et elle posa un baiser sur son front très coloré.

Shirley attrapa son menton et le fixa dans les yeux.

— Prends bien soin de toi, Gilbert Chandler. Je connaissais ta maman, et elle t'aurait botté les fesses si tu ne le faisais pas. Je n'y arriverais peut-être pas…

Il se pencha et toucha son nez avec le sien, les yeux fermés.

—… mais Bev ici présente peut le faire.

— Comme elle le dit, approuva cette dernière en riant.

Gil sourit et embrassa doucement la mère de Jackson, puis Michael les accompagna à leur voiture. Il attendit qu'elles soient à l'intérieur et que le moteur ait démarré pour retourner à la maison en leur faisant un signe de la main. Il entra et arma l'alarme anti intrusion que Jackson avait installée, puis il se rendit auprès de Gil, qui s'avançait avec ses béquilles. Il était devenu très doué pour se déplacer avec, mais il était fatigué, aussi Michael resta juste derrière ou à côté de lui, et il lui proposa son bras pour les trois dernières marches jusqu'à la salle à manger.

Gil s'appuya assez lourdement sur lui, alors il continua à le soutenir pendant qu'ils passaient devant le tableau du vieil homme.

— C'est ton grand-père ? demanda Michael en faisant un geste vers le portrait.

— Oui. Le père de mon père. Quel personnage ! Il était contrebandier de rhum pendant la prohibition, puis il a piloté des voitures de course dans les années trente et quarante. Il n'a jamais croisé un juron qu'il n'aimait pas. Il nous a tous appris à tirer avec un flingue et à régler une voiture lorsque nous étions enfants.

— Le père de ma mère était garde forestier, mais elle ne l'a jamais accepté.

Ils étaient dans la chambre à présent, et Michael aida Gil jusqu'au bord du lit. Il s'assit lourdement avec un profond soupir.

— Avec quoi dors-tu, mon grand ? demanda Michael.

— D'habitude, juste mon caleçon, répondit-il avec un sourire paresseux.

— C'est facile.

Michael l'aida à enlever son bas de survêtement et son sweat-shirt.

— Tu restes ? demanda Gil, attrapant le poignet de Michael alors que celui-ci s'apprêtait à s'éloigner.

— Jusqu'à ce que je sois sûr que Wiley soit enfermé dans une grande cellule en béton pour très longtemps. D'après Mitchell, c'est quinze à vingt ans généralement pour une tentative de meurtre.

Il était sûr que Wiley serait condamné, mais il ne voulait pas tenter le destin.

— Pourquoi jusque-là ?

— Quoi ? demanda Michael alors qu'il aidait Gil à se tenir debout suffisamment longtemps pour ouvrir les draps.

Il l'aida ensuite à s'asseoir et prit les béquilles pour les appuyer sur le mur près du lit.

— Pourquoi rester seulement jusqu'à ce qu'il soit condamné ?

Michael plia le tee-shirt de Gil, détournant le regard.

— J'ai un domicile, Gil. Et un bail.

— Tu n'aimes pas ma maison ?

Le jeune homme le fixa, la bouche légèrement ouverte.

— Je sais que ce n'est pas pour tout le monde, poursuivit Gil

— Tu es dingue ? J'adore le modernisme du milieu du siècle, et j'adore ta maison.

— Oh, bien, je suis content, assura Gil en souriant avant de s'allonger contre ses oreillers.

— Et nous discuterons lorsque tu iras mieux, assura Michael en le couvrant jusqu'à la poitrine, glissant les couvertures sous ses bras.

— Rabat-joie. Veux-tu au moins t'allonger avec moi ? Nous pouvons quand même nous tenir l'un l'autre. Nous pouvons le faire, Michael. Ou pas ?

— Nous pouvons le faire, répondit-il, gêné de la facilité avec laquelle il céda. Je vais me changer dans l'autre pièce.

Il appela David pendant qu'il se trouvait dans la chambre d'amis et le prévint qu'il restait. Puis il enfila un bas de survêtement et un tee-shirt et rejoignit Gil. Le temps qu'il arrive, Pixie, qui s'était fait rare la majeure partie de la soirée, alors que la foule bruyante était là, était allongé à côté de Gil qui lui caressait paresseusement la tête.

Michael posa les mains sur ses hanches et baissa les yeux vers le chat géant, qui le fixa dans les yeux.

— Tu es à ma place, lui dit-il doucement.

Gil ouvrit les yeux.

— Descends, ordonna-t-il fermement.

Pixie lui jeta un regard torve, puis sauta par terre.

— Super, il va vouloir me manger, maintenant, grogna Michael en se glissant à côté de Gil, se penchant au-dessus de sa tête pour éteindre.

— Non. Tu es trop filandreux.

— Merci, mec.

Il fit un doux bruit endormi alors que Michael posait la tête sur son épaule.

— Mais je t'aime filandreux. Toutes ces lignes longues et minces sont sexy, affirma Gil en attrapant sa main, la tirant sur sa poitrine, joignant ensuite leurs doigts.

— D'accord, je te laisserai vivre, répliqua Michael en luttant contre un sourire alors qu'il se blottissait plus près.

Il était endormi quelques instants plus tard.

LES JOURS suivants se déroulèrent sur un modèle assez régulier. Michael se levait le premier et préparait le petit déjeuner. Gil était un grand amateur d'œufs brouillés et de bacon, et le jeune homme préparait des œufs brouillés et du bacon de tueur. Alors tout se passait bien. Si Gil avait une séance de thérapie physique, Michael l'aidait à enfiler un short cycliste et un tee-shirt.

Pendant que le convalescent était avec son thérapeute pour l'une de ses séances, Michael vérifia les notes de travail et les photos que David lui envoyait de l'avancement des travaux au manoir. Les choses avançaient bien et Richard et Lyle avaient choisi le linge de maison qu'ils voulaient pour la partie mariage. Michael les commanda en quelques clics de clavier, puis il envoya un e-mail à David. À ce moment-là, Gil avait fini.

Gil voulut que Michael l'accompagne le matin où il avait rendez-vous chez le neurologue pour faire enlever les fils.

— J'ai des maux de tête, avoua-t-il au docteur. Et de temps en temps, mon équilibre est encore précaire.

— Soyez patient, Gilbert. Vos résultats sont bons. Tout se résout plus vite que ce à quoi je m'attendais, dit-il en tendant un miroir à main à Gil.

Celui-ci le tint pour regarder les cicatrices et il grimaça.

— On dirait que j'ai une fermeture éclair sur la tête.

— Eh bien, à toutes fins utiles, c'était le cas. Cela va aussi s'estomper, mon ami. Continuez à vous dire : « la patience est une vertu ». Elles ne seront plus que de minces cicatrices blanches dans peu de temps.

— Qu'en penses-tu ? demanda Gil en se tournant vers Michael.

Celui-ci s'approcha et regarda les deux taches, puis il se pencha impulsivement en avant et embrassa chacune d'elles.

— Il me semble que cela t'a sauvé la vie.

— D'accord, dit Gil en faisant un petit sourire au docteur Pillai. C'est le sceau d'approbation.

Après leur départ, Michael passa devant l'hôpital pour enfants et il se souvint d'une chose qu'il avait voulu partager avec son compagnon bien avant.

— J'ai vu tes peintures murales, tu sais. Celles de l'unité d'oncologie pour enfants. Après que Richard en a parlé, j'ai ressenti le besoin de voir par moi-même, avoua-t-il en jetant un coup d'œil à Gil qui le regardait, une expression énigmatique sur son visage. Elles sont époustouflantes. Le paon aussi. Et les portraits chez toi. Tu es si doué, Gil. As-tu déjà pensé à faire une exposition.

— J'y ai pensé lorsque j'étais jeune, admit-il en détournant le regard. Puis j'ai découvert qu'on ne peut pas gagner sa vie ainsi.

— Alors, fais-le pour le plaisir. Tu n'aimes pas ça.

— J'adore ça. C'est simplement trouver le temps.

— Bébé, dit-il en attendant que Gil le regarde de nouveau. Tu as le temps maintenant.

Gil se détourna pour regarder par la vitre.

DAVID APPELA Michael un matin et lui demanda de passer au manoir. Gil avait rendez-vous avec le neurologue au même moment, alors il l'emmena au Sacré-Cœur, et comme il se débrouillait si bien avec les béquilles, Michael se mit en retrait et le regarda entrer dans l'ascenseur.

Gil sourit et lui fit un clin d'œil alors que les portes se refermaient.

Il retourna à sa voiture pour monter la colline jusqu'à la maison O'Banyon. Il s'arrêta dans l'allée et regarda avec émerveillement le vieil endroit.

Il avait l'air si propre, si élégant. Il sortit de sa voiture, essayant d'assimiler tous les changements. Les fondations en pierre de rivière et les mêmes pierres reprises pour les arcs du porche étaient magnifiques. Il ne savait pas si l'ancienne peinture délavée avait caché leur gloire, mais le gris perle, le gris foncé et le noir sur la maison faisaient ressortir toutes les couleurs du granit. La maison centenaire était une merveilleuse combinaison de charme intemporel et de lignes modernes. Michael trouvait ça génial.

Il savait que les hommes étaient là... tous leurs véhicules étaient garés sur ou autour de la propriété... mais il n'en vit aucun. Il monta jusqu'à la porte d'entrée et sonna.

Il attendit quelques minutes, mais Richard répondit. Quand il vit Michael, il ouvrit les bras et l'étreignit.

— Oh, Michael, s'exclama-t-il en le relâchant pour le regarder. Nous ne vous avons pas vu depuis que Gil a été blessé. Je comprends qu'il va mieux ?

— Il est chez le neurologue en ce moment. Et il va très bien. Mais il doit encore garder son plâtre pendant trois mois, puis plus que ça en physio. Ça le rend dingue, mais je ne sais pas quand il pourra reprendre le travail.

Richard agita la main, rejetant cela.

— Je veux juste qu'il aille bien. Et tout ce que son assurance ne couvre pas, nous le ferons. Je ne veux pas qu'il ait à se soucier d'argent maintenant.

— Merci. C'est très gentil de votre part.

— Et vous ? s'inquiéta Richard, son regard ardent, mais prudent, comme s'il ne voulait pas dépasser les limites, et Michael le sentit fouiller son visage. Je sais que vous avez quitté votre dernier emploi. Vous vous en sortez bien financièrement ?

— Tout va bien, lui assura-t-il. Mais merci de demander. J'apprécie vraiment.

— D'accord, je crois que David et Jackson vous attendent derrière.

— Merci.

Il se retourna et traversa la grande salle de bal. Vern et ses hommes réparaient le plâtre sur les murs et il s'arrêta assez longtemps pour dire bonjour avant de continuer jusqu'à l'une des portes vitrées qui menaient dehors. David était assis à une table de patio avec des livres de design ouverts devant lui et Jackson semblait réparer le belvédère qui se trouvait dans le coin arrière de la propriété.

— Salut, dit-il en s'approchant de David, qui leva les yeux, son visage se fendant d'un sourire.

— Michael, s'exclama-t-il en se levant et en le serrant dans ses bras avant d'appeler par-dessus son épaule. Jackson ! Michael est là.

Son fiancé se retourna, puis posa la nouvelle corniche sur laquelle il travaillait et se dirigea vers eux en traversant la pelouse.

— Comment vas-tu ? demanda-t-il en l'étreignant aussi.

— Je vais bien. Gil est en rendez-vous chez le médecin du Sacré-Cœur, donc je n'ai pas beaucoup de temps.

— Compris. Assieds-toi.

Michael tira la chaise à côté de David, étudiant brièvement les échantillons de papier peint et de tentures.

— Salle de bal ?

— J'espère que tu reviendras avant que nous commencions à poser le nouveau revêtement mural en soie, acquiesça David.

— Ô joie, grimaça-t-il, et David sourit.

— Écoute, il y a une raison pour laquelle nous t'avons demandé de passer, dit Jackson en tirant une autre chaise alors que le sourire de David s'estompait.

— D'accord, dit-il en les regardant, soudain nerveux. Est-ce mauvais ?

— Pas du tout. Nous souhaitions simplement que tu sois prévenu, assura Jackson en se tournant vers David, qui se carra dans sa chaise avec un petit soupir.

— Nous avons eu l'inspecteur Mitchell hier soir, déclara celui-ci. L'homme qu'ils ont attrapé, celui que tu as identifié. Il s'appelle Brent Wiley.

— Oui, Mitchell me l'a dit.

— Le procureur a décidé qu'il y avait assez de charges pour un acte d'accusation. Il est accusé d'avoir endommagé la maison et d'avoir saboté l'échafaudage. Il est également en détention parce qu'il ne peut pas payer sa caution.

— Bien, approuva Michael, ressentant un moment d'intense satisfaction.

— Oui, acquiesça Jackson.

Il fit une pause, son expression grave.

— Nous voulions que tu sois au courant, parce que tu vas devoir probablement témoigner à son procès.

— Oh.

Michael intégra ce fait, fronçant légèrement les sourcils.

— Est-ce que ça va ? demanda David en touchant sa main.

— Oui, soupira-t-il. Je pense que j'ai toujours su que je devrais témoigner puisque j'étais là. C'est simplement censé. Je suis tellement content qu'ils l'aient attrapé.

— Nous aussi, confirma Jackson d'une voix calme et mesurée. Et ils sont certains que les preuves contre lui pour ce qu'il a fait chez David sont solides. L'affaire avec l'échafaudage est plus problématique.

— Attends. Ils ont trouvé la scie à métaux dans sa voiture, s'exclama Michael en les fixant, sidéré.

— Son avocat soutient que c'est une coïncidence.

— Oh, bordel.

— Je sais, mec, dit Jackson en secouant la tête. Mais le cas est toujours circonstanciel, et Mitchell pense que nous devions nous assurer que le cas le plus sérieux impliquant le vandalisme l'enverra en prison.

— Ne devrait-il pas être poursuivi pour une tentative de meurtre ?

Michael était tellement en colère. Le fils de pute avait tenté de tuer Gil. Comment pourrait-il s'en tirer avec cela ?

— Ils ont une tentative de meurtre, Michael, dit Jackson en l'étudiant, comme s'il guettait sa réaction.

Michael finit par comprendre et il eut l'impression d'être plongé dans une eau glacée. Brent Wiley avait tenté de le tuer lorsqu'il l'avait poursuivi avec la pelle. Ses mains étaient froides et tremblantes.

— Oh, c'est vrai. Bien. D'accord, alors.

— Le procureur va vouloir te rencontrer pour discuter de ton témoignage, déclara David. Cela ne se produira probablement pas avant la fin de l'été. Wiley a été inculpé et sa caution a été fixée à deux cent cinquante mille dollars. Il n'y a aucun moyen qu'il réussisse à réunir même vingt-cinq mille dollars.

— Oui, d'accord, dit le jeune homme, sa voix semblant faible même à ses propres oreilles. Mitchell est-il sûr qu'il est le seul impliqué ?

— Pourquoi ? s'informa Jackson, ses sourcils formant une ligne sombre. As-tu une raison de penser qu'ils étaient plusieurs ?

Michael aurait souhaité ne rien avoir dit sur ce qui le harcelait lorsqu'il avait des insomnies matinales.

212

— Michael, le pressa Jackson.

— Non, réfuta-t-il en secouant la tête avant de glisser ses mains froides sous ses aisselles. Je ne sais pas.

— Michael ? insista David.

Ses yeux verts semblaient orageux derrière les verres de ses lunettes.

— Je ne sais pas. Pas vraiment. C'est juste... un sentiment. Probablement stupide.

— Chéri, tu as vécu une expérience vraiment effrayante, dit David en se penchant plus près de lui et en posant une main sur le bras de son ami. J'ai paniqué, et tout ce qu'il a fait, c'est casser ma vitre de voiture.

— Et tous ces mois, alors que tu pensais que quelqu'un surveillait la maison ? Crois-tu que ce soit Wiley qui l'a fait ? Il n'avait pas de travail ?

— Il livrait des pizzas pour le Domino's sur la Seizième.

Ce magasin était à moins d'un kilomètre de la maison de David.

— Oh. Cela lui donnait l'opportunité, n'est-ce pas ? Mais... pourquoi ? Il déteste clairement les gays, mais pourquoi nous, spécifiquement ?

— Ils pensent qu'il a livré les pizzas, le jour où nous avons déménagé les meubles de Gil dans ma maison, révéla David en frottant doucement le bras de Michael.

C'était avant Thanksgiving. Et presque tous les véhicules dans l'allée et garés devant portaient une sorte d'autocollant arc-en-ciel. C'était surprenant que le suspect puisse être le même homme qui avait livré les pizzas dans une maison où se trouvaient six gays.

— Oh, merde. Ça correspond, n'est-ce pas ?

Jackson acquiesça.

— Savent-ils pourquoi il hait les homosexuels ? demanda Michael en se penchant vivement vers l'avant.

— Chéri, pourquoi quelqu'un le fait-il ? contra David avec un soupir.

C'était une question sans réponse, mais Michael savait que celle-ci le hanterait peut-être pour toujours. Il repoussa sa chaise et se leva.

— Je dois aller chercher Gil.

— Peux-tu conduire ? s'inquiéta Jackson en se levant aussi.

— Je vais bien.

David n'avait pas l'air convaincu.

— Je vais bien, assura Michael en se penchant afin de l'embrasser sur la joue. Ne t'inquiète pas, maman ourse. Je suis un dur à cuire.

Le sourire de David était faible et ses yeux semblaient étrangement brillants. Michael devait sortir de là avant qu'ils ne finissent par pleurer tous ensemble.

Bien sûr, lorsqu'il eut récupéré Gil, celui-ci n'eut besoin que de cinq secondes pour savoir que quelque chose n'allait pas. Il avait l'air si joyeux lorsqu'il était sorti.

— Ce n'est rien, dit Michael. Donne-moi plutôt de tes nouvelles.

Gil fixa son profil pendant si longtemps que le jeune homme se demanda s'il était en train de mémoriser ses traits.

— Essayons ceci. Dis-moi ce qui se passe ou j'appelle Jackson.

— Qu'est-ce qui te fait dire qu'il le sait ?

— Il sait tout.

Michael détesta que ce soit une vérité. Il soupira, mais informa Gil de ce qu'il avait appris. Sur le fait que tous les actes, du camion de Jackson jusqu'à l'échafaudage, seraient des chefs d'accusation.

— Mais c'est bien, n'est-ce pas ?

— Oui, accepta le jeune homme. Je vais devoir témoigner contre lui, parce que je suis le seul à l'avoir vu.

— D'accord, dit Gil qui ne semblait pas comprendre pourquoi c'était un problème.

— Il est effrayant, d'accord ? Je pense qu'il est fou, et s'il s'en sort et que c'est moi qui aie essayé de l'envoyer en prison ?

— Bébé, tu hyperventiles. Inspire profondément. Là…

Il pointa du doigt un bâtiment de restauration rapide.

—… entre dans le drive-in de Sonic et arrête-toi.

Michael obéit et entra dans le drive-in, se garant immédiatement. Il plaça ses mains tremblantes sous ses bras, les sourcils froncés.

— Je n'ai pas hyperventilé, protesta-t-il, bien qu'il ait eu très peur.

— Ça n'a pas d'importance. Maintenant, regarde-moi.

Michael prit une grande inspiration, juste pour prouver qu'il le pouvait, puis il se tourna vers lui.

— Viens ici, bébé, dit son compagnon en lui tendant les bras.

— Viens là, comment ? s'exclama Michael en le regardant comme s'il avait perdu la tête.

— Détache ta foutue ceinture de sécurité, enjambe la console et assieds-toi sur mes genoux.

— Je ne vais pas m'asseoir sur tes genoux ! s'écria-t-il, horrifié.

— Puis-je avoir votre commande, s'il vous plaît ?

Michael fixa le haut-parleur sur la borne de commande, choqué que quelqu'un l'ait écouté.

— Donnez-nous quelques secondes, d'accord ? demanda Gil en se penchant sur son compagnon et en détachant la ceinture de sécurité, puis tirant sur son bras.

— Commandez quand vous le souhaiterez.

— Gilbert !

Michael lui résista, mais pas de manière significative, et Gil était beaucoup plus fort que lui. Il le souleva, puis l'assit en amazone contre la portière côté passager. Michael se tint raide, craignant de blesser la jambe de Gil. Mais celui-ci ne le découragea pas et enroula ses bras autour de lui.

— Tout d'abord, tout ce que tu m'as dit est une bonne chose. Ils ont attrapé l'homme, Michael. Il est en détention. Tu as pu l'identifier. Il ne peut plus faire de mal à aucun d'entre nous.

Le jeune homme, toujours raide, les jambes tendues sur le siège conducteur, le regarda, l'air sombre.

— Et s'il sort, Gil ? S'il s'en sort d'une manière ou d'une autre ? Ça arrive.

— Si ça arrive, nous nous en occuperons le moment venu. Mais tu dois te souvenir de quelque chose, bébé, dit-il en faisant courir ses mains dans le dos de Michael, l'attirant vers lui jusqu'à ce qu'il n'ait plus d'autre choix que de s'appuyer contre l'imposante poitrine.

Vaincu, Michael posa sa tête sur la large épaule.

— Tu n'es pas seul cette fois. Tu ne seras pas seul.

— Gilbert, tu ne peux pas être avec moi chaque minute de chaque heure, soupira-t-il.

— Tu veux parier ? dit-il en resserrant son étreinte.

— Gil.

— Michael.

Le jeune homme ferma les yeux, inhalant le parfum de l'homme, se permettant de s'épanouir d'être à nouveau tenu dans ses bras forts.

— Je ne m'inquiète pas pour moi, finit-il par admettre.

— Alors… Jackson est tout le temps avec David, Vern et Manny sont ensemble, au moins temporairement, bien que ce sera un miracle si Manny ne le tue pas. Et je suis avec toi. C'est bon pour nous.

Michael tourna son visage dans le cou de son compagnon.

— J'ai encore peur, chuchota-t-il.

— De quoi, chéri ?

— Comment pourrais-je te protéger si quelqu'un essayait encore de t'atteindre ? avoua-t-il en fermant les yeux. Je ne pense pas que je pourrais le supporter, Gil. Ce jour où tu es…

Il frissonna de la tête aux pieds.

— Je ne pense pas que je pourrais revivre quelque chose comme ça.

— Ah, bébé.

— Avez-vous décidé de votre commande ? demanda la petite voix.

— Sérieusement ? gronda Gil. On vous le dira, merde !

Il y eut un clic statique lorsque le haut-parleur s'éteignit.

— Eh bien, nous avons dû divertir la cuisine, plaisanta Michael sans pouvoir s'empêcher de rire.

Du coup, Gil se mit à rire aussi et en quelques instants, ils s'esclaffaient ensemble pour la première fois depuis… enfin, ça faisait des mois. Michael se détendit finalement complètement contre le mur de la poitrine de Gil.

— Je ne pourrai pas m'empêcher de m'inquiéter, Gil, admit-il en levant ses mains sur les flancs de ce dernier, puis embrassant son cou.

— C'est bon, tant que tu ne laisses pas ça prendre le dessus. Respire profondément et sois fier de l'avoir coincé.

— Je ne l'ai pas coincé, se moqua Michael. Il était de l'autre côté d'un miroir sans tain, et j'ai fait dans mon froc.

— Et pourtant tu l'as quand même identifié ? insista Gil.

— Oui, je l'ai fait, admit Michael à haute voix.

— D'accord, alors. Sois-en fier. Il est là où il ne peut blesser personne d'autre. C'est une bonne chose. Et quand tu auras à témoigner contre lui, je serai au premier rang. Maintenant, recule et regarde-moi.

Michael rencontra le regard ferme de Gil.

— Je t'aime, Michael.

— Je t'aime aussi, répondit-il, une douce chaleur se répandant dans sa poitrine.

— Il nous a fallu beaucoup de temps pour en arriver là.

— Oui, c'est vrai. C'est aussi de ma faute.

— Ça n'a pas d'importance. Nous sommes ici. Je suis content que nous y soyons arrivés, personnellement. Pouvons-nous en profiter maintenant ? S'il te plaît ?

Michael fixa les grands yeux noisette avec leurs grands cils qu'il aimait tant, et il hocha lentement la tête.

— Dieu merci ! s'exclama Gil en l'embrassant doucement avant de reculer. Maintenant, allons manger. Je meurs de faim, et je préférerais ne pas avoir à regarder celui qui prendrait enfin notre commande ici.

— Que dis-tu de Shari's ? suggéra Michael en riant.

— Excellent. Leur tarte déchire, et j'ai envie de fêter ça.

Michael enjamba prudemment la console et reprit place sur le siège du conducteur. Il se tourna pour attacher sa ceinture de sécurité et se rendit compte que quatre filles dans une Coccinelle garée sur la place à côté d'eux le dévisageaient. Impulsivement, il leur adressa un joyeux signe de la main avant de démarrer. Il fut ravi lorsqu'elles les regardèrent partir en riant et en agitant leurs mains.

XV

Ils rentrèrent alors que de longues ombres s'allongeaient sur la pelouse et que la lumière tamisée filtrait à travers les fenêtres de la maison. Gil réussit à se rendre tout seul dans sa chambre, même en prenant l'escalier avec un peu de difficulté. Michael s'émerveilla à nouveau de sa force et de sa forme, malgré les semaines passées sans l'activité physique à laquelle il était habitué.

Michael se rendit dans l'office pour prendre un bas de survêtement et un tee-shirt afin que Gil puisse ôter le short habillé et le polo vert qu'il portait et se changer.

— Hé, je ne t'ai jamais dit mes nouvelles, dit Gil en s'asseyant sur le bord du lit afin d'enlever ses chaussures.

Michael revint vers lui, posa les vêtements confortables à côté de lui, puis prit le polo et le plia dès que Gil l'eut enlevé.

Gil se leva et s'appuya sur l'épaule du jeune homme alors qu'il déboutonnait sa braguette avec son autre main. Le short glissa de ses hanches et le long de ses jambes, et il se rassit, le tirant par-dessus ses pieds. Il n'était plus qu'en slip, et Michael admira le beau et fort corps alors même qu'il lui prenait le short de sa main. Il le plia, puis le prit avec le polo afin de les ranger.

— Le docteur Pillai m'a délivré un certificat de bonne santé.

Michael revint, debout à côté de lui, attendant de voir s'il avait besoin d'aide. Il était de plus en plus capable de se débrouiller tout seul, mais il lui arrivait encore parfois d'accrocher ses vêtements sur le plâtre.

— C'est merveilleux, s'exclama-t-il en le pensant.

— Oui, je n'ai pas eu de maux de tête depuis quelques jours, et ma dernière tomodensitométrie était bonne, alors… il a dit que je pourrais commencer une forme plus active de physiothérapie. Il a aussi dit que je n'avais plus besoin de réduire… certaines activités.

— D'accord, dit Michael en lui souriant. Donc…

Il ne comprenait toujours pas ce que son compagnon voulait dire.

Gil se tourna lentement, leva les jambes sur le lit, se penchant en arrière sur ses coudes.

218

— Alors…

Michael le fixa encore un instant, admirant son corps long et en pleine forme, puis cela le frappa.

— Oh !

— Il a compris, se moqua le grand homme allongé.

— Oh, la ferme.

Le jeune homme retira sa veste et la jeta par terre, puis il s'assit sur le lit à côté de la hanche de Gil et se pencha vers l'avant, jusqu'à ce qu'ils soient séparés de quelques centimètres.

— Bonjour, susurra-t-il à Gil avec un sourire.

— Bonjour, répondit ce dernier, avec son sourire lent et si sexy qui faisait se recroqueviller les orteils de Michael.

— Alors, le docteur Pillai a-t-il précisé à quelles « activités » il faisait référence ?

Gil fit semblant de réfléchir, fixant le plafond.

— Voyons si je me souviens de sa formulation, commença-t-il en se raclant la gorge. Les rapports sexuels sont peut-être trop fatigants à ce stade, mais d'autres activités sexuelles, y compris l'orgasme, devraient être acceptables.

— Alléluia, murmura Michael dont le sexe commençait à réagir à l'idée d'un orgasme.

— Sans blague, rétorqua Gil. Maintenant, je crois que l'un de nous est trop habillé.

— Vraiment ? s'étonna le jeune homme en baissant les yeux sur lui-même. Ça doit être moi, je dirais.

Il commença à se lever, puis il remarqua l'épais renflement du sexe de son amant distendant le devant du slip blanc.

— Bon sang, Gilbert. Est-ce pour moi? le taquina-t-il en lui adressant un sourire coquin avant de retracer l'épaisse longueur à travers le coton doux.

La pointe jaillit au-dessus de la ceinture élastique, et il frotta le gland rougi avec son index. Gil retint son souffle.

— Depuis un an, je n'ai eu la trique que pour toi, Michael.

Celui-ci ressentit les mots au fond de lui et son expression taquine s'adoucit.

— Tu dis les choses les plus douces.

— J'essaye.

— Tu es doué.

Michael passa la ceinture au-dessus de l'érection de Gil, poussant le slip bien ajusté au milieu de ses cuisses.

— Je pense que le moins que je puisse faire est d'être bon en retour. Et je peux remettre en question certaines de mes compétences, mais celle-ci n'en fait pas partie.

Il baissa la tête et lécha une longue bande de la base du sexe de son compagnon jusqu'au gland, avant de faire tourner sa langue autour.

— Vêtements, Michael, haleta Gil. Débarrasse-toi de tes vêtements.

— Tu n'aimes pas que je reste habillé alors que tu es nu ? demanda-t-il en soulevant et s'emparant des lourds testicules de Gil.

— Peut-être à un moment donné. Pour l'instant, je veux avoir accès à autant de peau que possible.

— Oui, monsieur.

Michael se leva et, sachant que son amant aimait son corps, il prit son temps pour se dépouiller de ses vêtements. Il déboutonna sa chemise bleue, la sortit de son pantalon et l'ôta, la laissant tomber sur le sol. Puis il déboutonna sa braguette et fit descendre en même temps son jean et son slip, se rappelant au dernier moment qu'il n'avait pas enlevé ses chaussures.

— N'est-ce pas sexy ? dit-il en riant alors qu'il dézippait ses bottes et sautait d'un pied sur l'autre pour les enlever.

Il était à moitié en érection, alors son sexe rebondit.

— Si sexy.

— Oh, je ne sais pas, dit Gil.

Il avait ôté son slip, l'avait posé de côté et s'était allongé, sa hampe à l'air. Il la caressait en regardant son compagnon.

— Cette petite danse que tu fais là est assez excitante.

Michael enleva ses chaussettes, puis il se pencha et ôta celles de Gil.

— Tu es bizarre, assura-t-il en grimpant sur le lit et en s'installant à cheval sur les genoux du grand homme. Heureusement, tu as de la chance, j'aime le bizarre. J'aime…

Il souleva le membre épais de Gil, de là où il reposait, lourd de veines gonflées, contre sa cuisse.

—… aussi ceci, conclut-il.

Il ouvrit la bouche et le prit lentement, détendant sa gorge jusqu'à ce que le bout de son nez frôle les poils pubiens brun foncé de Gil.

L'érection de son amant s'épaissit et grandit au fur et à mesure que Michael s'occupait d'elle avec sa bouche, au point qu'il dut enrouler sa main autour de la large base, utilisant sa salive pour faciliter le mouvement de ses doigts pendant qu'il suçait le gland avec sa bouche et sa langue. Gil faisait de jolis sons au-dessus de lui, ce qui décida Michael à lui en arracher encore plus. Il descendit sur le sexe dur aussi loin qu'il le put, utilisant les muscles de sa gorge autour du gland, le suçant alors qu'il pompait avec sa main. Le goût aigre-doux du liquide pré-éjaculatoire remplit sa bouche et il murmura autour de la douce peau. Peu de temps après, Gil s'agrippa à sa nuque, bougeant ses hanches sans relâche.

— Michael, haleta-t-il en guise d'avertissement. Ça fait trop longtemps, bébé. Je ne peux pas attendre.

Celui-ci caressa la cuisse épaisse et légèrement poilue de Gil et lui sourit autour de sa dureté. Au lieu de reculer, il descendit, déglutissant autour du gland et suçant plus fermement la longueur. Gil fit un bruit étonné et se cambra. Michael le regarda bouger, son poing bougeant de haut en bas et sa langue s'occupant de sa hampe. Gil avait fermé ses yeux, mais sa bouche était ouverte, et il émit un son surpris alors qu'il se raidissait, envoyant des jets de sperme épais et salé dans la gorge du jeune homme. Michael l'avala, ses lèvres et sa langue continuant à agir jusqu'à ce que Gil proteste, le saisissant par l'épaule. Il se retira, comprenant que sa peau avait atteint la sensibilité aiguë du post orgasme, et posa sa tête sur la cuisse de son amant, étudiant la pellicule de sueur sur sa peau et la montée et la descente de sa poitrine massive. Après quelques minutes, Gil leva la tête et le regarda d'en haut.

— Viens ici.

Michael grimpa lentement vers le haut de son corps, s'immobilisant avec ses bras sur la poitrine de Gil et son menton reposant sur eux.

Son compagnon passa sa main sur son visage, puis il le regarda dans les yeux.

— Je savais que tu avais des talents cachés, dit-il en baissant sa main et en repoussant les cheveux foncés vers l'arrière d'un léger effleurement. C'était incroyable. Merci.

— De rien, répondit Michael, son sourire lent, mais sincère.

— Vas-tu me permettre de te rendre la pareille ?

— Ce n'est pas vraiment nécessaire, assura-t-il en haussant négligemment les épaules.

— Bordel ! s'exclama Gil en inclinant la tête d'un côté avant de froncer les sourcils. Monte tes fesses ici.

Michael se poussa vers le haut et Gil tapota sa poitrine.

— Chevauche mon cou avec tes genoux.

Michael lui jeta un regard de doute, mais il leva ses genoux jusqu'à ce qu'ils soient de chaque côté de la tête de Gil. Son sexe, qui s'était un peu affaissé pendant qu'il suçait son compagnon, s'était redressé à proximité de la bouche de Gil. Celui-ci le caressa plusieurs fois.

Michael inclina ses hanches vers l'avant avec un son heureux

— Agréable ?

— Oui. D'accord, debout.

— Hein ?

— Mets-toi à genoux, appuie-toi sur la tête de lit et mets ta queue dans ma bouche.

— Arrogant, se plaignit Michael.

Gil empoigna ses fesses et le tira vers l'avant, jusqu'à ce qu'il soit dans la position qu'il voulait.

— Maintenant, attrape la tête de lit.

— Quoi, tu crois que tu vas me faire vibrer à ce point ? le taquina ironiquement Michael.

— Fais-le, c'est tout, répliqua Gil en le fessant doucement. Et la ferme.

— Hé !

Michael commença à se plaindre, mais se tut lorsque Gil enroula ses mains autour de ses hanches et le rapprocha, ouvrit la bouche et le prit dans une succion douce et chaude.

— Oh, oh, gémit-il en s'accrochant à la tête de lit lorsque son amant se retira.

Gil cartographia la peau délicate avec sa langue, puis il glissa un doigt dans sa bouche avec le sexe du jeune homme, suçant les deux jusqu'à ce qu'ils soient mouillés. C'était incroyable, et Michael faisait tout ce qu'il pouvait pour ne pas baiser sa bouche.

Il se raidit lorsque Gil passa le doigt mouillé de ses testicules sur la peau douce derrière, jusqu'au début du pli entre ses globes fessiers. Il glissa ses doigts dans la raie de Michael et trouva instantanément l'entrée ourlée. Son doigt pressa contre lui et Gil relâcha son sexe.

— Pousse, Michael, ordonna-t-il.

Celui-ci regarda son visage levé vers le haut.

— Pousse-toi dessus, je sais de source sûre que tu l'as déjà fait.

— Tais-toi, gronda Michael.

Mais lorsque Gil appuya de nouveau contre l'anneau de muscles serré, il poussa et le large pouce de son amant se glissa plus facilement à l'intérieur. Michael mordit durement sa lèvre inférieure à la sensation de son entrée s'étirant avec l'aspiration chaude et humide de la bouche de Gil.

— Oh oui, murmura-t-il, incapable de combattre le besoin de pousser, même si ce n'était que superficiellement.

Gil poussa plus loin, trouva son point d'amour et Michael perdit son souffle, ses muscles se raidissant.

— Oh, il aime ça, dit Gil, le relâchant assez longtemps pour parler.

Il commença à masser la masse spongieuse du bout de son doigt recourbé, et Michael se repoussa sur lui avec un gémissement. Il savait qu'il avait une prostate hypersensible depuis l'âge de quatorze ans, quand il l'avait trouvée accidentellement alors qu'il se doigtait au lit. Ses fesses et son sexe s'étaient illuminés comme un sapin de Noël. Il avait joui si fort qu'il avait crié et avait dû enfiler précipitamment son bas de pyjama lorsque la gouvernante était venue voir ce qui n'allait pas.

Gil creusa ses joues, aspirant le sexe de Michael tandis qu'il appuyait fermement contre son doux point. Les bras et les jambes du jeune homme se mirent à trembler.

— Je vais jouir, annonça-t-il d'une voix étouffée en regardant son amant.

Gil hocha la tête, son autre main glissant pour attraper une de ses fesses, le tirant aussi loin que celui-ci pouvait aller. Quelques instants plus tard, une dernière caresse sur sa prostate envoya Michael vers son apogée, et tous ses muscles se bloquèrent. Il trembla alors qu'il jaillissait dans la gorge de Gil par à-coups. Finalement, après avoir plané, s'être accroché à la tête de lit et avoir tremblé pendant plusieurs secondes, ses muscles se relâchèrent et il s'effondra lentement sur le côté. Gil le rattrapa, le tirant facilement vers le bas, jusqu'à ce qu'ils soient allongés face à face.

— Ça va, là ? demanda Gil en repoussant tendrement les cheveux de Michael hors de ses yeux.

— Mmfl.

— Alors, est-ce un aveu que ton monde a été vraiment bien secoué ? demanda Gil en caressant doucement le côté de son visage en souriant.

Il eut besoin de quelques secondes, mais finalement Michael put répondre de façon assez cohérente.

— Ton ego, mec. Et je vais bien. Je n'arrive simplement pas à penser, avoua-t-il, sa voix s'adoucissant.

— C'est bon, répliqua Gil en enroulant ses bras autour de la taille de son amant et en l'attirant contre lui. Tu as aspiré ma cervelle par mon sexe il y a quelques minutes. Je comprends.

Ils se déplacèrent assez pour que Gil puisse enfin tirer l'épaisse couette sur leurs épaules et il laissa tomber confortablement son bras autour de la taille élancée de Michael.

— Je t'aime, chéri, murmura-t-il en posant un doux baiser sur le bout de son nez.

Michael ne comprenait pas pourquoi, mais le geste l'inonda de tendresse. Il passa doucement ses doigts sur les cicatrices rose foncé sur la tête de Gil avant de répondre.

— Je t'aime aussi, Gilbert.

— Je sais que tu as un faible pour les muscles, Michael, dit-il en bâillant. En as-tu un aussi pour les cicatrices ?

— Seulement les tiennes, répondit ce dernier en reniflant doucement.

— Bon à savoir.

Gil se blottit plus profondément dans la couette, pressant le côté de son visage dans l'oreiller. Il rapprocha Michael en posant son menton sur le dessus de sa tête. Le jeune homme se laissa envahir par toute la force, la puissance tenue en laisse dans le corps de son compagnon.

— Je vais me reposer un peu, murmura Gil

— Je serai là lorsque tu te réveilleras, promit Michael.

— Humm, bien

Il écouta Gil respirer lentement, sa poitrine se soulevant, puis descendant, avec des sons doux et calmes. Il passa sa main sur la peau lisse et chaude sous sa joue et trouva les battements de cœur solides sous sa paume.

— Je serai là, Gilbert, chuchota-t-il, le jurant solennellement à l'homme qui dormait dans ses bras.

Et il le serait. Peu importait ce qui se passerait avec le procès, peu importait ce que l'avenir leur réserverait.

Il serait là.

Diana Copland a commencé à écrire en cinquième, lorsqu'elle a combiné sans vergogne des éléments de *Jane Eyre* et *Dark Shadows* pour produire un conte gothique exalté qui lui a valu un A en écriture créative grâce à la générosité de son professeur.

Née et élevée dans le sud de la Californie, Diana a déménagé dans le Nord-Ouest Pacifique après le décès de son épouse, atteinte du SIDA en 1995.

Elle vit dans l'est de Washington avec quatre chats odieux, près de ses deux merveilleux enfants adultes.

Le réveil de
David

DIANA COPLAND

Delta Restaurations : Le réveil de David

David Snyder est éperdu de chagrin et cherche un endroit pour s'enraciner. Il achète donc une belle maison centenaire dans l'est de Washington. Malheureusement, sa nouvelle maison présente un bon nombre de problèmes : électricité, plomberie, chauffage… Tout ce que David ne sait pas faire. Sa mère lui donne la carte de visite d'un artisan local et il imagine un homme obèse et chauve, dans la cinquantaine. Cependant, Jackson Henry ne pourrait pas être plus éloigné de ce stéréotype.

Jackson, cheveux bruns, musclé et beau gosse, a quitté une grande entreprise de construction à Seattle afin de s'occuper de sa mère malade. Cependant, sa ville natale a toujours un réseau actif de « traditionalistes » et trouver un emploi dans la construction est presque impossible pour un homme ouvertement gay. Déterminé à persévérer, il accepte des petits boulots d'homme à tout faire. Il est exactement ce dont David a besoin, à plus d'un titre.

Ce dernier n'est pas prêt pour l'attirance qu'il ressent pour Jackson, vu la manière dont sa dernière relation a pris fin. Mais au fur et à mesure que les deux hommes apprennent à se connaître, il devient clair que le cœur sait souvent mieux et récompense ceux qui sont disposés à l'écouter.

www.dreamspinner-fr.com

Par DIANA COPLAND

DELTA RESTAURATION
Le réveil de David
La renaissance de Michael

Publie par DREAMPSINNER PRESS
www.dreamspinner-fr.com

Pour les meilleures
histoires d'amour
entre hommes, visitez

www.dreamspinner-fr.com

www.ingramcontent.com/pod-product-compliance
Lightning Source LLC
Chambersburg PA
CBHW022134240626
47153CB00007B/2362